ZANNA E DISGUSTO:
UNA COMMEDIA VAMPIRICA

RISCRIVERE I MORTI

JON SMITH

BAL KON media

RISCRIVERE I MORTI

ALTRI LIBRI DI JON SMITH

FICTION

The Fifth Horseman

Destiny Can Bite Me (Fang & Loathing #1)

The Stakeout Diaries (Fang & Loathing #2)

Rewrite the Dead (Fang & Loathing #3)

YOUNG ADULT

The Arb

CHILDREN'S FICTION

Toytopia

NON-FICTION

Once Upon A Brand

Founder Mode

The Bloke's Guide To Pregnancy

The Bloke's Guide To Babies

Get Into Bed With Google

Google Adwords That Work

Smarter Business Start-Ups

Start An Online Business

Digital Marketing For Businesses

UNO

Il cortile della Corte dei Pallidi Affari si animava solo al crepuscolo, motivo per cui al suo interno regnava un'atmosfera così mortifera. Vincent ciondolava appena dentro la volta, fumando una sigaretta scroccata e ascoltando il coro di passi misurati che echeggiavano sulle fredde lastre di pietra. Un pubblico di vampiri — alcuni d'annata, altri nouveau — punteggiava il corteo in una disposizione attenta che suggeriva meno un senso di comunità e più una gestione della folla. Qualcuno aveva persino spolverato i corrimano.

Lui squadrò il cerchio da duello cerimoniale al centro delle lastre, il cui perimetro era tracciato con gesso bianco e pali di ferro piantati a intervalli regolari, ognuno addobbato con più interdizioni della porta d'ingresso di un allibratore paranoico. Persino gli schizzi di sangue dell'«evento di addestramento alla leadership» del mese precedente erano stati lustrati via, lasciando solo deboli spettri rossastri nelle venature della pietra.

Ren gli trotterellò accanto, la borsa a tracolla così bassa che minacciava di farla inciampare. «Sono io, o c'è più sicurezza dell'ultima volta?» Accennò con il capo verso il perimetro, dove una dozzina di mortali ammaliati in polo gialle da security identiche fingevano noncuranza.

«Niente dice "siamo solo un'amichevole società storica" come recintare il tuo antico duello magico con un branco di ex-pugili di Lewisham» mormorò Vincent. «Se uno di loro oserà anche solo sfiorarmi con un metal detector, presenterò un reclamo.»

Ren controllò il telefono, poi inarcò un sopracciglio. «Non hai nemmeno un indirizzo e-mail.»

Vincent esalò una nuvola di fumo e fece un sorrisetto. «Ne creerò uno apposta per mandarli a quel paese. Ammesso che viviamo abbastanza a lungo.»

La signora Barley arrivò in piena modalità governante, impeccabile, con i capelli in ordine e, come unico ornamento, una serie di bottoni lucidi che probabilmente fungevano anche da amuleti anti-possessione. Accanto a lei, Zara fluttuava a qualche centimetro dal pavimento di ciottoli. Vincent la sorprese a valutare il cerchio da duello, le labbra contratte in un calcolo privato.

«Eccellente, ci siete tutti» disse la signora Barley, guidandoli verso il cordone di velluto che delimitava il cerchio interno. «Cerchiamo di non attirare attenzioni inopportune.»

«Un po' tardi per quello» borbottò Ren, lanciando un'occhiata agli steward che raccoglievano firme di sangue e contrassegni per il glamour all'ingresso. Sfilò una tessera di plastica dalla borsa e la porse al golem della sicurezza con un sibilo appena percettibile.

All'interno del cordone si era radunata l'élite: dozzine dei migliori esponenti del Consiglio dei Pallidi Affari in vari stati di decomposizione, più i loro animali domestici mortali, i parassiti e qualche Modernizzatore occasionale che sperava di trasmettere in streaming il dramma vampiresco sul proprio canale «Gotico Senza Filtri». Almeno due produttori di reality show si affollavano sul retro, cercando un'inquadratura pulita del cerchio con telecamere camuffate da borracce.

Al centro, già a metà orazione, si ergeva l'Anziano Mortimer Blackthorn, Presidente del Consiglio di Londra e prova vivente che il nepotismo poteva davvero durare in eterno. Era fatto come un attaccapanni in disuso: lungo, scheletrico, avvolto in vesti cerimoniali che dovevano essere state orribili anche quando andavano di moda. I suoi capelli splendevano come una macchia d'olio sotto le lanterne e le sue sopracciglia avevano preso vita propria decenni prima.

Teneva banco dalla piattaforma rialzata, con la voce impostata per raggiungere la colonna più lontana. «... e così, tramite il sacro patto del Conclave dei Custodi, riaffermiamo il nostro impegno per la dignità, la discrezione e, soprattutto, la continuità di fronte a elementi destabilizzanti. Che questa notte sia un esempio della nostra determinazione.»

Si levò un'increspatura di applausi, più educati che sinceri.

Vincent si chinò verso Ren. «Niente esprime continuità come combattere fino alla morte in un cerchio di gesso.»

Lei gli diede una gomitata. «Ssh. Hai promesso di non farci cacciare finché qualcuno non avrà sanguinato.»

«Tecnicamente ho detto: "dopo il primo round". I dettagli contano.»

Zara, senza preoccuparsi di nascondere uno sbadiglio,

mormorò: «Se dice di nuovo "momento storico", mi do fuoco. Siete tutti invitati.»

La signora Barley le lanciò un'occhiata. «Resisti all'impulso, cara. C'è già abbastanza fumo nell'aria.»

Il discorso di Blackthorn si snodò attraverso le solite banalità: i vampiri come custodi della civiltà, l'antica eredità del Consiglio, l'importanza di salvare le apparenze a beneficio dei «nostri meno fortunati simili baciati dal sole». Vincent si distrasse, osservando invece i piccoli drammi tra la folla: una giovane vampira che soffocava le risate per la cravatta del suo anziano, un Modernizzatore che sottotitolava allegramente il discorso in tempo reale («#RespectTheDrip»), un paio di visitatori berlinesi che sniffavano qualcosa di fosforescente da un biglietto da visita.

L'aria cambiò quando le porte laterali si spalancarono con uno schianto, le maniglie d'ottone che stridevano contro la pietra. Tutta l'assemblea si voltò come un sol uomo, un'onda messicana di attenzione predatoria. Vincent sentì i peli delle braccia rizzarsi.

Lord Ashcroft fece il suo ingresso come se fosse il proprietario del concetto stesso di sceneggiata. Alto, cereo, vestito a lutto vittoriano con una finanziera che lasciava una scia di polvere. Il suo volto era il manifesto dell'aggettivo «spettrale», affilato e fantasmatico e illuminato dall'interno da una fame che rese l'intero spazio più freddo. Si muoveva con una spavalderia tanto elegante quanto leggermente stonata, come se ogni suo arto fosse telepilotato da puro disprezzo.

Vincent quasi si strozzò con la sigaretta. «Oh, diavolo. Quello è Ashcroft.»

Ren rimase a bocca aperta. «L'Ashcroft? Quello degli scandali legati ai duelli?»

Le mani della signora Barley ebbero un fremito, brevissimo, lungo i fianchi. «Non dovrebbe essere qui» sussurrò. «Non dopo Vienna.»

Le sopracciglia di Zara raggiunsero l'attaccatura dei capelli. «Il Consiglio gli permette di duellare? Vogliono un massacro?»

Blackthorn, visibilmente turbato, tentò di continuare il discorso, ma Ashcroft stava già scivolando verso la piattaforma, fendendo la folla come un coltello di ghiaccio. Salì i gradini, inchinandosi una volta, beffardamente, all'Anziano.

«Le mie scuse, Consiglio» annunciò Ashcroft, la voce secca e vuota, «ma credo mi spetti il diritto di parola secondo l'antica legge dell'invocazione. O forse il Presidente ha dimenticato il suo stesso lignaggio?»

Un brusio acuto, seguito da un distinto scalpiccio di piedi da parte dei golem della sicurezza. La presa di Blackthorn sul leggio si fece più stretta.

«Non Le spetta assolutamente la parola, Lord Ashcroft» sibilò Blackthorn, «e si rivolgerà a questo Consiglio con il dovuto decoro...»

Ashcroft sogghignò, rivelando canini così immacolati che dovevano essere venduti con tanto di garanzia. «Il decoro è per chi possiede ancora un cuore. O un Consiglio che valga la pena servire.» Si rivolse alla folla riunita, la sua voce che si alzava. «Cosa ne dite, miei compagni dannati? Volete che il vostro destino sia dettato da impiegati e contabili? O vi ergerete ad artefici della vostra stessa fine?»

Diverse dozzine di voci, metà delle quali già ubriache, gridarono la loro approvazione. Telefoni e registratori incantati si inclinarono verso l'alto in attesa. Vincent sentì la temperatura del cortile scendere di qualche altro grado.

Ren sussurrò: «Sta arringando la folla. Vecchio trucco.»

Vincent annuì. «Ha funzionato a Parigi. Ha funzionato a Mosca. Ogni volta che fa così, qualcosa esplode.»

Ashcroft affrontò Blackthorn, ogni traccia di ironia svanita dalla sua voce. «Per diritto di invocazione e per il sangue della mia stirpe, sfido l'Anziano a singolar tenzone. Possa il Consiglio esserne testimone.»

Un silenzio pesante, rotto solo dal debole clic di un centinaio di telefoni che registravano la storia e dal suono lontano di qualcuno che sveniva nella sezione degli influencer.

Blackthorn arrossì — impressionante, considerando il suo pallore. «Lei è una disgrazia per questo Consiglio. Questo non è il secolo per la violenza teatrale. I nostri affari devono rimanere segreti, e Lei minaccia...»

«Segretezza?» La risata di Ashcroft fu sottile e amara. «Non riuscite a tenere in ordine nemmeno casa vostra. I Modernizzatori imperversano, gli umani ci hanno scoperti, e Lei propone... scartoffie.» Sputò l'ultima parola. «Facciamolo come si deve. Come ai vecchi tempi. A meno che non abbia paura.»

Blackthorn si risentì. Si raddrizzò in tutta la sua altezza intimidatoria, che era di almeno un paio di centimetri inferiore a quella di Ashcroft. «Accetto la sua sfida. Possa la sua idiozia essere breve.»

Ashcroft si inchinò, poi sollevò le braccia verso la folla. L'invocazione rituale baluginò intorno al cerchio — una fascia traslucida di luce violacea, simile a inchiostro, che scattò in posizione con un suono di vetri infranti. Il contratto magico si posò sul cortile, premendo contro la pelle di Vincent con una sgradevole e umidiccia insistenza. Nessuno, nemmeno il membro più disincantato del Consiglio, poteva andarsene o intervenire fino alla conclusione del duello.

Vincent si rivolse alla signora Barley. «Dimmi che hai un piano per questo.»

Lei strinse le labbra. «Sopravviveremo. E se possibile, faremo in modo che rimanga qualcosa da ereditare.»

Vincent osservò il cerchio, le interdizioni che divampavano d'attesa, e si chiese se ci fosse un modo per bluffare la burocrazia più presuntuosa dell'universo. Ne dubitava fortemente.

La folla vibrava d'eccitazione, l'odore di antica sete di sangue e di attesa che riempiva l'aria. Gli influencer si spintonavano per la posizione migliore; i berlinesi iniziarono a scommettere su chi avrebbe sanguinato per primo; persino le guardie a noleggio si sporsero, sperando di assistere a una carneficina di vampiri dal vivo. Ashcroft stava ai margini del cerchio, già crogiolandosi nell'attenzione, mentre Blackthorn si dava arie sistemandosi la fusciacca cerimoniale.

«Be',» disse Vincent, spegnendo la sigaretta e spolverandosi il gesso dalle scarpe. «Questo è un modo come un altro per aprire una riunione.»

Ren sorrise, i suoi occhi scuri che brillavano di eccitazione. «Solo a Londra.»

Per l'occasione, Blackthorn si sbarazzò delle vesti, rivelando la forma elegante, da teschio, di un vampiro che non aveva mai, nei suoi cinque secoli di vita, affrontato un esercizio fisico degno di questo nome. I suoi guanti erano di capretto e luccicavano, così come la sciabola cerimoniale legata al fianco — una reliquia così antica che Vincent sospettava non fosse mai stata usata in combattimento.

Ashcroft, nel frattempo, non aveva alcuna intenzione di rispettare le regole. Si tolse la finanziera con uno scatto, divaricò le gambe e dalle profondità della giacca estrasse un bastone da passeggio con un pomello d'argento lucente. Lo fece roteare una volta, poi piantò il puntale a terra, la punta che scintillava contro la pietra.

«Brillante» borbottò Vincent, a braccia conserte. «Due anticaglie che si fanno a pezzi per decidere chi siederà a capotavola. Mi sono perso una soap opera per questo.»

La presa della signora Barley si strinse sul suo bicipite, sorprendentemente forte per una donna capace di stirare camicie con la sola forza di uno sguardo deluso. «Presta attenzione» disse. «Una volta invocato, il duello non può essere fermato. Né dal Consiglio, né dalla legge, né da nessuno.»

Vincent sbuffò. «E il buon senso?»

Le labbra della signora Barley si assottigliarono. «Quello è sempre facoltativo.»

Il cerchio da duello baluginò, i sigilli lungo i pali di ferro che si illuminavano in sequenza — una macabra sfilata di moda. Blackthorn sollevò la sciabola con un gesto teatrale e, con una frase latina borbottata, rilasciò un flusso di immagini residue — una mezza dozzina di doppi sfocati, tutti ugualmente compiaciuti.

La folla emise un «ooh», per quanto una folla di vampiri possa mai farlo. Alcuni applaudirono persino. Diversi mortali puntarono i telefoni per catturare una foto dell'effetto, filtri pronti all'uso.

Ashcroft non attese gli applausi. Scattò in avanti, coprendo la distanza in un batter d'occhio. Il suo bastone colpì una delle immagini residue — uno spruzzo scintillante di inchiostro e illusione — e proseguì dritto verso il Blackthorn originale, schiantandosi contro la sua cassa toracica con un sordo e umido crac.

«Bel trucchetto da quattro soldi» sogghignò Ashcroft, il bastone che fendeva l'aria in archi brutali. «L'hai imparato in una scuola privata, o sei sempre stato così noioso?»

Blackthorn barcollò, si riprese, poi colpì con la sciabola: un fendente elegante e arcuato. Ashcroft si abbassò, lasciando che la lama gli cantasse sopra il cuoio capelluto, e conficcò il bastone sotto il mento di Blackthorn. Ci fu uno schiocco, simile a una vecchia lampadina che si brucia, e per un istante ogni sigillo intorno al cerchio tremolò.

Vincent osservò, affascinato, Blackthorn barcollare, il suo glamour accuratamente costruito che si sgretolava. L'antico Anziano alzò lo sguardo, i denti scoperti, ma i suoi doppi tremolarono e si spensero. Il cortile era silenzioso, fatta eccezione per il respiro superficiale e compiaciuto di Ashcroft.

«Perché nessuno ferma tutto questo?» sussurrò Ren, con gli occhi sgranati.

La signora Barley non lasciò il braccio di Vincent. «Perché l'alternativa è il caos. E i vampiri non sono altro che terrorizzati dal caos.»

«Certo, a me sembra caos.»

«Non hai ancora visto il caos, caro.»

Ashcroft girava in tondo, il bastone teso come un fioretto. «Non hai mai imparato, vero, Morty? Sempre a nasconderti dietro regole e scartoffie. Sempre spaventato dal sangue vero.» La sua lingua guizzò su un canino; i suoi occhi brillarono. «Mostriamogli.»

Caricò con una furia che sembrava lacerare l'aria stessa — sfocando, riapparendo, ogni movimento esagerato dal glamour che si irradiava dal cerchio da duello. Blackthorn parò il primo colpo, il secondo, ma il terzo lo prese alla gamba, facendolo cadere. Ashcroft si avventò, spingendo l'Anziano contro i pali di ferro.

Con un gesto plateale, afferrò la gola di Blackthorn nell'uncino del suo bastone, lo sollevò e lo torse. Ci fu uno scricchiolio che echeggiò in tutto il cortile.

Blackthorn penzolava, i piedi che raspavano, il mantello che sbatteva come un pipistrello lussato. Tentò di evocare un altro glamour, ma Ashcroft si chinò semplicemente e morse.

Non un morso gentile, da vampiro cinematografico, ma una vera e propria aggressione predatoria, i canini che puntavano alla giugulare con una violenza che spinse persino i Modernizzatori ad abbassare i telefoni per lo shock.

Vincent sentì l'impulso di muoversi, di interferire, ma la signora Barley lo tenne fermo. «Legge del duello. Infrangila, e sarai il prossimo» sibilò.

Lanciò uno sguardo di lato e vide che persino Zara, di solito imperturbabile, aveva un'aria vagamente disgustata. «Pensavo che queste cose dovessero finire con delle scuse e una stretta di mano» mormorò Vincent.

«Non in questo secolo» rispose Zara. «Non per Ashcroft.»

Il duello terminò bruscamente come era iniziato: Blackthorn

si accasciò sulle lastre, il sangue che scorreva in orribili rivoli neri sul davanti della sua cravatta. Ashcroft si pulì la bocca con un fazzoletto di pizzo, poi si rivolse al Consiglio riunito con un inchino così profondo da rasentare la parodia.

«Signore e signori del Consiglio» annunciò, con voce che risuonò chiara, «la Bozza Eterna ha scritto la vostra fine.» Schioccò le dita e un impulso di magia risalì i pali di ferro, inviando un'onda d'urto attraverso ogni vampiro presente.

Nel silenzio, Ashcroft scese dal cerchio, la finanziera immacolata, non una macchia di sangue sulle labbra. Percorse il perimetro, assaporando il panico.

La folla ondeggiò e balbettò, incerta se fuggire o applaudire. Alcuni filmavano; alcuni svenivano. I Modernizzatori, dimostrando un ammirevole professionismo, ripresero a trasmettere in diretta con commenti affannosi.

Ren espirò, solo allora realizzando di aver trattenuto il respiro. «Siamo al sicuro?»

Vincent osservò Ashcroft pavoneggiarsi davanti alle masse inorridite. «Definisci "al sicuro".»

Ashcroft si voltò in quel preciso istante, come se avesse sentito. Il suo sguardo trovò Vincent, indugiò e sorrise. «Squisito, non è vero? Tanta storia da riscrivere. Forse questa volta interpreterai meglio la tua parte, Vincent Lupo.»

Gli fece l'occhiolino.

Vincent si accigliò. «La prossima volta che farò da ghostwriter per l'eredità di qualcuno, ricordami di chiedere la paga di rischio.»

La signora Barley gli diede una pacca sulla spalla. «Andiamo. Ci saranno delle ripercussioni, e dobbiamo fare dei piani.»

Mentre il Consiglio si dissolveva nel caos — golem della sicurezza che inseguivano vampiri imbestialiti, mortali che urlavano e postavano in tempo reale — Vincent guidò la sua squadra attraverso i corridoi sul retro, il suono della legge del duello e del contratto soprannaturale che svaniva alle loro spalle.

DUE

La camera privata del Consiglio era stata un tempo il refettorio di un'abbazia, con le volte scolpite per dirigere i canti del coro verso un Dio che aveva smesso di rispondere alle loro chiamate secoli prima. Ora le volte servivano principalmente a concentrare il panico burocratico in una sorta di effetto Larsen operistico. Sotto di esse, gli anziani del Consiglio si disponevano attorno a un ferro di cavallo di scrivanie in noce, alzando la voce con tutta la compostezza di un tribunale di famiglia subito dopo l'uscita del giudice.

Lampadari di ferro oscillavano sopra le loro teste, proiettando ombre deformi sulle scrivanie sottostanti, ognuna delle quali ronzava ancora, debolmente, della magia residua del cerchio del duello. Alcuni anziani si erano tolti la parrucca nella confusione; altri si aggrappavano a una dignità d'altri tempi, con la cipria incrostata come pasta per imbalsamare.

Vincent se ne stava sprofondato ai margini, le spalle premute contro la pietra fredda, le braccia conserte e la mascella serrata. Una sigaretta era in equilibrio in un elaborato bocchino d'argento, di quel genere che suggeriva al contempo classe e noia terminale. Osservava il dibattito come si potrebbe osservare una mostra canina in cui i cani si erano mangiati i loro addestratori.

Ren aveva arraffato una sedia malconcia e si era appollaiata sulle gambe posteriori, con i piedi sulla seduta, così da poter scrutare meglio la stanza in cerca di uscite improvvisate. Intercettò lo sguardo di Vincent e sollevò le sopracciglia, il che poteva significare «questa è tutta una stronzata» oppure «potremmo tranquillamente derubarli fino a lasciarli in mutande prima dell'alba». Vincent, che lavorava con lei da abbastanza tempo da sapere che significava entrambe le cose, si concesse l'ombra di un sorriso.

La signora Barley stava a due discreti metri di distanza, con la cartellina in mano e un'espressione di pacata esasperazione inchiodata sul viso. Passava lo sguardo da una scrivania all'altra, prendendo appunti su ogni sfuriata, come se pianificasse di presentare un rapporto sull'incidente a Dio in persona. I bottoni lucidi sul suo bavero luccicavano a ogni suo movimento; non sembravano nulla di che, ma Vincent ci avrebbe scommesso l'affitto del mese successivo che uno di essi fosse un pulsante anti-panico attivo.

Sopra di loro, il fantasma di Zara fluttuava attraverso una delle nervature della volta, braccia conserte, capelli immacolati come sempre nonostante la mancanza di fedeltà gravitazionale. «Niente ispira l'unità come il panico più assoluto,» osservò, proiettando la voce quel tanto che bastava a far sì che l'anziano più vicino si guardasse intorno inquieto.

«Non sono in preda al panico,» replicò la signora Barley,

sottovoce. «Stanno semplicemente esprimendo una diversità di opinioni sotto pressione.»

Zara fece un gesto volgare che solo Ren poté apprezzare.

Lì sotto, il Consiglio si era risolto in una discussione a tre, rappresentata da tre Anziani le cui facce da sole avrebbero potuto vincere un concorso di costumi di Halloween.

L'Anziano Corvane, una figura smilza in un gessato che urlava «truffa sui mutui», picchiò un dito sulla scrivania. «Dobbiamo agire con decisione. Replicare immediatamente. Altrimenti, a che serve un Consiglio?»

L'Anziana Skye, che indossava una ragnatela di gioielli d'acciaio su un abito di velluto, ribatté: «Sì, 'replichiamo' contro un mito. Molto sensato. Hai paura anche dell'uomo nero, Corvane, o solo di perdere la pensione?»

Al centro, l'Anziano Marwood si sporse in avanti, con la voce impostata per la massima gravitas. «Tutto ciò che sappiamo è questo: Lord Ashcroft ha invocato la Bozza Eterna. Non è una congettura. Non è uno scherzo. L'antica legge del duello ci ha rinchiusi tutti in quel cerchio. Ha vincolato la volontà collettiva del Consiglio e ora...» fece un gesto verso il cortile da cui Blackthorn era stato spedito, «...gli appartiene.»

Un susurro generale. Diversi anziani borbottarono di incantesimi di soppressione della memoria. Uno suggerì di chiamare in causa i Modernizzatori, se non altro per poterli incolpare in seguito.

Vincent si tolse una briciola di tabacco dalla lingua e lasciò che la tensione nella stanza fermentasse. Nel migliore dei casi, gli anziani si sarebbero sbranati a vicenda e lui avrebbe potuto fregarsi l'argenteria buona uscendo. Nel peggiore, si sarebbero ricordati della vecchia tradizione: in caso di pericolo esistenziale, reclutare Vincent Lupo.

Ren si sporse, sussurrando: «Chi scommetti che ci lascia le penne per primo?»

Vincent ci pensò. «Marwood ha la voce, ma Corvane ha un vero talento per farsi accoltellare nei vicoli. Direi alla pari.»

Zara fluttuò più in basso, il suo viso che passava dritto attraverso una lanterna sospesa. «Glielo dici tu o glielo dico io?»

Lui si strinse nelle spalle. «Ci arriveranno. I vampiri sono, se non altro, assuefatti ai propri drammi.»

Il dibattito del Consiglio virò rapidamente verso il delirio. Marwood batté un martelletto per richiamare all'ordine, ma ebbe l'impatto acustico di un colpo educato su una tomba.

Corvane si alzò, le mani scheletriche aperte come se stesse presentando un cadavere a una veglia funebre. «Propongo di sopprimere ogni ricordo di questo incidente. Contenere la narrazione e riprendere le normali attività. Non possiamo permetterci il caos. L'ultima volta che una profezia è diventata virale, abbiamo perso Parigi per un secolo.»

Skye rise, di una risata acuta e cristallina. «Sono certa che gli umani saranno molto comprensivi quando il loro intero Parlamento verrà fatto a pezzi da cosplayer storici. Sì, facciamo finta di niente e forse l'apocalisse se ne andrà da sola.»

Vincent gettò il mozzicone di sigaretta in un calice vuoto e si schiarì la gola. «Se può essere d'aiuto, nessuno fuori da questa stanza prende sul serio la Bozza Eterna. Siete già un passo avanti in termini di PR.»

Una dozzina di paia d'occhi scattarono all'unisono verso di lui, come uno stormo di corvi che nota un ninnolo luccicante.

Le labbra di Corvane si ritirarono, in un misto di sorriso e ringhio. «Ci conosciamo?»

«Vincent Lupo. Passività professionale. Ufficiosamente a libro paga del Consiglio, quando avete bisogno di risorse negabili o della stesura di pessime memorie per conto terzi.»

Skye lo fissò. «Non dovevi essere morto?»

Vincent fece un gesto vago con la mano. «Mi sono preso un sabbatico. Mi sono annoiato. E ora sono qui.»

L'Anziano Marwood unì le dita a cuspide, la voce gelida. «Se sa qualcosa sulla Bozza Eterna, signor Lupo, Le suggerisco di condividerla.»

Vincent attese, giusto il tempo di infastidirli. «Non c'è molto da condividere. Ogni vampiro ha sentito il mito: una profezia vivente, un motore narrativo che riscrive la storia dall'ombra. Pensavo fosse solo una scusa per bruciare vecchi diari.»

Zara scivolò sulla sua spalla, sussurrando: «Sai che è reale. L'hai vista. Smettila di temporeggiare.»

Vincent alzò gli occhi, con discrezione. «Ho visto un sacco di cose. Il mito dice: la Bozza Eterna è una specie di storia che si auto-modifica, un loop ricorsivo nel tessuto della storia dei vampiri. Ogni volta che qualcuno cerca di cambiare l'ordine delle cose, la Bozza si flette, e qualcuno — di solito il più rumoroso — viene cancellato.»

Corvane sbuffò. «Quindi, siamo minacciati da una metafora ricorsiva?»

«Non una metafora,» lo corresse Marwood. «Un'entità. Una che può essere invocata solo in circostanze molto specifiche: un duello pubblico, con un quorum di testimoni, una sfida alla legittimità del Consiglio.» Fece un gesto verso la stanza. «Cosa che, credo, è appena successa.»

Ren si mosse sulla sedia, a bassa voce. «Quindi... è tipo, un ghostwriter vampiro? Che revisiona la realtà?»

La signora Barley sorrise impercettibilmente. «Sarebbe poetico. Ma la Bozza è meno uno scrittore, e più un parassita. Si adatta, impara e cancella ciò che non può controllare.»

Vincent guardò il soffitto, cercando di non pensare a Carmine. A Parigi. All'ultima volta che aveva visto una profezia diventare virale e divorare una città, un isolato dopo l'altro.

Marwood fece un cenno verso la macchia di sangue. «Ashcroft ha un piano, e ora ha la firma del Consiglio. Dobbiamo anticiparlo prima che la Bozza fissi la nuova storia nella pietra.»

«Buona fortuna,» disse Zara, ma solo Vincent la sentì.

La discussione riprese a girare a vuoto: alcuni esigevano un intervento armato, altri compilavano freneticamente elenchi di plausibili smentite. Qualcuno suggerì un richiamo completo dei Modernizzatori; un altro anziano avanzò l'idea di assumere consulenti mortali, che fu accolta con uno sbuffo sprezzante e un sussurro: «Finirebbero solo per sindacalizzarsi.»

Durante tutto questo, Vincent rimase in piedi, a braccia conserte, il bocchino che dondolava mentre ne mordicchiava la punta. Ogni minuto speso a bisticciare era un minuto più vicino a qualsiasi cosa Ashcroft stesse orchestrando. Tamburellò un dito contro la manica, una vecchia abitudine nervosa che Carmine una volta aveva paragonato a «un metronomo per la sventura imminente.»

Fu l'Anziano Corvane a cedere per primo. Si scagliò contro Vincent, la voce affilata come il gelo. «Tu hai messo fine a Carmine. Tu metterai fine a questo.»

Nella sala calò un silenzio improvviso e stridente.

Vincent guardò Corvane con l'aria di un uomo che era stato

offerto volontario per un patto suicida dopo aver saltato le ultime tre riunioni. Lasciò che il silenzio maturasse, poi fece un inchino così teatrale da rasentare l'osceno.

«Ah, quindi ora sono un eroe? Che promozione da 'passività'.» Il suo sorriso era tagliente, ma le sue dita tamburellavano sul bordo della scrivania come grandine sul coperchio di una bara.

Ren sogghignò. La signora Barley prese un appunto. Zara, per la prima volta, sembrò comprensiva.

Vincent si raddrizzò. «Volete che dia la caccia ad Ashcroft? O alla Bozza stessa?»

Il sorriso di Marwood era fatto di soli denti. «Conosce la differenza?»

Vincent si strinse nelle spalle, a mani aperte. «Solo uno dei due sanguina quando lo colpisci.»

Il Consiglio tornò alle sue beghe, la questione risolta nel modo in cui solo le vere burocrazie sanno fare: scaricando il pallone esistenziale a chiunque si trovasse più vicino alla porta. Vincent si lasciò ricadere all'indietro, il bocchino tra i denti, e si chiese se avesse mai incontrato una profezia che non finisse con qualcuno che veniva riscritto.

Ne dubitava. Ma c'era una prima volta per tutto.

La sala operativa del Consiglio assomigliava a un rifugio antiatomico frettolosamente ridecorato da un survivalista iperzelante con il feticcio per i libri rilegati in pelle. Un tavolo a mezzaluna era rivolto verso una parete di mappe incantate, con la geografia di Londra corrugata e fremente mentre nuove perturbazioni pulsavano prendendo vita. La magia si aggrappava a ogni superficie: nelle fratture sottili del pavimento di marmo, nell'inchiostro che colava da antichi registri, nel debole odore di ozono che suggeriva un ritocco di troppo alla realtà.

Vincent stava in piedi con la schiena alla porta principale, le mani in tasca, mentre il «comitato di crisi» del Consiglio si riorganizzava per il briefing. Solo i veramente disperati lo chiamavano «briefing». A Vincent, sembrava più una cerimonia per l'estrema unzione con un PowerPoint scadente.

Un golem stagista portò un vassoio di fiale di sangue e caffè espresso. Ren ne afferrò uno doppio e guardò accigliata la mappa proiettata, già annoiata dai puntini che sbocciavano oltre il fiume. Il fantasma di Zara era appollaiato sul bordo della proiezione, facendo dondolare le gambe attraverso una Linea di Potere, tracciando il disegno del caos con un dito.

La signora Barley stava appena dietro Vincent, leggendo la stanza nel suo modo efficiente. Notava ogni tremore, ogni mascella serrata, ogni sguardo obliquo alla macchia crescente sull'ordine del giorno: Ashcroft, ora evidenziato in nero funereo, con le sue «manifestazioni» che sciamavano attraverso il Tamigi come una piaga di vespe particolarmente sfarzose.

L'Anziana Skye iniziò lo spettacolo. «L'entità che si fa chiamare Ashcroft...»

«Sempre Ashcroft è,» borbottò Ren, che aveva letto il fascicolo dell'uomo. «È molto fedele al marchio.»

Skye la ignorò. «...non si è limitato a sovvertire il protocollo, ha resuscitato una hit parade dell'infamia britannica. Nelle ultime quattro ore, abbiamo registrato dodici eventi necromantici di alto valore. Ogni volta, la stessa cosa: una figura storica, deceduta da almeno un secolo, ritorna. Un redivivo, ma più intelligente. Affamato di qualcosa di diverso dal sangue.»

Un gesto, e la mappa sputò fuori un nuovo segnaposto rosso. «Oxford Street, due ore fa. Un'avvelenatrice dell'Epoca della Reggenza con un interesse secondario per la vivisezione. Ha ucciso tre persone, poi ha tentato di presentare una petizione di grazia al Ministero dell'Interno.»

Ren sbuffò. «Classico londinese. Omicidio, poi burocrazia.»

Un'ondata di risatine nervose si diffuse tra i presenti. Persino i migliori e i più brillanti del Consiglio non riuscivano a credere alla forma dell'apocalisse che era stata loro servita.

L'Anziano Corvane prese la parola, facendo schioccare la lingua come se stesse assaggiando l'aria in cerca di narrazioni vaganti. «Gli avvistamenti stanno aumentando. Ogni mostro storico con un conto in sospeso sta strisciando fuori dal tritacarte. Alcuni puntano a noi, altri sembrano contenti di regolare vecchi conti in pubblico. In ogni caso, stiamo perdendo il contenimento.»

Vincent studiò la mappa, ignorando la pressione degli sguardi. Sembrava che qualcuno avesse imbastito una partita a scacchi della peste e poi avesse rovesciato i pezzi. «Pensi che Ashcroft li stia controllando direttamente?» domandò, più a beneficio della signora Barley che della stanza.

Marwood, sempre il pacificatore, intervenne. «Non controllo, quanto orchestrazione. La Bozza Eterna vuole sovrascrivere la realtà; Ashcroft le sta solo fornendo i nomi giusti al momento giusto. Ogni redivivo indebolisce il confine tra le storie. Se riesce a ribaltare abbastanza punti della storia...»

Zara concluse il pensiero, la sua voce che si sovrapponeva debolmente a quella di Marwood come solo i morti sapevano fare: «...allora non vivremo più nella nostra storia. Vivremo nella sua versione.»

La signora Barley emise un piccolo e preciso suono di disgusto. «Sta riavviando Londra come teatro per il suo copione. Vampiri inclusi.»

La mappa cambiò di nuovo. Stavolta, i segnaposto non erano rossi ma di una nauseante sfumatura di verde. «Attività dei Modernizzatori?» chiese Vincent, riconoscendo un raggruppamento a King's Cross.

Skye fece una smorfia. «La stanno trattando come un festival. Nuove facce, nuova struttura di potere, un'opportunità per 'sconvolgere' il vecchio ordine. Alcuni di loro ci stanno aiutando, altri trasmettono il caos in diretta streaming. Sta fratturando la città.»

Corvane puntò una nocca contro Vincent. «Ed è per questo che abbiamo bisogno di qualcuno che possa operare su entrambi i fronti. I Modernizzatori non si fidano di noi. La vecchia guardia non si fida di nessuno. Ma tutti conoscono te, Lupo.»

Vincent non parve impressionato. «E il vostro piano quale sarebbe, esattamente? Mandarmi in giro per tutte le banche del sangue a dire a tutti di fare i bravi finché la profezia non passa?»

Skye intrecciò le dita. «Hai contatti in ogni congrega, in ogni cricca. Non sei uno da gruppi, ma sai creare contatti. Abbiamo bisogno che tu costruisca una coalizione.»

Ren per poco non si strozzò con il caffè. «Volete che faccia il reclutatore?»

La cartellina della signora Barley si chiuse di scatto con efficienza militare. «Vogliono che unisca la città. Con ogni mezzo. Tradizionalisti, Modernizzatori, gli elementi criminali. Chiunque non sia ancora stato cooptato da Ashcroft.»

Vincent rise, ma il suono uscì secco e stridulo. «Io? Unire i vampiri? Ma mi avete mai visto?»

Il fantasma di Zara si chinò, le labbra che gli sfioravano l'orecchio: «Non sei così negato come fingi di essere.»

Non si degnò di rispondere.

Corvane, punto dall'insubordinazione, alzò la voce. «Questa non è una richiesta, Lupo. Lei è compromesso in modo unico...»

«Qualificato,» lo corresse Marwood, sebbene il suo sorriso chiarisse quale parola avrebbe scelto lui.

Vincent alzò gli occhi al cielo, ma era una recita per la stanza. Sotto la superficie, sentiva l'angoscia sorda e plumbea che precedeva sempre un disastro: la sensazione pungente di essersi lasciato trascinare, ancora una volta, nella guerra di qualcun altro.

La signora Barley gli posò una mano gentile ma dura come il ferro sulla spalla. «Non devi farlo da solo. Ma devi farlo.»

Ren inclinò la testa, osservandolo con quella quiete snervante che suggeriva sempre che fosse due mosse avanti. Aveva atteso le sue battute, ma ora seguiva il modo in cui le sue nocche si sbiancavano sullo schienale della sedia, il modo in cui non rilassava mai del tutto la mascella.

«Bene,» disse infine Vincent, con voce piatta. «Volete una coalizione, ve la costruirò. Ma quando andrà tutto a puttane, non fate finta di non averlo visto arrivare.»

Marwood annuì. «Lo consideriamo un dato di fatto.»

Il Consiglio passò a questioni secondarie — gestione dei danni, dispiegamento di charme, plausibili smentite — ma Vincent smise di ascoltare. Invece, si tracciò una mappa della città nella testa: i rifugi, le tane per nutrirsi, i ritrovi del vecchio mondo e i bar emergenti dove i Modernizzatori si riunivano per vendersi a vicenda il nuovo capitalismo vampiresco. Cercò di immaginare quali facce sarebbero rimaste intatte dopo una settimana di furia di Ashcroft.

La risposta non gli piacque.

Ren gli diede un colpetto al ginocchio sotto il tavolo, un segnale per muoversi. Lui la seguì, con la signora Barley e il fantasma di Zara che li tallonavano.

Mentre percorrevano il corridoio — antico, illuminato da candele, pieno degli echi di mille tradimenti politici — Vincent abbassò la guardia per mezzo secondo. Le spalle si afflosciarono, ed espirò un lungo, lento respiro che si condensò nel freddo. «Vogliono un salvatore. Tutto quello che hanno sono io.»

La signora Barley non si voltò, ma doveva aver sentito, perché gli angoli delle sue labbra si contrassero.

Le porte di ferro si richiusero alle loro spalle, il loro eco che sigillava l'istante.

TRE

Lasciarono la Corte dei Pallidi Affari dalla porta sul retro, l'unica che non brulicava di assistenti legali, stregoni delle pubbliche relazioni e di qualunque fosse il nome collettivo per un comitato di vampiri. Il passaggio sbucava su una strada in pendenza a metà tra Westminster e il Purgatorio, con il bagliore al sodio della città che filtrava attraverso antiche vetrate. Vincent si fermò sulla soglia, accendendosi una sigaretta più che altro per fare scena, e attese che gli altri si mettessero al passo.

Ren emerse per prima, con l'espressione da predatore in fila all'ufficio di collocamento, cappuccio alzato e mani in tasca. Dietro di lei, Mrs Barley fece una rapida conta, seguita da una Zara spettrale le cui scarpe non facevano rumore ma la cui presenza abbassò la temperatura del vicolo di almeno cinque gradi.

Vincent diede un'occhiata alla città, come se si aspettasse che si fosse sostituita con qualcosa di meglio mentre lui era stato dentro. Londra non l'aveva fatto. Indossava la notte come un trench bisunto, lasciando intravedere qualche sprazzo di eleganza come una coscia nuda, ma per lo più puzzando di pioggia stantia e basse intenzioni.

«Il Consiglio è nel caos» osservò Ren, lanciando un'occhiata alle proprie spalle come se si aspettasse che l'edificio esplodesse per la pura vergogna. «Credi che ammetteranno mai di non avere idea di quello che stanno facendo?»

«Solo in punto di morte» disse Vincent. «E anche in quel caso, sarà una confessione di una sottocommissione, secretata per il pubblico.»

Mrs Barley fece un verso di disapprovazione, come se si trattasse di una violazione del protocollo domestico. «Se la caveranno, caro. Se la cavano sempre.»

Zara fluttuò al loro fianco, braccia conserte, scrutando la strada come se si aspettasse di veder materializzare le statistiche sulla criminalità. «Vi rendete conto che se Ashcroft guadagna un'altra ora di vantaggio, avrà un controllo narrativo su mezza città?»

«Che faccia pure» disse Vincent, facendo cadere la cenere su un lastrico secolare. «La vecchia guardia adora un tour della riscossa. Magari riconvertirà il Parlamento in un parco a tema.»

Camminarono in silenzio per un attimo, mentre i suoni della tarda notte londinese si facevano strada: tassisti che litigavano con autisti di Uber, l'urlo di una rissa davanti a un negozio di kebab, due camion della spazzatura che negoziavano il diritto di precedenza come lottatori di sumo sotto benzodiazepine. Sopra di loro, un'insegna al neon lampeggiava in binario, pubblicizzando "Alimentari & Banca del Sangue 24h", quest'ultima una battuta per iniziati che avevano le giuste predilezioni.

Svoltarono su Whitehall, diretti verso il fiume. Il flusso di turisti si era ritirato per la notte, lasciando solo gli insonni irriducibili e il tipo di persone che credevano che le quattro del mattino fossero il momento migliore per fare una proposta di matrimonio sul Westminster Bridge. La città sembrava vuota, ma Vincent sentiva l'aria farsi tesa, come se Londra stessa si stesse preparando per un temporale particolarmente violento.

Fu Ren a notare la prima anomalia. «Non c'era una statua qui, la settimana scorsa?»

Vincent guardò il familiare bronzo di Sir Winston Churchill, il braccio infilato nel cappotto. «C'è ancora. Solo che si è messo un abito migliore.»

Ma Ren aveva ragione. Il volto, un tempo la maschera paffuta dell'autorità del ventesimo secolo, era cambiato. Gli zigomi erano più affilati, le labbra piegate in un sogghigno anziché in un cipiglio, e gli occhi – prima vitrei di compromessi storici – erano ora vivi di una sorta di divertimento predatorio.

Mrs Barley si fece avanti, scrutando la statua con l'interesse professionale di una donna che aveva visto più di un mausoleo sottoposto a un ritocchino. «Quella non è la faccia originale» disse. «Credo sia... santo cielo, come si chiamava? L'industriale. Costruì la prima ferrovia diretta alla City, poi svanì dopo il crollo della borsa.»

Lo spettro di Zara tremolò. «La storia viene riscritta. Ashcroft non si limita a evocare redivivi, sta manipolando l'intera linea temporale.»

Vincent inarcò un sopracciglio. «E io che pensavo che la realtà avesse toccato il fondo negli anni novanta.»

Proseguirono, facendosi più attenti a ogni isolato. La città faceva del suo meglio per comportarsi bene, ma ora che se n'erano accorti, le anomalie erano ovunque: targhe blu sugli edifici che cambiavano nome a metà frase, lampioni che regolavano le loro tonalità per adattarsi all'umore del periodo, vetrine che si trasformavano da empori di vaporizzatori aperti 24 ore su 24 in «Chimico & Co. – Servizi di Salasso». Una volta, Vincent si voltò e vide che la statua di Churchill aveva girato la testa per vederli passare, un trucco che perfino lui dovette ammirare.

Quando raggiunsero l'Embankment, le alterazioni erano impossibili da ignorare. Una fila di panchine, recentemente vandalizzate con la scritta «LA BREXIT È STATA UN SOGNO FEBBRILE», ora recava invece lo slogan «RIVOGLIAMO L'IMPERO», in eleganti caratteri serif. Un palloncino per bambini, che fluttuava sopra la strada, si trasformò da Spider-Man a un Pulcinella delicatamente dipinto sotto i loro occhi.

Ren si fermò di colpo, la mano sulla balaustra. «Qualcun altro vede la targa sul ponte?»

Vincent aguzzò la vista sulla muratura. La dedica era passata da «Inaugurato da Sua Maestà la Regina Elisabetta II, 1974» a «Battezzato nel Sangue del Tamigi, Lord Ashcroft, 1867». Anche il carattere era diverso: gotico, barocco, che si fondeva con la malta.

«Questa cosa non mi piace» disse Ren. «È come se... la città fosse twittata in diretta da un goth vittoriano.»

Mrs Barley prese nota della data. «Quello fu l'anno delle Rivolte delle Ossa. Londra rischiò di farsi a pezzi da sola.»

«Potrebbe ancora» disse Zara, la voce flebile e raddoppiata. Fluttuava ai margini del gruppo, con gli occhi che saettavano. «Sento la modifica che preme. Come una bozza che cerca di sovrascrivere i vivi.»

Adesso lo sentiva anche Vincent. Il ritmo della città era

diventato aritmico, balbettando tra un secolo e l'altro. Da qualche isolato di distanza, l'allarme di un'auto si interruppe a metà e fu sostituito dal rumore di carrozze trainate da cavalli. Poi entrambi i suoni si sovrapposero, come se la città non riuscisse a decidersi se fosse oggi o il 1887.

Svoltarono in una via laterale – una scorciatoia su cui Ren insisteva, di solito sicura, di solito piena di tassisti e sporcizia comunale. Quella notte, era vuota. Il selciato cambiò sotto i loro piedi, sciogliendosi da asfalto crepato a ciottoli perfetti e lucidi di pioggia. Lampioni a gas presero vita lungo il marciapiede, ardendo di un fuoco freddo e bianco-azzurro. L'aria cambiò: più secca, venata di polvere di carbone e viva dell'eco di vecchi passi.

Vincent allungò la mano e toccò un lampione. Era solido, ma vibrava debolmente, come se ronzasse di energia repressa.

Poi la strada tremolò. Per un secondo fu il 1890, con tanto di chiassosi venditori ambulanti e uno strillone che smerciava romanzi d'appendice. Poi tornò il presente, con i detriti della modernità – vomito, sigarette elettroniche, involucri di McMuffin scartati – sparsi sulle stesse lastre. Poi tornò indietro, poi avanti, poi entrambi contemporaneamente.

Ren strillò e barcollò, afferrandosi il braccio sinistro. «Ahi. Cazzo. Scotta.»

Vincent vide il Marchio sul suo avambraccio, che brillava attraverso il tessuto come una ferita al neon. Le linee erano tornate, e ora pulsavano, rabbiose e vive, come se fossero magnetizzate da ogni cambiamento nella storia.

«Peggiora?» chiese, mantenendo un tono leggero.

Ren scosse la testa, poi annuì. «Non lo so. È come se... ogni volta che la città si modifica, mi tirasse a sé.»

Mrs Barley si chinò, ispezionando il Marchio con distacco professionale. «La profezia sta cercando di ancorarsi a testimoni viventi» rifletté. «Se opponi resistenza, spingerà più forte.»

«Fantastico» borbottò Ren. «Di nuovo io.»

Zara fluttuò sopra di loro, i capelli agitati come da un vento che loro non potevano sentire. «La Bozza Eterna non si limita a riscrivere la storia. Cerca dei modi per renderla permanente. Più persone ricordano la nuova storia, più diventa reale.»

«Il che significa che se un numero sufficiente di persone in città crederà che Ashcroft sia sempre stato qui...» Vincent lasciò che la logica si completasse da sola.

«... allora lo sarà sempre stato» disse Mrs Barley.

La strada ebbe un altro spasmo. Un'ombra all'estremità opposta si allungò e si moltiplicò, risolvendosi nella figura di un uomo con cilindro e mantello. Si fermò, si tolse il cappello in un inchino, poi svanì nel muro mentre la strada tornava al ventunesimo secolo. Un autobus passò rombando, rompendo brevemente l'illusione, ma anche i fari sembravano virare al seppia mentre le modifiche lottavano per il predominio.

Tornarono sulla strada principale, con Vincent che teneva Ren tra sé e il traffico, nel caso in cui il Marchio fosse sul punto di esplodere. La città ora sembrava meno un luogo e più un palcoscenico, con le scenografie che scricchiolavano sotto il peso di troppi sceneggiatori.

Si rivolse a Mrs Barley, che non aveva smesso di catalogare le anomalie dal ponte. «Quanto manca prima che la modifica diventi permanente?»

Lei strinse le labbra. «Dipende dalla forza della narrazione. Al momento è instabile, ma se Ashcroft riesce a legare la storia a un numero sufficiente di menti viventi – specialmente quelle con un interesse nel risultato – potrebbe fissarsi in poche ore. Giorni, nel migliore dei casi.»

Zara non disse nulla, si limitò a fluttuare sopra di loro, con gli occhi che saettavano da un'ombra all'altra. I suoi contorni si sfocavano ai bordi, come se le revisioni della bozza minacciassero di cancellare anche i morti.

Si fermarono a un angolo, con le luci della città che tremolavano con un'intenzione inquietante. Vincent alzò lo sguardo, studiando il profilo degli edifici. Era apparsa una nuova struttura, a metà costruzione: una guglia gotica di vetro e ferro, che si ergeva come un'unghia incarnita dal polso del Tamigi. Non se la ricordava da prima. Dubitava che se la ricordasse qualcun altro.

«È una prova di concetto» mormorò Vincent. «La Bozza Eterna sta trattando Londra come un manoscritto che ha bisogno di un editor come si deve.»

Ren rabbrividì, sebbene la notte non fosse fredda. «Mi spiace deluderlo, ma le sue modifiche fanno cagare.»

Mrs Barley sorrise, appena un poco. «Lo sono sempre, cara. Ma questo non significa che non riuscirà a farle pubblicare.»

Vincent gettò la sigaretta spenta nel tombino, guardandola svanire in un crepaccio temporale. Per la prima volta quella notte, le sue mani tremarono.

«Ci serve un nuovo piano» disse.

«Ne hai uno?» chiese Ren.

«Non ancora» rispose Vincent, con voce che si era fatta più salda. «Ma conosco qualche editor peggiore della morte. E uno di loro mi deve un favore.»

Mrs Barley controllò i suoi appunti. «Ci riuniamo da Ren?»

Zara fece un pollice in su, la mano che si sfocava come se fosse catturata tra due esposizioni.

Vincent annuì. «Fai strada, fantasma delle profezie passate.»

E insieme, si fecero strada attraverso la città in fase di riscrittura, rimanendo nei luoghi illuminati, attenti a non guardare troppo a lungo qualcosa che avrebbe potuto ricambiare lo sguardo.

Entrarono nell'appartamento e, per un momento, il caos del centro di Londra fu sostituito da un diverso e più denso tipo di entropia. Il posto sembrava che una biblioteca pubblica avesse vomitato dopo una sbronza di tre giorni. I libri ricoprivano ogni superficie: codici sul bancone, monografie che reggevano la TV, una pila di opuscoli alta fino alla coscia che copriva il radiatore. L'aria era densa di ozono e del sottile e corrosivo odore di inchiostro che colava.

«Wow» disse Vincent a Ren. «Ti sei data da fare.»

«Non sono stata io.» Ren alzò le mani in segno di resa. «Zara sta facendo il pieno con la sua dieta di ricerche. Io più che altro ho guardato la TV.»

Lo spettro di Zara fluttuava sopra il proprio divano, i piedi raccolti sotto di sé nella posa di chi aveva passato troppo tempo a lavorare da casa. Lanciò un'occhiata al disordine. «Fate come se foste a casa vostra, ma non toccate nulla con una data anteriore al 1939. Quelli sono, ehm... attivi.»

Vincent scelse un posto con una quantità minima di schegge di carta, facendo spazio a Ren, che si rannicchiò subito a gambe incrociate e iniziò a scorrere il telefono. Il

Marchio era ancora visibile sotto la sua pelle, ora più opaco ma pulsante al ritmo di un qualche metronomo privato e sinistro.

Mrs Barley eseguì una meticolosa ispezione della stanza, pulendo polvere inesistente per poi estrarre un taccuino dalla tasca della giacca. «Hai detto di avere una pista su Ashcroft» lo spronò.

Zara annuì, indicando una pila di pergamene così vecchie che avrebbero potuto fossilizzarsi al contatto con la luce del sole. «Ho tirato fuori tutto quello che sono riuscita a trovare. Ma le parti interessanti non sono quello che c'è, è quello che manca. Interi lignaggi... cancellati. Se li cerchi, è come se non fossero mai esistiti.»

Vincent sollevò un sopracciglio. «Quindi, Ashcroft non sta solo tornando. Sta riscrivendo il prequel?»

Zara afferrò una pagina a mezz'aria e la sollevò. Dai bordi colava inchiostro, come se stesse sudando per lo sforzo di rimanere reale. «È più di questo. È un tramite. La Bozza Eterna non è una persona, è un... parassita narrativo. Un processo editoriale senziente. Si attacca a storie instabili e le usa per propagarsi. Come con Carmine, ma in modo *più furbo*. Pensa ad Ashcroft come al burattino, ma il vero bastardo è il braccio che gli si infila su per il culo.»

Ren sbuffò. «Quindi, stiamo combattendo un editor demoniaco. Mi pare giusto.»

Mrs Barley lesse sopra la spalla di Zara, labbra serrate. «E qual è il suo obiettivo, esattamente? Oltre al caos per il puro gusto di farlo?»

«Non è caos» replicò Zara, con voce tagliente. «È chiusura. Le profezie dovrebbero morire con i loro autori. Ma questa –

quella di Carmine – non ha mai avuto un vero finale. L'obiettivo della Bozza Eterna è eliminare ogni anomalia. Compresi noi.»

Un silenzio pesante e untuoso calò sulla stanza. Vincent lo sentì nei denti, una pressione non dissimile dai primi istanti prima di un'emicrania. Cercò di rompere l'atmosfera. «La buona notizia è che sono stato cancellato da storie migliori di questa. La cattiva notizia è che questa ha dei sequel.»

Nessuno rise, il che sembrava appropriato.

Mrs Barley cominciò a ordinare i documenti in pile nitide e simmetriche, raddrizzando di tanto in tanto un angolo con il tipo di cipiglio che avrebbe potuto levigare il legno. «Dobbiamo localizzare Ashcroft prima che la Bozza raggiunga la massa critica. Una volta che la narrazione si è stabilita, non si può disfare senza rischiare l'intera città.»

Il pollice di Ren si librò sullo schermo, ma stava osservando Vincent. «E il Marchio?» chiese. «Non sta solo reagendo, si sta... non lo so. Aggiornando.»

Zara fluttuò più vicino, scrutando il braccio di Ren. La sua mano spettrale attraversò la carne, ma il Marchio brillò più intensamente al contatto, proiettando ombre frattali sul muro. «È un dispositivo di localizzazione, e anche un avvertimento. La profezia ti riconosce ancora come un pericolo narrativo. Questo è un bene. Significa che sei ancora imprevedibile.»

Gli occhi di Ren si strinsero. «Dovrebbe essere confortante?»

«Neanche per sogno» disse Zara, impassibile. «Ma sei viva, il che in termini editoriali è un errore di trama persistente.»

Vincent osservò il tutto, mordicchiandosi l'interno della guancia. Sentì il familiare impulso di darsela a gambe – di svanire in una versione meno maledetta di Londra e lasciare l'apocalisse a persone che la prendevano sul personale. Per quanto lo riguardava, aveva già fatto la sua parte sconfiggendo Bartholemew e Carmine. Ma poi vide Mrs Barley, che allineava le pagine insanguinate d'inchiostro, e Ren, che aveva smesso di scorrere e ora fletteva il braccio come se potesse costringere il Marchio a comportarsi bene con la pura testardaggine.

Si rese conto, con un senso quasi fisico di sconfitta, che sarebbe andato fino in fondo.

Mrs Barley ruppe il silenzio. «Il nostro nemico non è solo un vampiro. È un editor.»

«Peggio» replicò Zara, i suoi contorni che si deformavano mentre rideva. «È la bozza che ogni editor butta via. Quella che si rifiuta di restare morta.»

Un colpetto alla finestra li fece sobbalzare tutti. Vincent si girò di scatto, ma era solo uno stormo di corvi che si posava sul davanzale, con gli occhi scintillanti. Guardavano attraverso il vetro, rapiti, come se aspettassero che la scena si risolvesse da sola.

Ren parlò, con voce flebile ma sicura. «E io sono ancora parte del documento.»

Vincent tentò un sorriso, ma le zanne gli dolevano nelle gengive e, quando ci passò sopra la lingua, sentì sapore di rame e rimpianto. «Possiamo davvero combattere questa cosa?»

Mrs Barley alzò lo sguardo, incrociando i suoi occhi. Per la prima volta, la sua compostezza vacillò. «Dovremo essere creativi.»

Zara annuì. «Stilerò un piano.» Sorrise, spettrale e inquietante. «Con le dovute modifiche.»

Vincent sollevò il bicchiere verso la squadra, e questa volta, anche i corvi sembrarono approvare.

QUATTRO

Vincent odiava l'East End dopo il tramonto, il che era imbarazzante per una creatura che, secondo il parere unanime dei medici, non sarebbe dovuta esistere al di fuori di un ufficio senza finestre. Le strade erano progettate per resistere all'orientamento, essendo state tracciate dal cartografo più vendicativo del mondo e, se il Blitz non le aveva rase al suolo, la gentrificazione aveva fatto del suo meglio per renderle irriconoscibili. Ma anche con le nuove tratte degli autobus notturni, il vomito sui marciapiedi e il commento costante di ogni minicab di passaggio, i vecchi fantasmi si aggrappavano ancora a quel luogo.

Quella notte, Vincent era all'inseguimento di un nuovo fantasma. Del tipo con un'inclinazione per il teatrale e una sconcertante noncuranza per il valore degli immobili.

La voce era iniziata con un messaggio da parte di uno stagista del Consiglio che una volta aveva cercato di ricattarlo: «Controlla il Curtain's Call, a Brick Lane. Ultimo piano. Imperdibile». Il fatto che l'informatore fosse ormai una fine nebbiolina sotto il sottopassaggio di Charing Cross non smorzò l'urgenza. Quando Vincent, Ren, la signora Barley e Zara, ancora priva di un corpo, raggiunsero l'indirizzo, la strada già vibrava di quel tipo di attesa che di solito precedeva una sommossa o l'apertura di un bar di mezcal temporaneo.

Il Curtain's Call un tempo era stato un teatro. L'insegna sopra l'ingresso era corrosa e la "i" era stata da tempo rimossa da generazioni di critici armati di coltello. L'atrio puzzava di salamoia e incenso a buon mercato, e i tappeti sotto i piedi liberavano nuvolette di spore a ogni passo. Superata la biglietteria, defunta da tempo, e un labirinto di tende oscuranti (nessuna uguale all'altra), trovarono la sala principale.

La platea era un diorama mortuario, perfetto per il tema della serata. File di sedili di velluto sprofondavano in segno di resa, con il tessuto sfregiato da bruciature di sigaretta e occasionali gatti selvatici. Il lampadario del soffitto, una cosa mostruosa, metà vetro e metà stalattite, pendeva così in basso che persino Vincent dovette abbassarsi per passarci sotto. Le luci della ribalta erano state sostituite con dei lumini e, inspiegabilmente, una manciata di torce a LED fissate con nastro adesivo a bottiglie di vodka.

Sul palco: la battuta finale più barocca del mondo. Tre bare stavano in piedi, verniciate di lacca lucida, disposte come concorrenti di un depravato concorso di bellezza. Davanti a loro, Lord Ashcroft passeggiava a braccia aperte, con le falde del cappotto che sbattevano come le ali di un corvo assassinato.

Il pubblico era un sogno febbrile accuratamente selezionato. Metà era composta da mortali, con i volti che brillavano del peculiare entusiasmo dei cultisti o di blogger estremamente devoti. L'altra metà era di vampiri, la fazione dei Modernisti, con i telefoni pronti, avidi di un disastro degno di un meme. Almeno due indossavano magliette identiche con la scritta "BITE ME HARDER", e uno portava un cilindro eccentrico con "#GothDaddy" in strass. Vincent sentì un forte impulso di dare fuoco a tutti.

Presero posto vicino al corridoio, a una distanza di sicurezza per la fuga ma abbastanza vicini da vedere il sudore sulla fronte di Ashcroft. O ciò che passava per sudore in un uomo che, a rigor di termini, era privo di ghiandole funzionanti.

Ashcroft attese che i mormorii si placassero, poi fece un ampio gesto di saluto. «Signore, signori, ambiguamente vivi!» tuonò, la sua voce che fendeva l'umidità della stanza come la sirena della polizia durante la Bonfire Night. «Benvenuti alla prima, di molte, dimostrazioni. Stanotte, restituiremo a Londra le leggende perdute che tanto brama!»

Vincent borbottò: «Niente evoca una "leggenda" come un lancio in sordina nell'East End».

Ren ridacchiò dietro una mano. «Gli do due atti prima che divorino il pubblico.»

La signora Barley scrutò la folla, facendo l'inventario dei volti e delle potenziali vie di fuga. «Sarebbe un miglioramento» disse, sistemandosi gli occhiali. «Almeno così sarebbero occupati.»

Zara fluttuava a un palmo dal cuscino del suo sedile, con gli occhi fissi sul palco. «Guardate le sue mani» sussurrò. «Sta vincolando la folla. Letteralmente.»

Ashcroft si avvicinò alla prima bara. Con un gesto teatrale, aprì i fermagli d'ottone e si fece da parte mentre il coperchio si apriva con uno scricchiolio.

L'occupante emerse con squisita lentezza, come se non volesse turbare la propria tensione narrativa. Indossava un abito di piume nere iridescenti, con il volto dipinto con la delicata precisione di un maestro falsario. Le labbra, lucide e cianotiche, si dischiusero in un sorriso così affilato che avrebbe potuto essere stato scolpito con una spatola.

«Permettetemi di presentarvi» disse Ashcroft, «il gioiello di Mayfair, l'angelo dell'arsenico originale: Lady Euphemia Clore!»

Il pubblico ruggì, i flash dei telefoni lampeggiarono, mentre la rediviva mondana avanzava fluttuando. Le mani, racchiuse in guanti lunghi fino al gomito, sventolavano un ventaglio ingioiellato con un'eleganza da spezzare i polsi. Le punte del ventaglio, notò Vincent, gocciolavano di un fluido che vaporizzava a contatto con il palco laccato.

«Posa» sibilò Ren, ma Vincent percepì una nota d'invidia.

Lady Clore fece una riverenza, provocando un'increspatura nelle prime file. Un bambino vicino al corridoio prontamente svenne, cosa che la deliziò. Allungò il ventaglio, sventolandolo verso la folla come per impartire una benedizione di sottile sventura.

Ashcroft continuò: «Il nostro prossimo ospite, rinomato per il suo approccio non convenzionale al giuramento di Ippocrate, e l'unico uomo bandito dal Guy's Hospital per "eccessivo zelo". Accogliete il dottor Erasmus Pike!»

La seconda bara si spalancò in una pioggia di schegge. Pike era un uomo scheletrico, tutto spigoli e con gli occhi spiritati, il camice da laboratorio a brandelli, macchiato di cose che un tempo potevano essere state organiche. Aveva le mani avvolte in garze chirurgiche, ma ciò non riusciva a nascondere le seghe per ossa e le cesoie per costole attaccate in vari punti lungo le sue braccia. Ghignò, mostrando un numero impossibile di denti.

Vincent riconobbe il tipo. «Maledizione, è *House, M.D.* se la sceneggiatura fosse di Clive Barker.»

Pike percorse il bordo del palco, inchinandosi a Lady Clore, poi al pubblico, poi ad Ashcroft, come se cercasse di completare la collezione. «Che esemplari eccellenti!» gracchiò, con gli occhi saettanti. «Così tanti miglioramenti da apportare!»

«Si riferisce ai vivi o ai morti?» chiese Ren.

Vincent si strinse nelle spalle. «Probabilmente a entrambi. Forse anche ai sedili.»

Ashcroft si godeva il caos. Attese l'applauso, poi prese un respiro profondo e del tutto superfluo.

«E per ultimo, ma non meno importante, l'uomo le cui parole maledissero un secolo, i cui duelli riscrissero le leggi della condotta cavalleresca, i cui versi incompiuti tormentarono l'intera Royal Society: il mio compagno d'armi e d'arte, il signor Algernon Bleak!»

La terza bara si aprì non con un botto, ma con un lieve scatto. L'uomo all'interno era vestito per un funerale, forse il proprio: marsina, cravatta, una catena da orologio che gli attraversava il petto. La sua pelle era sottile come carta, spolverata di inchiostro blu-nero, e le sue mani portavano le macchie di mille penne d'oca spezzate. Al posto degli occhi, aveva frammenti di vetro infranto che scintillavano nelle orbite.

Si avvicinò al microfono (che in realtà era solo un set da karaoke per bambini appoggiato su una pila di Bibbie) e parlò con una voce che pareva un necrologio scritto nel cemento fresco: «Vivo per essere ascoltato, e muoio per essere ricordato. Grazie per la seconda possibilità.»

L'applauso fu prima sparso, poi si intensificò quando il pubblico si rese conto che non si trattava di una performance artistica, ma della storia tornata a mordergli il culo.

Vincent si chinò verso Ren, il cui Marchio aveva iniziato a prudere con un dolore acuto e pulsante. «Meraviglioso. I peggiori invitati alle feste della Gran Bretagna, di nuovo in scena a grande richiesta.»

Ren fece una smorfia. «Non vedo l'ora di vedere il dopofesta.»

Sul palco, il trio di redivivi si riunì davanti ad Ashcroft, che alzò le loro mani una per una come l'arbitro di un campionato.

«Londra!» proclamò, la voce tremante della gioia di un uomo che aveva appena dato fuoco ai suoi nemici dando la colpa al tempo. «Stanotte siete testimoni della rinascita della grandezza. Domani, il mondo ricorderà i nostri nomi. Le nostre storie non moriranno mai!»

Un boato, così forte da far tremare il soffitto marcio, si levò dalla folla. I Modernisti si riversarono davanti al palco, telefoni in alto, già intenti a usare l'hashtag dell'evento prima ancora che finisse. I mortali urlarono, metà per il terrore, metà per l'estasi, mentre Lady Clore spandeva una nebbia velenosa sulla platea.

Vincent tenne gli occhi fissi su Ashcroft. Il vecchio bastardo si stava crogiolando nell'attenzione, ma sotto, Vincent vide lo sforzo: il barlume di incertezza, il leggero tremore della mano sinistra mentre lottava per tenere insieme la narrazione. Stava funzionando, per ora, ma le cuciture erano visibili a chiunque avesse mai provato a mantenere in vita un segreto in quella città.

La signora Barley si chinò, le labbra che si muovevano

appena. «Li ha costruiti per uno scopo. Una trinità: la decadenza, la crudeltà e la parola.»

Zara annuì. «È una struttura mitologica. Non sta solo evocando mostri, sta seminando un nuovo pantheon.»

«Londra potrebbe fare di meglio» disse Vincent.

«Londra di solito lo fa» disse la signora Barley«ma non è mai svelta a farlo.»

Le luci del palco tremolarono e, per un istante, tutti e tre i redivivi parvero guardare direttamente Vincent e il suo seguito. Lady Clore sorrise con fare complice. Pike contrasse le lame chirurgiche. Bleak sollevò una mano, da cui gocciolava inchiostro, e li indicò come per marchiarli per dopo.

Ashcroft si inchinò, una volta, poi una seconda, e lasciò il palco tra applausi scroscianti. Le luci della sala si accesero e il teatro ritornò immediatamente alla sua precedente decrepitezza, ma l'energia nell'aria era cambiata. La notte non era più uno sfondo passivo, ma un essere vivente e famelico, pronto a divorare chiunque non fosse abbastanza rapido da adattarsi.

Mentre il pubblico si riversava in strada, vibrante di quel tipo di euforia che segue solo la consapevolezza di aver appena assistito a qualcosa di profondamente illegale, Vincent e gli altri rimasero indietro, lasciando passare la calca.

Ren si stiracchiò, strofinando il Marchio. «Andrà a peggiorare, vero?»

«Contaci» disse Vincent.

Zara scivolò spettralmente nel corridoio, esaminando l'impronta magica lasciata sul palco. «Ha un circuito perfetto. Ogni volta che uno di quei tre causa il caos, l'Eterna Corrente diventa più forte. E così anche Ashcroft.»

«Incantevole» disse la signora Barley chiudendo il suo

taccuino. «E noi siamo gli unici idioti con una speranza di interromperlo.»

Vincent sorrise, un sorriso teso e gelido. «Allora, non facciamo aspettare i nuovi dèi di Londra.»

Sgusciarono in strada. Il teatro era già stato chiuso alle loro spalle, il frastuono della folla in partenza che svaniva nel suono dei veicoli di emergenza. In alto, lo skyline della città oscillava tra il presente e il passato, i lampioni a gas che combattevano con i LED, e da qualche parte nel buio che si infittiva, tre vecchi incubi sorrisero.

Si preannunciava, decise Vincent, come la peggiore serata d'apertura della sua carriera.

Si scoprì che l'unica cosa che Londra amava più di un ritorno alla ribalta era una crisi di pubblica sicurezza. Quando Vincent e la sua squadra raffazzonata arrivarono dal Curtain's Call a Whitechapel, la notte era passata da drammatica a disastrosa. I tre "ospiti" di Ashcroft non avevano perso tempo a dare il via al loro tour di debutto e, in pochi minuti, tutta Shoreditch era in cima alle tendenze per motivi che avrebbero fatto arrossire un serial killer.

La trinità degli incubi non provò nemmeno a nascondersi. Si pavoneggiava, in una processione anti-reale: Lady Euphemia Clore, l'angelo dell'arsenico, fluttuò in un bar con cocktail con la disinvoltura di una modella in passerella; il dottor Erasmus Pike allestì un'unità di triage in un vicolo dietro una sala da shisha; Algernon Bleak si aggirò per la

strada, recitando poesie estemporanee ai passanti e occasionalmente sparando loro.

Vincent valutò la mappa del caos mentre Zara la proiettava
in tempo reale sullo schermo del suo telefono. «Ci dividiamo»
disse. «Classico errore da film dell'orrore, ma è meglio che
affrontarli tutti e tre insieme.»

Ren grugnì, mentre già scrutava la mappa alla ricerca del
poeta. «Mi occupo io di Bleak. Sembra il tipo che si piega se
qualcuno minaccia di spaccargli la faccia.»

«Signora Barley?» Vincent si rivolse all'anziana governante.

«Gestirò io l'arrampicatrice sociale» ella rispose, con la
dizione attenta di una donna che una volta aveva contenuto le
conseguenze di un festa in giardino infestato da un poltergeist.
«Ho avuto a che fare di peggio al club del libro.»

Zara fluttuava a qualche passo di distanza, braccia incrociate, ora più solida di quanto Vincent l'avesse mai vista. «Allora
a te tocca il chirurgo. Cerca di non farti 'potenziare' da lui.»

Vincent sentì un brivido lungo la spina dorsale, ma se lo
scrollò di dosso. «Comunque, la chirurgia elettiva non mi ha mai
attirato.»

Si separarono, ognuno diretto verso il proprio obiettivo, con
Zara come centro di controllo, che trasmetteva aggiornamenti in
tempo reale con una voce che ora tremava di statica.

L'aria notturna era pungente, colma del tonfo lontano dei
subwoofer e delle sirene più vicine della polizia. Vincent si tirò
su il colletto, svoltò l'angolo e inciampò quasi su una scia di
sangue che conduceva alla "clinica" improvvisata di Pike.

Era uno spettacolo dell'orrore. Pike aveva costruito una sala
operatoria con cassette del latte e un'asse da stiro, coperta da un
lenzuolo che non aveva mai conosciuto la candeggina. Il suo

pubblico era un malcapitato fattorino, al momento privo di sensi, con Pike che narrava l'intervento a un cerchio di tossici affascinati.

«Osservate» intonò Pike, «la delicatezza dell'arteria omerale. La maggior parte dei medici moderni si tirerebbe indietro di fronte a una tale esposizione, ma io dico: abbracciamo le possibilità!» Agitò una sega per ossa come la bacchetta di un direttore d'orchestra. «L'anatomia non è che la poesia della carne!»

Vincent soffocò una risata, poi fece un passo avanti. «Non farti sentire dall'Ordine dei Medici a parlare così. Ti revocheranno i privilegi per il podcast.»

Gli occhi di Pike si illuminarono. «Un volontario! Hai la struttura ossea di una scultura rinascimentale... quanto potenziale sprecato.» Fece un gesto con un bisturi, pulito ma minaccioso. «Come ti miglioreremo?»

«Comincia col migliorare i tuoi modi con i pazienti» disse Vincent. Accorciò la distanza, finse un sinistro e poi gli sferrò un gancio destro alla mascella.

Avrebbe dovuto porre fine allo scontro. Invece, la testa di Pike scattò di lato, si staccò dal corpo e poi si riattaccò con un "clic" umido. «Delizioso!» sghignazzò. «Sarai un esperimento meraviglioso.»

Si studiarono, scambiandosi colpi e insulti. Le mani di Pike erano ovunque, il bisturi che fendeva, la sega per ossa che strideva. Vincent subì un taglio al braccio, sentì la familiare ondata di guarigione attivarsi e usò il dolore per assestare una ginocchiata allo stomaco di Pike. Il redivivo si piegò in due, poi si ricucì con un ago arrugginito, senza mai distogliere lo sguardo.

«Te la stai godendo troppo» ansimò Vincent.

Pike si strinse nelle spalle. «Le vite ultraterrene sono noiose. Bisogna crearsi le proprie emozioni.»

Vincent spazzò le gambe di Pike, facendolo schiantare contro le cassette. Per un attimo, il chirurgo giacque immobile. Poi balzò in piedi, brandendo un divaricatore costale.

«Ammetto» disse Pike, «non mi aspettavo una tale resistenza. Lei è un esemplare raro, signor Lupo. Potrò avere il suo autografo quando avremo finito?»

Vincent sogghignò. «Solo se potrò firmare io il tuo certificato di morte.»

Placcò Pike, inchiodandolo a terra. Con un ringhio, spezzò in due il divaricatore costale e conficcò le estremità rotte nelle spalle di Pike, fissandolo come una farfalla. Pike si contorse, poi si fermò, ridendo.

«Oh, squisito. Ricorderò questo momento per sempre.»

Vincent indietreggiò, pulendosi il sangue dalla bocca. «Non avrai molto tempo per dimenticarlo.»

Il chirurgo sorrise, i denti come tasti di pianoforte. «Staremo a vedere.»

Vincent lo lasciò lì, sapendo che la vittoria sarebbe stata temporanea. Toccò il suo comunicatore, chiamando Zara. «Uno è andato. La prossima è la signora Barley.»

La signora Barley si avvicinò a Lady Euphemia Clore con la compostezza di chi sta per ispezionare un mocio per la polvere poco efficiente. L'arrampicatrice sociale si era accomodata al tavolo migliore del bar, tenendo banco a una combriccola di influencer e day trader.

Clore puntò il ventaglio verso la signora Barley, gli occhi freddi e scrutatori. «Lei non è sulla lista» disse. «Provi al Wetherspoons in fondo alla strada.»

La signora Barley sorrise, impassibile. «Protocollo di contenimento, Sottosezione 7: Detenzione di Entità Ostile.» Estrasse un foglio di pergamena piegato, ufficiale come una cartella esattoriale. «Le viene ordinato di cessare e desistere da ogni attività inebriante.»

La risata di Clore era puro ghiaccio. «Tesoro, le attività inebrianti le ho inventate io.»

La signora Barley schivò un bicchiere lanciato, poi un altro, quindi afferrò il terzo e lo posò, senza mai distogliere lo sguardo. «Lei non ha capito. Questa non è una negoziazione.»

Clore chiuse di scatto il ventaglio, rivelando uno stiletto nascosto. «Allora faremo alla vecchia maniera.»

Si girarono in cerchio, mentre gli avventori si disperdevano. Clore mulinava la lama in archi eleganti, ognuno dei quali la mancava per meno di un capello. La signora Barley si muoveva con precisione pacata, ogni suo passo studiato per incanalare Clore verso l'uscita di emergenza.

«I burocrati mi annoiano» sibilò Clore.

«Quello è il nostro lavoro» disse la signora Barley. Intercettò l'affondo successivo, lo deviò, e bloccò il braccio di Clore dietro la schiena con una presa che avrebbe impressionato un buttafuori professionista.

«Non sei nemmeno una vampira» sputò Clore.

«No» concordò la signora Barley, «ma sono estremamente testarda.»

Clore si divincolò, ma la signora Barley tenne la presa. «Non sei l'unica a saper fare la morta» sussurrò, poi applicò un glifo vincolante sulla schiena di Clore. La rediviva urlò quando la magia fece effetto, immobilizzandola sul posto.

La signora Barley si spolverò le mani, poi fece un cenno agli spettatori. «Lo spettacolo è finito. Mi raccomando la mancia al barista.»

Ren trovò Bleak a Hoxton Square, intento a tenere banco a un pubblico di bidoni vuoti e tre stagisti terrorizzati. Andava avanti e indietro, pistola in una mano, libro di poesie nell'altra, alternando declamazioni e spari a caso in aria.

«Il tempo è una ruota» dichiarò, «e noi siamo i raggi! Che girano, ritornano, condannati a spezzarsi o piegarsi!» Sparò un colpo, che rimbalzò e spense un lampione. «Tale è la poesia dell'esistenza!»

Ren si avvicinò minacciosa, pugni serrati. «Le tue metafore fanno schifo» gridò.

Bleak si fermò, inclinò la testa. «Una critica! Che delizia. Vogliamo duellare?»

«Solo se hai paura di perdere» disse Ren, accorciando la distanza.

«Mai» replicò Bleak, gettando via il libro e puntando la pistola al suo petto. «Ultime parole?»

«Non proprio» disse Ren, e caricò.

Bleak sparò due volte. Entrambi i colpi la mancarono, di poco. Ren lo placcò, facendoli rotolare a terra. Bleak era più forte di quanto sembrasse, e veloce. Rotolò sopra di lei, le premette la pistola alla testa, ma Ren si contorse, deviando l'arma. Questa sparò, sollevando scintille.

Bleak cambiò tattica, graffiandola con mani macchiate d'inchiostro, cercando di soffocarla con le pagine della sua stessa poesia. Ren sentì le parole infiltrarsi nella sua pelle, come tatuaggi bagnati. Il Marchio sul suo braccio divampò, bruciando attraverso la manica.

Faceva più male di qualsiasi cosa avesse mai provato. La sua vista raddoppiò, poi triplicò, come se cento versioni di sé stessero combattendo contro Bleak contemporaneamente. Ansimò, riuscendo a malapena a respirare.

Bleak sogghignò, i denti che colavano inchiostro. «Ora vedi. Siamo tutti bozze. Solo ad alcune è permesso sopravvivere.»

Ren urlò, se lo scrollò di dosso e barcollò via, stringendosi il braccio. Il Marchio pulsava, vivo, strisciando su per la spalla verso il suo cuore.

Bleak avanzò, ma si fermò quando il fantasma di Zara si materializzò tra loro, più solido di prima.

«Adesso basta» disse Zara. La sua voce era stratificata, echeggiante. «Non è lei la tua ancora.»

«Oh, ma lo è» tubò Bleak. «È il margine in cui sono scritto.»

Zara si accigliò. «Sei una nota a piè di pagina, al massimo. E io le note a piè di pagina le cancello sempre.»

Stese la mano, toccò la fronte di Bleak. Lui urlò mentre una luce spettrale lo attraversava, strappando via gli strati di inchiostro e ossa, lasciando dietro di sé solo una debole immagine residua.

Ren crollò contro un bidone, il Marchio che ancora bruciava. «Sono... collegati a me» ansimò.

Zara le si inginocchiò accanto, lisciando l'aria intorno al viso di Ren. «Mi dispiace. È peggio di quanto pensassi.»

Ren sbatté le palpebre, il sudore che le bruciava gli occhi. «Cosa vuoi dire?»

Il fantasma di Zara tremolò. «Ashcroft non sta solo resuscitando vecchi mostri. Sta usando la Bozza Eterna per legarli a fili viventi. Tu sei uno di questi. Vincent un altro. Forse anche la signora Barley.»

Ren cercò di alzarsi. «E quindi cosa siamo, batterie? Batterie narrative?»

«Ancore» disse Zara a voce bassa. «Se tu crolli, la storia si fissa. Per sempre.»

La città gemeva in lontananza, il suono di nuove sirene e i tweet in preda al panico di centomila testimoni. Il telefono di Ren ronzava di notifiche: «Strano gas all'Old Blue Last», «Mago di strada spacca a Hoxton», «East London è infestata?».

Riuscì a fare una risata, amara e limpida. «Siamo di tendenza.»

Zara l'aiutò ad alzarsi. «Troviamo gli altri. Dobbiamo riorganizzarci.»

Trovarono Vincent e la signora Barley che aspettavano al punto di ritrovo concordato, entrambi più malconci di prima. La signora Barley aveva un taglio sopra il sopracciglio, ma la sua espressione era serena. Le nocche di Vincent erano scorticate, ma lui stava sogghignando.

«Siamo stati promossi a minaccia esistenziale» disse.

«Congratulazioni» borbottò Ren. «Qual è il prossimo passo?»

La signora Barley si tamponò la fronte con un fazzoletto con le sue iniziali. «Portiamo lo scontro da Ashcroft. Spezziamo la catena prima che possa scriverla nella storia.»

Zara annuì, la sua sagoma che tremolava come un'insegna al neon morente. «Più aspettiamo, più ne porterà dall'altra parte. Londra affogherà nei suoi stessi mostri.»

Vincent guardò la sua squadra malconcia. «Nessuna pressione, allora.»

Incominciarono a camminare, mentre la città si trasformava e gemeva intorno a loro. Nei vicoli, le ombre si muovevano, e nei pub, la storia si riscriveva una pinta alla volta.

CINQUE

Vincent non si era mai fidato dei vicoli bui, neanche prima della recente caduta della città nella follia. Le vene di Londra erano sempre state un ricettacolo di piscio, cartocci di patatine e del misero ottimismo dei festaioli sperduti, ma adesso i bassifondi avevano qualcosa in più: un senso di proposito narrativo, come se fossero stati scritturati quali comparse per un film in cui i ruoli migliori andavano agli psicopatici.

Quella sera, il Marchio sul braccio di Ren li attirò lontano da Spitalfields Market con la sicurezza di un navigatore satellitare programmato da un poltergeist. Le pulsava sotto la manica come un minuscolo e rabbioso faro, la pelle circostante madida di sudore nonostante il freddo della notte. Camminava davanti a Vincent, a testa bassa, la postura delle spalle che avrebbe scoraggiato anche il più risoluto dei rapinatori.

Il vicolo puzzava di carta bagnata e di olio per friggere, con le pozzanghere illuminate dalle luci contrastanti di un negozio di sigarette elettroniche e di un banco dei pegni aperto ventiquattr'ore su ventiquattro. Le luci si combattevano in un blu malaticcio e un rosso da veicolo d'emergenza, e l'effetto combinato faceva apparire ogni volto colpevole e ogni ombra una probabile scena del crimine. Vincent la seguì, con le mani sprofondate nelle tasche del cappotto, lo sguardo che saettava dai sacchi della spazzatura alle pozze di origine indeterminata che si stavano lentamente rapprendendo sotto i suoi piedi.

Ren non rallentò finché non raggiunsero il vicolo cieco, un tratto di muro così fittamente tappezzato di manifesti da sembrare reduce da tre rivoluzioni diverse. Esitò, poi indicò un punto. «Lì» sussurrò, e lo sguardo di Vincent scivolò oltre di lei, fino al teatrino improvvisato nel cuore del vicolo.

Un traballante tavolo a cavalletti, col piano deformato sotto il peso di un uomo legato con cinghie, fili metallici e quelli che sembravano sospettosamente i cavi mancanti di una centralina di videosorveglianza comunale. Il volto dell'uomo era una maschera di terrore e il suo corpo sussultava a ogni tentativo di liberarsi, ma le cinghie tenevano, strette al punto da mordergli la carne.

Inginocchiato ai piedi del tavolo, il dottor Erasmus Pike era un ritratto di follia professionale. Il suo camice, un tempo un modello standard del sistema sanitario, era ora irto di tasche cucite e scintillava della promessa di chirurgia amatoriale. Le sue mani, incredibilmente lunghe e aperte, lavoravano con placida efficienza sulla tibia della vittima, dove la carne era già stata scuoiata in una parodia delle illustrazioni di un manuale di anatomia. Ogni volta che il morsetto arrugginito di Pike si serrava, l'urlo del paziente rimbalzava sui muri del vicolo e si levava nella notte scintillante.

Vincent vide la faccia del chirurgo in tre fasi: prima, il

bagliore duro di un monocolo, crepato e appannato da vecchio sangue; poi, il sorriso fisso, un *rictus* che era costato a Pike il licenziamento da almeno due ospedali; infine, le rughe di eccitazione attorno alla bocca, come se quello fosse il momento culminante della sua settimana e non volesse perdersi per nulla al mondo il gran finale.

Vincent si chinò verso Ren, la sua voce poco più di un ringhio spettrale. «Finalmente un dottore che fa sembrare misericordiose le liste d'attesa della sanità pubblica.»

Lei non rise. Non se l'aspettava.

Lui avanzò, le scarpe che sguazzavano, e gridò: «Buonasera, dottor Pike. È un ambulatorio a libero accesso, o accettate pazienti su rinvio?»

Pike alzò lo sguardo, le mani ancora intente a premere una sega da ossa contro la gamba tremante, e le sue labbra si tesero ancora di più. «Ah! Signor Lupo. Speravo in un paziente migliore, ma suppongo che le sue ossa dovranno bastare.»

Abbandonò la sua vittima, alzandosi con un movimento a schiocco di frusta che sfidava la fisica e il buon costume. La sega da ossa lo seguì, lucida di spruzzi arteriosi. Pike avanzò, con un movimento stranamente fluido, gli occhi fissi non sulla faccia di Vincent, ma sulla sua clavicola, come se stesse già mappando il punto d'ingresso preciso per la lama.

Vincent sentì il cuore accelerare, più per rivalità professionale che per paura. Lasciò che Pike si avvicinasse, tanto vicino che il suo alito gli sfiorò la guancia e il tanfo di sangue, formalina e sigari stantii si percepì come una forza fisica. A quella distanza, la voce di Pike era un raschio fragile: «Vediamo di che pasta sei fatto, Vincent. Spero davvero si tratti di qualcosa di raro.»

Vincent non gli diede la soddisfazione. Scattò con la mano sinistra, afferrando la sega dal lato non dentato. I denti gli stridettero sul palmo, scavando solchi superficiali che dolevano ma non sanguinavano, non ancora. Subito dopo partì il pugno destro, che colpì Pike sotto il mento con forza sufficiente a spezzare la catenella del monocolo e a far roteare la lente nella cunetta.

Pike barcollò all'indietro, sferzando l'aria verso Vincent con la lama, ma questa volta lui parò con l'avambraccio, lasciando che il filo seghettato mordesse a fondo, per poi strapparlo via di lato. Il chirurgo urlò, meno per il dolore che per la gioiosa anticipazione, e si scagliò con la mano libera, colpendo Vincent alla mascella con dita che parevano più ossa che pelle.

Ren sibilò alle sue spalle. Il Marchio sul suo braccio brillava ora, visibile anche attraverso la sporcizia della felpa. Vincent vide il fuoco blu riflettersi negli occhi di Pike, e per un istante entrambi si immobilizzarono, ipnotizzati dall'impulso di una profezia vivente.

Fu tutta l'apertura di cui Vincent aveva bisogno. Liberò la sega da ossa con una torsione, impugnandola al contrario, e la conficcò nello stomaco di Pike. La lama affondò con un rumore simile a cesoie che tagliano cartone bagnato. La bocca di Pike si aprì, si chiuse, poi si aprì di nuovo mentre contemplava la nuova ferita con ammirazione.

«Magnifico» ansimò, e cominciò a ricucirsi la ferita con ago e filo che teneva pronti nella manica. Le sue mani si mossero così in fretta che Vincent a malapena vide il filo prima che si stringesse e si annodasse; il taglio fresco era già ricucito quando Pike si raddrizzò.

Vincent grugnì. «Sei sempre stato uno che impara in fretta, Dottore.»

Pike sogghignò. «Alcuni di noi imparano sul campo.» Si lanciò di nuovo all'attacco, questa volta con tutta la forza di un redivivo senza catene, e i due si schiantarono contro il muro del vicolo. I mattoni tremarono; una finestra vicina vibrò nel suo telaio.

In alto, una sagoma gelida fluttuò nella luce della lampada: Zara, che osservava, il suo volto spettrale sereno e indecifrabile. Al tavolo, la signora Barley non aveva perso tempo. Si era inginocchiata accanto al prigioniero, le mani che lavoravano sui legacci con tutta la delicatezza di un artificiere. Ogni volta che l'uomo gemeva, lei mormorava parole così sommesse che svanivano nell'aria umida del vicolo. La sua concentrazione era assoluta, come se si fosse addestrata per quel preciso momento nel seminterrato di una qualche sezione segreta dell'MI5.

Vincent sentì la pressione sulla gola mentre Pike spingeva più forte, gli occhi del chirurgo folli di gioia. «Dovrebbe lasciarsi andare, signor Lupo. È molto più facile quando si smette di lottare.»

Vincent sputò, e il catarro insanguinato colpì Pike in un occhio. «Non mi sono mai piaciute le scorciatoie.»

Sollevò il ginocchio, con forza, e Pike si piegò in due, boccheggiando. Vincent lo afferrò per il colletto e lo fece roteare, schiacciandolo contro il muro. Alzò la sega da ossa per un taglio finale, ma Pike sgusciò via, unto dal suo stesso sangue, e si arrampicò a mo' di granchio sui mattoni, lasciandosi dietro una scia rosso-nera.

Ren, all'imboccatura del vicolo, si stringeva il braccio, le unghie che affondavano così in profondità da lasciare delle mezzelune sulla pelle. «Non ha finito» mormorò. «Nessuno di loro.»

Vincent sentì l'avvertimento, si abbassò giusto in tempo mentre Pike si lasciava cadere dall'alto, e afferrò la caviglia del chirurgo a mezz'aria. Caddero insieme in un ammasso di sacchi della spazzatura e vetri rotti, lottando per una presa. Le mani di Pike si mossero fulminee, pizzicarono e, in un momento di puro orrore, tentò di cavare un occhio a Vincent con il pollice.

Vincent gli morse il pollice, forte, sentì lo schiocco secco dell'osso e sputò la punta sul cemento. Pike ululò, cadde all'indietro e, finalmente, per la prima volta, parve incerto.

Vincent avanzò, lentamente. «Abbiamo finito qui, Dottore.»

Pike lo fissò, poi fissò Ren, poi il tavolo dove la signora Barley aveva liberato il paziente e gli stava avvolgendo un lenzuolo intorno alla gamba martoriata. In alto, Zara fluttuava, il volto ora completamente luminoso, il suo sguardo che inchiodava Pike sul posto.

Pike alzò lo sguardo, sogghignò con i denti insanguinati e sussurrò: «Non avete idea di cosa sta per arrivare. Io ero solo il riscaldamento.»

Sbatté la nuca contro il muro, una, due, tre volte. Alla terza, il suo cranio si sfondò come un melone caduto, schizzando sui mattoni una macchia di Rorschach di collasso narrativo. Il corpo di Pike scivolò a terra, ancora in preda a spasmi, poi si fermò.

Vincent si pulì la bocca, si pulì le mani e si rivolse alla signora Barley. «Come sta il nostro paziente?»

Lei lo guardò, con le sopracciglia inarcate. «Sopravviverà. Il che, date le circostanze, è una bella sorpresa.»

Ren scivolò contro il muro, respirando affannosamente, con

il Marchio ormai sbiadito a un dolore sordo. Guardava Vincent con un misto di gratitudine e orrore.

Vincent si raddrizzò, cercò di stirare la schiena per scacciare il dolore e riuscì a fare un ghigno. «Il primo giro lo offro io.»

Nessuno rise. Persino il fantasma di Zara sembrava cupo.

Lasciarono il vicolo insieme, trascinando il sopravvissuto e lasciando la carneficina al turno di mattina della nettezza urbana. Vincent si voltò solo una volta, per vedere se Pike si sarebbe rialzato per un bis. Non lo fece. Ma la sensazione nell'aria, quella di essere osservati, di una storia che si deformava sotto i piedi, non se ne andò.

Il Marchio di Ren tremolò, una volta, come una lampadina morente. Il messaggio era chiaro: non era la fine. Neanche lontanamente.

SEI

I Modernizzatori tenevano il loro quartier generale in un loft riadattato di Shoreditch, il genere di laboratorio clandestino open space che un tempo era stato un magazzino tessile ma che ora andava avanti a penne da svapo, latte d'avena troppo costoso e i sogni infranti di content creator falliti. Vincent e la sua squadra raggiunsero l'edificio poco prima di mezzanotte; la strada fuori pulsava di abbastanza insegne a LED da far venire un'emicrania a un cadavere. Il piano terra, un tempo reception e ora uno spazio di lavoro condiviso per succhiasangue minori e qualche aspirante chef di TikTok, era deserto, fatta eccezione per un unico receptionist che sbatté le palpebre nella loro direzione con l'aria cupa di un'allucinazione molto annoiata.

Vincent fece strada, con la signora Barley e Ren alle calcagna, mentre il fantasma di Zara fluttuava qualche passo più indietro, di un blu brillante e per nulla impressionato dalle pretese architettoniche. C'era già stato, ovviamente, ma mai da sobrio, e l'edificio trovava sempre un nuovo modo per infastidirlo.

Quella sera, toccò all'ascensore. Una scatola di plastica trasparente e rinforzata, le cui pareti erano scarabocchiate con graffiti luminosi che oscillavano tra minacce di violenza e inviti al microdosaggio, li attendeva alla fine di un corridoio tappezzato di poster motivazionali. Vincent ignorò lo slogan «Disintegra lo Schifo» e premette con forza il pulsante. L'ascensore arrivò con un sospiro pneumatico, poi si fermò come se si aspettasse una mancia.

All'interno, l'ascensore trasmetteva un promo in loop di trenta secondi per un franchising di «Frullati di Sangue», con una modella dai capelli color platino che sorseggiava un liquido rosso e viscoso da una cannuccia biodegradabile. Il ritmo di sottofondo, una via di mezzo tra grime e canto gregoriano, trapanava la cabina e il cranio di Vincent. Ren si mise a canticchiarlo, solo per infastidirlo.

La signora Barley lesse la liberatoria legale che scorreva in fondo allo schermo dell'ascensore: «Non cura l'allergia alla luce solare. Può contenere tracce di frutta a guscio». Strinse le labbra. «Almeno sono onesti sulla loro filiera».

Zara fluttuò di fianco a Vincent, con le braccia incrociate e un sopracciglio inarcato. «Ti ci abitui mai a questa roba?»

Vincent scosse la testa. «O muori nel Consiglio, o vivi abbastanza a lungo da vederti in un loop pubblicitario di una start-up».

L'ascensore si aprì al quinto piano su un mondo calcolato per offendere: droni sfrecciavano sopra le teste, lasciando scie odorose di gomma bruciata e incenso artigianale; le pareti pulsavano di insegne al neon che mostravano hashtag in caratteri gotici (#VAMPLORE, #SPACCAOFFLINE, #NUTRIL-BRAND); e ogni superficie non già occupata da una ring light era stata colonizzata da prototipi patinati di nuovo merchandise vampiresco.

Al centro di questo incubo consumistico, un tavolo da conferenza in vetro riciclato e legno di bara era stato disposto come l'altare di una setta. Attorno a esso, tre figure tenevano banco, ognuna una lezione di branding evolutivo.

Aurelia Voss, statuaria, la chioma platino acconciata in un'onda così matematicamente precisa da poter ancorare il Millennium Bridge, era adagiata su una sedia di design danese. Teneva in mano un calice di cristallo pieno di sangue e quelli che sembravano due dita di vodka Beluga. In quell'esatto momento, stava trasmettendo in diretta una routine di skincare, con il telefono bilanciato su un treppiede placcato in oro. La sua pelle, già impeccabile, scintillava sotto la ring light, e parlava alla telecamera con la pacata convinzione di chi sapeva che il suo intero pubblico avrebbe ucciso per le sue opinioni.

Alla sua sinistra, Cass Roe era appollaiato sul bordo del tavolo, la felpa con cappuccio decorata con il logo sgargiante di una startup: «FANGR». Aveva due telefoni, tre power bank e una penna da svapo in costante rotazione. Quando parlava, lo faceva a un volume tale da poter essere sentito da tutti, persino dai sordi. Stava presentando «un'esperienza di app di incontri per vampiri senza precedenti e totalmente immersiva» a un pubblico invisibile in livestream, facendo una pausa ogni dieci secondi per fare un tiro di svapo o sparare una risata sintetica.

Sul lato opposto, Nyx Calder era curvo su una console da DJ — una console fisica, vera e propria, ma con abbastanza circuiti arcani intrecciati da far sospettare a Vincent che manderebbe in tilt la rete elettrica se fosse collegata a una presa normale. Il volto di Nyx era oscurato da una cascata di capelli scuri e un paio di lenti a contatto oscuranti; le sue mani si muovevano con la compulsione irrequieta di un uomo che si sta costruendo il proprio sistema nervoso partendo da bassi puri. Borbottava tra sé, a volte in inglese, a volte in lingue che Vincent riconosceva solo per le maledizioni scarabocchiate nelle catacombe romane.

L'intera scena era così perfettamente e orribilmente da Modernizzatori che Vincent fu sul punto di voltarsi. Invece, diede una gomitata a Ren, che stava osservando uno scaffale di cocktail analcolici di «Plasma Vegano» con un'espressione che poteva essere interesse o un leggero desiderio di morte.

Ren squadrò la situazione, poi emise un leggero sbuffo. «Sembra che l'Inferno abbia aperto un pop-up bar a Soho».

Vincent scosse la testa. «Ecco a te, l'apocalisse in skinny jeans».

Aurelia li vide in quel momento e, senza interrompere il suo monologo, sfoderò un sorriso abbastanza tagliente da spaccare il vetro. «Tesori!» esclamò, con la voce impostata per sovrastare tre conversazioni parallele. «Lupo il Senza Luce, nel mio studio! Se mi aveste detto che vi avrei visto con indosso qualcosa di meno di un abito a tre pezzi, l'avrei considerato un crimine d'odio».

Cass Roe alzò lo sguardo, notò i nuovi arrivati e sogghignò. «Oh merda, la clausola di responsabilità del Consiglio in persona! Benvenuti nel futuro, gente». Puntò immediatamente il telefono verso Vincent, trasmettendo l'incontro in streaming per chiunque fosse abbastanza interessato da guardare.

Nyx alzò una mano in segno di saluto, poi premette un tasto

sulla sua console e creò un loop di campane di cattedrale, distorte fino a far vibrare i denti di Vincent.

Vincent si avvicinò al tavolo da conferenza, ma non si sedette. «Vi vedo tutti in forma», disse. «Considerando che la città sta per diventare un'esercitazione a fuoco vivo sul collasso narrativo».

Aurelia posò il suo calice, si tamponò le labbra con un fazzoletto di seta e spense la telecamera con un unico gesto esperto. «Ci lusinga», mormorò melliflua. «È una visita di cortesia, o è qui per proporci di investire sulla fine dei tempi?»

Ren sbuffò, si lasciò cadere sulla sedia accanto a Cass e iniziò subito a scorrere il prototipo di FANGR, con il volto impostato su «profondamente non impressionata».

La signora Barley rimase indietro vicino alla porta, con il taccuino in mano, già intenta a compilare una lista di possibili violazioni delle norme di salute e sicurezza.

Il fantasma di Zara fluttuava sopra di loro, bianco-azzurrino e silenzioso, cosa che Aurelia notò solo con un attimo di esitazione.

Cass Roe brandì il telefono in faccia a Vincent. «Saluta i fan, amico. Sei già in tendenza».

Vincent scostò il telefono con il dorso della mano; il dispositivo roteò, poi cadde con un rumore secco sul pavimento di cemento lucidato. Il pubblico del livestream, o qualunque ghoul digitale guardasse quella roba, sarebbe rimasto a chiedersi cosa fosse successo dopo.

«Scusate», disse Vincent. «È stata una lunga notte».

Aurelia emise un suono a metà tra una risata e un miagolio, poi si sporse in avanti, tutta d'un pezzo. «Vada al sodo, tesoro.

Non ci uniremo a un patto suicida del Consiglio a meno che non ci offra delle quote, o almeno i diritti sul nome».

Nyx regolò il crossfader, borbottò: «Nessuno sopravvive al montaggio finale», e lasciò che le campane della cattedrale svanissero in un lamento discordante.

Vincent si appoggiò all'altare di vetro dei Modernizzatori, con le braccia conserte, la voce impostata per il massimo terrore. «Avete visto tutti lo streaming. Ashcroft ha dato di matto in stile Sangue e Tuono al Consiglio, ha ucciso un Anziano e ha riscritto le regole. il Progetto Eterno sta trapelando attraverso ogni redivivo, ogni idiota con un rancore e un hashtag».

La signora Barley si fece avanti e fissò i Modernizzatori con uno sguardo così calmo da risucchiare l'aria dalla stanza. «Se il Progetto Eterno riscrive ogni cosa, non rimarrà più un pubblico a cui vendere».

Aurelia strinse le labbra, gli occhi socchiusi. «Pensa che per noi questo sia una questione esistenziale? Tesoro, l'unica cosa che ci ha mai minacciati è stata l'irrilevanza».

Ren, che stava ancora giocherellando con l'app, intervenne: «Volete legittimità. Questa è la vostra occasione. Salvate il mondo e persino il Consiglio dovrà prendervi sul serio».

Cass si rianimò, facendo i conti nella sua testa come un topo in un labirinto di cocaina. «La pubblicità sarebbe pazzesca. Hashtag: Squadra Apocalisse Vampira. Potremmo vendere i biglietti per la resistenza».

Nyx mormorò sottovoce, poi disse: «La città è sempre stata scritta da bugiardi. Tanto vale scegliere da che parte stare».

Il sorriso di Aurelia tornò, questa volta con del calore sincero dietro. «D'accordo, Lupo. Vuole i Modernizzatori? Ci ha. A una condizione: visibilità. Non verremo rispediti nelle note a piè di pagina dopo che avrà salvato la situazione, come dopo Carmine».

Vincent gemette, pizzicandosi la radice del naso. «Affare fatto. Ma se qualcuno trasforma questa cosa in un meme, me ne vado».

La voce di Zara, secca come l'aria di Londra alle quattro del mattino, filtrò dall'alto. «Troppo tardi. L'hanno già fatto».

Il telefono di Cass, miracolosamente intatto, iniziò a vibrare per le nuove notifiche. #SquadraApocalisseVampira era in tendenza.

Vincent guardò Ren, che ricambiò lo sguardo con la stanca rassegnazione di una donna che aveva visto ogni sfumatura di idiozia che la città aveva da offrire, e ancora si preoccupava abbastanza da denunciarla.

«Allora diamoci da fare», disse, e osservò i Modernizzatori, i fantasmi e ciò che restava della sua pazienza prepararsi alla guerra.

SETTE

Vincent aveva visto la sua parte di mausolei, ma la residenza di Mayfair vinceva il primo premio per la dedizione postuma a una combinazione di colori. Dal marciapiede al frontone, l'edificio irradiava un bagliore itterico, la sua pietra di Portland ormai della tonalità di un cerotto alla nicotina. Solo la targa d'ottone accanto alla porta, lucidata con una foga quasi religiosa, offriva una qualche concessione al secolo attuale.

Si fermò all'ingresso, osservando l'elaborata inferriata e il batacchio, che assomigliava in modo sospetto a un femore umano fuso nel bronzo. «Sottile» mormorò. «Niente urla 'apertura mentale' come una porta che è anche un monito.»

Ren ridacchiò al suo fianco, le mani infilate nelle tasche della felpa, l'unica cosa che le impediva di congelare nel vento. «Forse sono solo appassionati di estetica paleolitica» disse. «Hai mai visto così tante colonne bianche in un unico posto?»

La signora Barley, immune sia al sarcasmo che al freddo, premette il campanello con un dito guantato. Il suono fu più un'accusa che un benvenuto, echeggiando attraverso il vestibolo e su per una scalinata abbastanza larga da ospitare l'intero cast di una sitcom edoardiana.

La porta si aprì per rivelare un maggiordomo, con un abito così precisamente inamidato da minacciare di cavar sangue. Ispezionò Vincent e gli altri con il cortese disprezzo di un uomo che un tempo aveva servito la vera nobiltà, e che ora doveva ammettere scrocconi spettrali e piantagrane del Consiglio come condizione per mantenere il proprio impiego.

«Da questa parte, prego» intonò, con la certezza di chi poteva e voleva denunciare gli intrusi alle autorità competenti, se non alla polizia, almeno al National Trust.

Il corridoio oltre era un catastrofico collage delle peggiori scelte di design d'interni di ogni secolo: la boiserie era scura, il tappeto era più chiaro solo per contrasto, e le pareti si piegavano sotto il peso di ritratti ancestrali in cornici dorate grandi quanto un'utilitaria. Ogni volto guardava dall'alto in basso con una qualche combinazione di follia, dentatura pessima e un'apparente vendetta contro chiunque non si chiamasse "Mortimer" o "Honoria".

Vincent fece scorrere la mano lungo il corrimano, poi se ne pentì: la vernice era ancora appiccicosa dall'ultimo restauro. «Penseresti che con tutti i soldi che spendono, potrebbero permettersi un deumidificatore» sussurrò a Ren.

Lei gli lanciò un'occhiata di sbieco. «Certa gente paga un extra per 'l'atmosfera'.»

La signora Barley li zittì con un'occhiata, e il gruppo entrò nel salone principale. Se il corridoio era stato il colpo d'avvertimento, il salotto era l'artiglieria.

Era un cubo color seppia, ogni superficie floccata o tappezzata o altrimenti rivestita di qualcosa che era fuori moda da almeno settant'anni. Un lampadario penzolava come una minaccia dal soffitto, le candele vere e già gocciolanti di cera sul tappeto. Sulla parete opposta, un fuoco ardeva in un enorme camino, le fiamme più per l'effetto che per il calore.

Disposti intorno al camino c'erano tre Anziani Tradizionalisti, ognuno un esemplare di una razza molto particolare di aristocrazia non-morta. Indossavano il loro lignaggio come un distintivo: tight, ascot, scarpe lucidate a specchio, neanche un capello o un pelo fuori posto. Mancava solo un impresario di pompe funebri vittoriano a scandire l'ora.

Il primo, un uomo dalle sopracciglia folte in redingote grigio tortora e cravatta di seta, si alzò al loro ingresso. Impugnava un bastone con una testa di lupo d'argento come pomolo e studiò Vincent come se si aspettasse che fosse stato addomesticato. «Gli appaltatori del Consiglio arrivano, finalmente» disse con tono strascicato. «La puntualità, a quanto vedo, rimane un'aspirazione più che un'abitudine.»

Vincent cercò di sorridere, ma il risultato fu più una dimostrazione di salute dentale. «Ci siamo dovuti fermare per uno spuntino. Alcuni di noi non sono a dieta liquida.»

Ren soffocò una risata, cosa che le valse un'occhiata dal terzo Anziano: una donna imperiosa con un collo così lungo da far invidia a una giraffa, tutto avvolto in un colletto di pizzo alto e una spilla a cammeo. Sedeva rigida sulla sua sedia, le mani guantate giunte su un cagnolino da grembo che squadrò i nuovi arrivati con disprezzo palese.

Il secondo uomo, più piccolo e asciutto, indossava un panciotto di un giallo così violento che la vista di Vincent si offuscò ai suoi bordi. Controllò un orologio da taschino, lo chiuse con uno schiocco che suonò come uno sparo, e disse: «Comprenderete che ci riuniamo solo sotto protesta. La nostra usanza non ammette coalizioni con... con...» brancolò in cerca di una parola, trovò solo un sogghigno, «...parassiti in paillettes.»

La signora Barley non abboccò all'amo. Invece, prese posto con la calma di una donna che una volta aveva sedato un cane rabbioso solo con un'occhiataccia di disapprovazione. «La situazione è urgente. Lord Ashcroft...»

Le labbra della donna si assottigliarono. «...è stato ospite in questa casa, due volte, e si è comportato da gentiluomo in entrambe le occasioni. A differenza di alcuni, lui rispetta la tradizione. Se siete qui per diffamare il suo nome, vi chiederò di riconsiderare il vostro approccio.»

Ren, che stava ammirando il lampadario, disse: «Ha ucciso un Anziano del Consiglio in diretta streaming. È tradizionale? O è una novità?»

Gli Anziani si mossero a disagio, un'increspatura che attraversò il tessuto della loro dignità collettiva. Il primo uomo batté il bastone sulla pietra del camino. «La legge del duello è esplicita. Il Consiglio ha ricevuto ampio preavviso, e la sfida è stata lanciata in conformità con ogni articolo. La fine di Blackthorn, sebbene... incresciosa, è stata del tutto conforme alle regole.»

«Certo» disse Vincent, «perché l'omicidio va sempre bene, se prima compili le scartoffie giuste.»

L'uomo con il panciotto giallo lo fulminò con lo sguardo. «Lei non capirebbe. Lei non ha storia.»

Vincent sogghignò, mostrando tutto in una volta. «Ho settecento anni. Ho visto più albe io di quante cene calde lei abbia mai fatto.»

La stanza si raggelò, o forse il vento trovò un nuovo modo

per insinuarsi tra le fessure. Nel silenzio, il ticchettio di un orologio a pendolo accanto alla porta crebbe fino a riempire lo spazio, facendo il conto alla rovescia fino al prossimo cortese oltraggio.

La signora Barley estrasse una cartella dalla sua valigetta. «Il Consiglio richiede il vostro supporto per contenere l'attuale epidemia. Se Ashcroft dovesse riuscire, destabilizzerà non solo il Consiglio, ma ogni linea di successione e privilegio da cui dipende la vostra posizione.»

La donna accarezzò il cagnolino, che mostrò i denti a Vincent. «Non siamo bambini. Conosciamo la posta in gioco. Ma i Modernisti...» sputò la parola come una maledizione, «... sono inaffidabili. Venderebbero la città per un mese di titoli di giornale.»

Vincent si strinse nelle spalle. «Meglio che venderla per un posto a un tavolo che sta già andando a fuoco.»

Gli Anziani si indispettirono. Persino il cagnolino sembrava scandalizzato.

Ren, incoraggiata, aggiunse: «Siamo onesti, il mondo sta finendo. Forse è ora di provare qualcosa di nuovo.»

Il bastone batté di nuovo, lento e deliberato. «Signorina, il mondo finisce e ricomincia a ogni generazione. L'unica differenza è chi scrive il necrologio.»

Vincent alzò gli occhi al cielo e si chinò verso Ren, tenendo la voce bassa ma non troppo. «Perfetto. Il Titanic sta affondando e loro discutono ancora sulla disposizione delle sedie a sdraio.»

A queste parole, il monocolo dell'Anziano dal panciotto giallo saltò via per davvero, atterrando con un delicato tintinnio sul vassoio accanto a lui. Lo recuperò con la precisione di un uomo per cui l'indignazione era uno stile di vita.

La donna lanciò a Vincent un'occhiata così gelida da poter ricongelare il Tamigi. «Se non ha altro da proporre, signor Lupo, tenteremo la sorte con le vecchie usanze.»

«Per me va bene» disse Vincent, alzandosi dalla sedia. «Ma se Ashcroft riscrive la città trasformandola in un romanzetto da quattro soldi, non si aspetti che il resto di noi segua il suo copione.»

«Se posso, signore e signori» la signora Barley si fermò sulla soglia. «C'è un precedente. Se posso suggerire di discuterne davanti a un brandy.»

«Sia» rispose Lady Malady per il gruppo. «Ma se non ci convincerete, sarete scacciati di qui come i vagabondi che siete.»

Il salotto era ancora più gelido della sala da pranzo, come se i ritratti ancestrali avessero abbassato il riscaldamento per protesta. I tre Anziani si accomodarono nelle loro poltrone preferite e indicarono a malincuore ai visitatori di unirsi a loro.

Vincent e Ren presero posto sul divanetto, che era stato progettato per la massima scomodità. La signora Barley stava in piedi accanto a una credenza, le dita guantate che sfioravano i decanter come se stesse valutando quale usare come arma. Il cagnolino abbaiava incessantemente.

Lady Malady zittì il cagnolino con un secco «Silenzio, Cerberus», poi fissò la signora Barley con un'occhiataccia da staccare la carta da parati dai muri. «Abbiamo esaminato la richiesta del Consiglio» disse, «e la troviamo carente sia di cortesia che di precedenti.»

L'Anziano dal panciotto giallo riprese il filo: «Invocate lo statuto d'emergenza, eppure la definizione di 'emergenza' è sempre stata soggetta all'approvazione delle corti ereditarie. Aggirare questa procedura non è solo irregolare: è sovversione.»

Vincent inarcò un sopracciglio. «Preferireste aspettare la fine del mondo, e poi votare?»

«È l'unico modo civile» insistette l'uomo.

La discussione degenerò, come previsto, in una sagra della meschinità. Ren contò almeno quattro digressioni su rituali oscuri, due recitazioni di superiorità genealogica e un dibattito a parte sul fatto che la legge del duello permettesse tregue formali. Vincent non si preoccupò di nascondere i suoi sbadigli.

La signora Barley, nel frattempo, aspettava.

Aspettò durante la prima raffica di obiezioni, la seconda e l'intera digressione su quella volta in cui un antenato aveva brevemente usurpato il trono ungherese grazie a un'interpretazione creativa della giurisdizione feudale. Fu solo quando l'uomo dal panciotto giallo (ormai decisamente in tenuta da lutto, che Vincent decise di chiamare "casual da golpe") si sporse in avanti per citarle contro i regolamenti stessi del Consiglio, che la signora Barley agì.

Aprì la valigetta con uno schiocco.

Il suono fu così secco che persino il cagnolino trasalì. Dalla valigetta, estrasse una pila di documenti, ciascuno legato con nastro rosso e timbrato con una serie di sigilli che avrebbero provocato un piccolo aneurisma a qualsiasi notaio.

«Se posso» disse, e dispiegò i documenti con un'eleganza che fece schioccare la mascella a Ren. «Regolamento del Consiglio 473, paragrafo tre: 'In caso di instabilità narrativa, e sotto minaccia di breccia esistenziale, tutte le Case sono obbligate a conformarsi a una coalizione d'emergenza...'»

«Solo se ratificata da...» cominciò l'uomo dal panciotto giallo, ma la signora Barley lo interruppe con il fruscio di una pagina.

«Appendice B, sottoclausola nove, come emendata nel 1871

e riconfermata dal Compromesso di Schopenhauer del 1962: 'Il processo di ratifica è considerato superfluo quando sono soddisfatte due o più delle seguenti condizioni: perdita del quorum, manifestazione di un pericolo narrativo di Classe Tre, o invocazione diretta della Leva Eterna da parte di un membro del Consiglio.'»

Indicò la riga pertinente, poi alzò lo sguardo, la voce ora di una sfumatura più tagliente: «Si sono verificate tutte e tre, signori. E signora.»

Il bastone cadde con un tonfo sordo sul tappeto. Il silenzio della stanza era della specie più letale.

La signora Barley continuò: «Il rifiuto di partecipare a una tale emergenza è, per precedente, non solo un'inadempienza dei doveri ma...» qui fece una pausa per creare effetto, «...motivo di accusa di alto tradimento contro il Consiglio e, per estensione, la città.»

Questa volta il monocolo non si limitò a cadere. Rimbalzò sul tavolino e atterrò in un bicchiere di brandy con un tonfo così udibile che persino Vincent sentì l'impulso di applaudire.

Lady Malady inspirò come per protestare, ma la signora Barley sfoderò il colpo di grazia: un volume malconcio rilegato in pelle di precedenti sui duelli, il cui dorso era rinforzato da diverse generazioni di sangue secco.

«Precedente di duello 1212, il Protocollo di Mortlake» lesse la signora Barley, «stipula che in qualsiasi sfida che risulti nella morte di un Anziano in carica, tutte le dispute sulla legittimità devono essere sospese in attesa della risoluzione della minaccia esistenziale. In altre parole: se Ashcroft vince, è lui a decidere cosa succederà dopo. Non voi.»

Il bastone tremò nella presa dell'Anziano. «Ma... ma è un traditore...»

«Ed è esattamente per questo che dovete opporvi a lui» disse la signora Barley. «Altrimenti, secondo la stessa legge del Consiglio, lui è l'unica autorità legittima rimasta.»

Vincent sorrise, compiaciuto. Guardò Ren, che aveva gli occhi sbarrati, poi di nuovo gli Anziani. «Vedete? Il mondo non sarà salvato da zanne e mantelli. Sarà salvato dalla burocrazia.»

Il silenzio si protrasse fino a quando l'orologio suonò l'ora. Poi l'uomo dal panciotto giallo, bianco come pergamena, annuì con tutta la solennità di un uomo che partecipa al proprio funerale. «Se il mondo deve essere salvato» disse, «che almeno sia fatto come si deve.»

Gli altri, Lady Malady inclusa, fecero brevi cenni del capo. Il cagnolino, forse percependo il cambio della guardia, si nascose sotto il tavolo a fare il broncio.

La signora Barley raccolse i documenti, poi chiuse la valigetta con uno schiocco finale che fu quasi compiaciuto. «Ci vedremo al punto di raccolta, allora» disse.

Vincent and Ren la seguirono fuori, il fantasma di Zara che si unì a loro nel corridoio, di un blu brillante e più animato di quanto Vincent l'avesse vista da settimane.

«È stato...» riuscì a dire Ren, cercando la parola.

«Brutale» disse Vincent. «Squisito.»

La signora Barley si strinse nelle spalle con un gesto impercettibile. «Gestivo una tenuta nel Wiltshire. Questo non è niente in confronto all'assemblea generale annuale.»

Zara brillò di gioia. «Credo che tu li abbia demoliti così a fondo che dovranno unirsi ai Modernisti solo per recuperare il loro senso di oltraggio.»

Vincent rise, una risata acuta e tagliente. «Lunga vita alla nuova alleanza, legata dal disprezzo reciproco e dalle sottoclausole del Consiglio.»

Uscirono nella notte, la casa di Mayfair dietro di loro che già sigillava i suoi segreti, i suoi antenati che forse si rivoltavano nelle loro cornici.

«Pensi che si presenteranno?» chiese Ren.

Vincent ci pensò su, poi annuì. «Devono. Le loro stesse regole sono diventate un biglietto d'addio.»

La signora Barley controllò l'orologio, poi sorrise. «Allora c'è un sacco di tempo. Andiamo?»

Continuarono a camminare, le luci della città davanti a loro, il fantasma di Zara che scintillava fulgido a ogni passo. Dietro di loro, il vecchio mondo vacillava, sorretto solo dal peso delle sue stesse regole e, sospettava Vincent, da un crescente senso di terrore esistenziale.

Ma quello era un problema di qualcun altro.

Quella notte, il presente era in sessione, e avevano una guerra da vincere.

OTTO

La camera d'emergenza del Consiglio era stata requisita al miglior offerente, il che, data l'attuale crisi di liquidità del Consiglio, significava che si trattava di una sala ricevimenti troppo illuminata e poco pulita sul retro del Museo delle Curiosità Giuridiche. L'unica concessione all'estetica vampiresca era il tavolo di legnoferro: tre volte troppo lungo, lucidato fino a un bagliore nero come il carbone e sfregiato nei punti in cui generazioni di governanti avevano giudicato male la resistenza alla trazione tanto del legno quanto della propria determinazione.

Quella sera, ospitava una riunione di coalizione che avrebbe potuto essere convocata solo in circostanze della massima disperazione. Sul lato sinistro, i Modernisti con lanyard e felpe firmate, ogni postura calcolata per recare la massima offesa. Di fronte, i Tradizionalisti: inamidati, incipriati, che lanciavano sguardi torvi da sopra polsini e colletti che costavano più della maggior parte delle eredità minori. Al centro, la «parte neutrale»: Vincent, Ren, la signora Barley e la spettrale Zara, che fluttuava all'altezza del soffitto, irradiando l'energia di un fantasma che osserva un incidente d'auto al rallentatore.

Le due fazioni si squadrarono come se stessero aspettando che l'altra sbattesse le palpebre, o morisse, a seconda di cosa fosse accaduto prima.

Vincent scrutò la stanza, soppesando ogni presente fonte di problemi. I Modernisti avevano inviato il loro nucleo: Aurelia Voss — Regina degli Instagrammortali, già in diretta streaming dal suo telefono, con le unghie che lampeggiavano come coltelli sotto le luci fluorescenti; Cass Roe, lo scoppiato delle startup, che sembrava essere sveglio da una settimana e sopravvissuto interamente a base di energy drink stravaganti e integratori illegali; e Nyx Calder, che stava accovacciato in fondo, immettendo un rivolo di audio della stanza in una console da DJ, punteggiando di tanto in tanto l'aria con un sample a caso.

I Tradizionalisti avevano puntato sullo spettacolo: almeno tre anziani, ognuno così imbalsamato dalla vanità da sembrare imbalsamato per davvero, più un codazzo di parassiti minori, tutti allineati in ordine decrescente di importanza. Il leader era un uomo dai capelli bianchi che sarebbe potuto passare per un busto di marmo mal restaurato, con una mascella affilata da secoli di disuso e un anello con sigillo abbastanza grande da poter stordire una pecora di medie dimensioni. Aveva un bastone e si assicurava che tutti lo notassero, battendolo contro il tavolo ogni volta che voleva attenzione, cioè costantemente.

Vincent si appoggiò allo schienale, cercò con lo sguardo le uscite e si chiese quali fossero le probabilità di almeno due omicidi prima che scoccasse l'ora.

La signora Barley, al contrario, si era preparata come segretaria dell'evento: taccuino aperto, penna pronta, labbra serrate nel simbolo internazionale del: «Non ce ne andiamo di qui finché non raggiungiamo un accordo.» Ren si spaparanzò sulla sedia con la rilassata compostezza di chi aveva passato una vita a ignorare ogni forma di protocollo ufficiale. Ogni tanto lanciava un'occhiataccia al telefono, poi alla stanza, come se stesse confrontando l'orrore di entrambi e il risultato non le piacesse.

Il fantasma di Zara prese posto sopra il centro, dove l'acustica della stanza era peggiore. Quella sera era più solida, la sua aura blu si infiammava ogni volta che la tensione nella stanza raggiungeva un picco, il che accadeva spesso. Occasionalmente, le sue labbra si muovevano in una cronaca continua che solo Vincent poteva sentire, e lui le serbava rancore per godersi così tanto lo spettacolo.

I primi cinque minuti furono una silenziosa corsa agli armamenti posturali. I Modernisti accesero i loro ring light e iniziarono routine sincronizzate di «selfie di gruppo», ignorando completamente i Tradizionalisti. I Tradizionalisti risposero fingendo che i Modernisti non esistessero, tenendo invece dibattiti sussurrati su quale antenato avrebbe trovato questa situazione la più vergognosa.

Vincent osservò Aurelia scattare una foto imbronciata e filtrata dell'intera tavolata, aggiungere l'hashtag #FutureFangs e poi impostare il telefono per registrare.

Alla fine il leader dei Tradizionalisti finse di controllare l'orologio da taschino, un gesto così plateale che avrebbe potuto essere corredato di note a piè di pagina. Batté il bastone e intonò: «Procediamo. Alcuni di noi misurano il tempo con mezzi diversi dal ticchettio elettronico della distrazione.» Il suo tono era un concentrato di puro disprezzo, inteso a ferire.

Aurelia sbatté le ciglia. «Se preferisce, posso farle avere la trascrizione dalla mia assistente. O posso semplicemente riassumere: 'vecchi che si lamentano, il nuovo mondo vince, fatevene una ragione'.»

Il bastone batté di nuovo. «Iniziamo con la questione dell'ordine dei posti a sedere. La legge del Consiglio è esplicita: le linee di sangue hanno la precedenza sulle novità.»

Cass, che aveva già avviato una chat di gruppo a metà tavolo, sbuffò. «Amico, l'unica linea di sangue che ti è rimasta è nella tartare di manzo. Scendi dal piedistallo.»

Dall'altra parte del corridoio, un Tradizionalista minore sbottò. «Ecco esattamente perché il vecchio ordine resiste! Senza rispetto per la forma, degeneriamo in una marmaglia!»

«La marmaglia è divertente alle feste» disse Nyx, con voce piatta e annoiata. «Ci sei mai stato, a una?»

Ciò scatenò un'ondata di risate da parte dei Modernisti, che si diedero il cinque con la coordinazione sincronizzata di una squadra di e-sport professionistica.

La signora Barley scarabocchiò una nota, poi alzò una mano. «Se potessimo tornare all'ordine del giorno...?»

L'anziano dai capelli bianchi la ignorò, lanciandosi invece in un discorso sull'importanza della gerarchia, la sacralità della catena di comando e i pericoli di permettere a «un'ambizione sregolata» di accedere a posizioni di potere. Era il tipo di retorica che, in un'altra vita, avrebbe potuto presagire una piccola guerra, o almeno una cena disastrosa.

Aurelia incrociò il suo sguardo e sferrò il colpo di grazia. «Sai cosa uccide più vampiri della luce del sole, tesoro? La noia. Forse dovresti provare un po' di SPF-50 per l'ego, mh?»

L'anziano iniziò a replicare, ma Cass aveva già inclinato il telefono per catturare il battibecco, le dita pronte per lo screenshot migliore. L'istante successivo, una mano si protese e strappò il telefono dalla presa di Cass.

La signora Barley, con una mossa così rapida da sfidare i sensi, ora teneva il telefono in una mano e una busta di sicurezza del Consiglio nell'altra. Posò entrambi sul tavolo con la dignità di un arcivescovo che depone il vino della comunione.

«Niente registrazioni» disse, con lo stesso tono che avrebbe potuto usare per «Niente scarpe sul tappeto». «Protocollo del Consiglio. La questione è riservata.»

Cass rimase a bocca aperta, momentaneamente senza parole, poi cercò il sostegno di Aurelia. Lei si strinse nelle spalle, impressionata. «È in gamba.»

Dall'altro lato del tavolo, i Tradizionalisti si lisciarono i panciotti, si sistemarono i gemelli e borbottarono di «vampiri nouveau» e «barbarie». Ogni pochi secondi, uno di loro cercava di superare l'altro in sdegno, producendo una sinfonia di piccoli sbuffi soffocati.

La pazienza di Vincent, mai stata robusta, cominciò a logorarsi. Camminava avanti e indietro dietro la sua sedia, le suole degli stivali che ticchettavano sulla pietra, la mascella che si contraeva sempre più a ogni giro.

Aurelia riprese il suo telefono (ora in modalità solo fotocamera), facendo cenno alla sua assistente personale di ricaricare il ring light, la quale attendeva nell'anticamera con il tipo di rassegnazione esistenziale che denotava anni di servitù all'ombra di un'influencer.

«Sapete» annunciò, «se spendessimo anche solo la metà delle energie che dedichiamo a fare il cosplay degli antenati per il problema reale, forse combineremmo qualcosa.»

L'anziano dai capelli bianchi indietreggiò come per un

cattivo odore. «Signorina, il problema è che lei crede che gli hashtag siano un sostituto della storia.»

Ren, che era stata per lo più in silenzio, grugnì. «La storia è la ragione per cui siamo tutti in questa stanza, amico. E non sta funzionando.»

Aurelia, incoraggiata, si sporse in avanti. «Propongo, no, insisto, di costruire un marchio adeguato per questa coalizione. Uno con un'estetica condivisa. Hashtag: #UnitàOMorte. Semplice, efficace, molto attuale.»

Un Tradizionalista minore balbettò. «Non si può mettere un hashtag a una guerra!»

Cass, deliziato, replicò: «Non con questo atteggiamento.»

La stanza esplose in tre discussioni simultanee: una sulla nomenclatura e il lignaggio, una sull'etichetta degli hashtag e una sui meriti relativi della stampa tradizionale rispetto all'«agorà algoritmica.» Ogni volta che la signora Barley cercava di intervenire, il volume non faceva che aumentare, le voci rimbalzavano sul legnoferro e tornavano indietro con il doppio della forza.

Alla fine Vincent sbottò. Piantò entrambi i palmi sul tavolo, con una forza tale da far tintinnare le porcellane e far roteare almeno un gemello sulla superficie.

«Se voi bambini non la smettete» disse, con le zanne semi-estese e gli occhi diventati neri, «vi impaletto tutti e risparmio la fatica ad Ashcroft.»

Funzionò. Per almeno tre secondi, la stanza cadde in un silenzio di tomba.

Poi, inevitabilmente, Aurelia ridacchiò. «È questa la parte in cui ci sculacci e ci mandi a letto senza cena? Perché mi vengono in mente alcuni follower che pagherebbero per quel contenuto.»

Vincent la fulminò con lo sguardo, poi guardò il resto della stanza. «Non dovete piacervi. Anzi, potete detestarvi quanto vi pare. Ma se non la smettete di fare cazzate per dieci minuti, Ashcroft trasformerà ognuno di voi in un racconto ammonitore. Capito?»

Ci fu un breve, collettivo malumore mentre i Tradizionalisti si lisciavano le giacche e i Modernisti si scambiavano messaggi privati di gruppo sotto il tavolo. Nyx fece risuonare un sample nella stanza — «Papà è arrabbiato» — e Ren sogghignò dietro la manica.

In alto, Zara applaudì silenziosamente, le sue mani che si attraversavano a vicenda con un debole, freddo scintillio. «Niente male» disse, nell'eco che solo Vincent poteva sentire. «La prossima volta minacciali di mangiargli i telefoni.»

La signora Barley, ora in possesso del dispositivo di riserva di Cass (confiscato durante il putiferio), si schiarì la gola. «Se posso» disse, di nuovo con la sua voce da «preside di fronte a una classe di piromani». «Al Disegno Eterno non importa nulla della nostra politica. Se Ashcroft vince, ognuna delle vostre piccole gerarchie e ogni singolo follower andrà in fumo blu. Ora... vogliamo riprovare?»

Per esattamente trenta secondi, la minaccia di Vincent rimase sospesa nell'aria come il retrogusto di una brutta battuta: acre, persistente, impossibile da ignorare. Ma come per tutti i tentativi di civiltà forzata, il breve silenzio presto crollò sotto il peso dell'odio reciproco.

L'anziano dai capelli bianchi batté il bastone e intonò: «Ai miei tempi, le minacce di violenza fisica venivano fatte in stanze private, non urlate attraverso il tavolo del popolo.» I suoi compari, incoraggiati, si misero a discutere se il commento di Vincent dovesse essere registrato per i posteri o semplicemente deferito a un sottocomitato disciplinare.

In pochi secondi, la guerra di parole — e ora, di piccoli oggetti — ricominciò. Una graffetta descrisse un arco per tutta la lunghezza del tavolo, seguita da una grandinata di zollette di zucchero per rappresaglia. Un Modernista lanciò una penna con forza sufficiente a conficcarla nella parete rivestita di legno di fronte. I Tradizionalisti superarono la cosa svitando il tappo di una bottiglia di porto secolare e lasciandola rotolare, lentamente, in territorio nemico, dove lasciò una macchia fragrante che si allargava.

Le penne sbattevano contro i taccuini, le sedie raschiavano e si agitavano, le voci si intensificavano in una fuga di pose e furia.

Ren, che aveva osservato questa corsa agli armamenti con tutta la pazienza di una condannata a morte in attesa al telefono con l'ufficio reclami, raggiunse il punto di rottura. Senza preavviso, sbatté entrambi i pugni sul tavolo, abbastanza forte da zittire la stanza, ancora più forte da lasciare una crepa sottile che si diramava sulla lacca.

Quando parlò, non fu un urlo, ma squarciò il frastuono con precisione chirurgica. «Volete una storia vera? Eccone una.»

Si tirò su la manica e per la prima volta da quando il Marchio l'aveva reclamata, lo mise in bella mostra: dal polso al gomito, il sigillo non bruciava del rosso smorzato di una vecchia cicatrice, ma di un bianco-blu così intenso da illuminare le vene sotto la sua pelle. Le illuminò la parte inferiore della mascella, si diffuse sui suoi zigomi e proiettò ombre frattali e mutevoli fin sulle volte soprastanti. Per un momento, la dipinse come una martire di una vetrata: iconica e assolutamente furiosa.

Lasciò il braccio sul tavolo, lasciò che il silenzio calasse come una fuoriuscita di sostanze chimiche. La luce del Marchio colpì il cristallo intagliato del lampadario e lo rifranse, spargendo costellazioni furiose sulla parete e sui volti dei presenti.

«Questo» disse Ren, con la voce ferma nonostante il tremore visibile nei suoi muscoli, «significa che sarò la prima a morire se tutti voi continuate a cazzeggiare.»

Sostenne lo sguardo di ogni anziano, ogni influencer, ogni parassita che osasse guardare. «Volete litigare per degli hashtag e la disposizione dei posti? Bene. Ma ogni secondo che sprecate, la cosa dall'altra parte di questo Marchio si avvicina. Io verrò cancellata per prima. Dopodiché, ci sarà la caccia aperta a tutti gli altri nella stanza.»

Nessuno parlò. Nemmeno Aurelia, che aveva mezza battuta pronta ma la perse di fronte alla vista del braccio di Ren che scintillava come un cavo elettrico scoperto.

Ren guardò i Modernisti. «Volevate una campagna? Fatela contare. Perché quando Ashcroft vincerà, tutti i vostri follower spariranno. Non solo smetteranno di seguirvi. Sarà come se non fossero mai esistiti.»

Poi ai Tradizionalisti: «E voi altri... pensate che ai vostri antenati importerà se sarete gli ultimi del vostro casato? Perché è quello che sarete. Una lapide. Per una linea di sangue che non ha saputo adattarsi.»

Si risedette, ma il Marchio pulsava ancora, luminoso come un bengala. «Quindi. Decidete. Perché sono stufa di fare il canarino nella vostra miniera di carbone.»

Il silenzio calò di nuovo, questa volta più lungo, più crudo. I Tradizionalisti si scambiarono sguardi non più così compiaciuti; i Modernisti abbassarono i telefoni, alcuni sembrando persino leggermente vergognati. In fondo, Nyx smise di mandare in loop la registrazione, lasciando che l'eco finale delle parole di Ren svanisse incontaminata.

In alto, il fantasma di Zara girò su sé stesso una volta e poi si appollaiò, a testa in giù, su un lampadario. «Incredibile» osservò a nessuno in particolare. «Minaccia di annientamento globale? Niente. Un'adolescente arrabbiata con un tatuaggio? terrificante.»

Vincent, che aveva passato l'intera esibizione a guardare Ren con un misto di terrore e qualcosa di quasi simile all'orgoglio, non disse nulla. Ma i suoi occhi, quando incontrarono i suoi, erano più miti del solito, una concessione che non avrebbe mai ammesso ad alta voce.

La signora Barley, da parte sua, tracciò una linea attenta a metà dell'ordine del giorno. «Punto all'ordine del giorno: formulare un piano. Tutti a favore?»

Questa volta, il voto fu unanime. Persino i fantasmi alzarono le mani.

NOVE

Nell'ora fuori stagione tra l'ultimo treno e il primo, la stazione di St Pancras International somigliava meno a un centro trasporti e più al luogo di un'infestazione molto educata. Vincent se ne stava con il suo seguito sotto la torre dell'orologio, cercando di ignorare la sensazione che la storia stesse per deragliare. Se la camera d'emergenza del Consiglio era stata una gabbia, allora la stazione era la sua piazza d'armi: ogni arco e pilastro era addobbato per la massima resa drammatica da luci a gas e LED, i vecchi mattoni illuminati dal basso come la mandibola di una qualche bestia paleolitica.

Ren era appollaiata su un carrello portabagagli, dondolava gli stivali e lanciava occhiate al tabellone delle partenze, come se sperasse che la situazione potesse risolversi da sola se avesse distolto lo sguardo abbastanza a lungo. La signora Barley spuntava le voci sulla sua cartellina con l'imperturbabile precisione di un maresciallo di campo che supervisiona una fiera di paese, mentre il fantasma di Zara aleggiava tra le travi del soffitto, tremolando con l'irritabilità bianco-bluastra di un tubo fluorescente sul punto di esalare l'ultimo respiro.

Vincent controllò l'orologio, poi lo ricontrollò, come se con la sola forza di volontà potesse ritardare l'inevitabile. «Ricordatemi», disse, più che altro a se stesso, «perché stiamo mettendo in scena l'Eurovision più disfunzionale del mondo in un edificio progettato da qualcuno con un feticismo per i treni e zero amor proprio».

Ren sbadigliò, per niente impressionata. «Perché è centrale, neutrale, e nessuno vuole rischiare di farsi accoltellare dai belgi».

La voce di Zara filtrò dall'alto, spettrale e secca: «Non hai visto Bruxelles di sabato sera. Un autentico macello».

La signora Barley strinse le labbra, come se stesse considerando se prenderne nota per il futuro, poi disse: «Cinque minuti all'arrivo. Confido che tutti abbiate letto il materiale informativo?».

Vincent squadrò la sua cartellina. «A meno che non abbia corredato il Trattato di Versailles con un diagramma di flusso, non sono convinto che alcunché in quella cartella possa aiutarci».

La signora Barley sfoderò il tipo di sorriso solitamente riservato ai bambini smarriti e ai primi ministri recalcitranti. «Bisogna essere preparati. Gli incidenti internazionali richiedono polso fermo».

Come evocato dalla frase, il treno Eurostar entrò rombando in stazione e il contingente tedesco si materializzò dall'atrio nord come la salva d'apertura di un'avanzata di fanteria meccanizzata. Alla loro testa: il barone Falkenhayn. Era costruito come un comandante di carri armati d'epoca: imponente, eretto, baffi tagliati secondo un vettore regolamentare, ogni centimetro della sua uniforme scura così impeccabile da poter ferire. Dietro di lui, tre luogotenenti marciavano all'unisono, i loro stivali che colpivano le lastre di pietra con forza sufficiente a far vibrare l'architettura. Ogni uniforme sfoggiava una serie abbagliante di medaglie, nastri e il tipo di insegne metalliche che di solito si trovano sui cruscotti di auto molto costose.

Si fermarono a trenta passi esatti, e il barone accennò un inchino calcolato per comunicare sia deferenza che la promessa di violenza immediata.

«Rappresentanti del Consiglio», intonò Falkenhayn, con una voce simile al rombo di un motore diesel al minimo in una cattedrale. «Avete la mia gratitudine. E anche le mie condoglianze. Confido che le disposizioni siano sicure?».

Vincent aprì la bocca, ma lo sguardo del barone si spostò sulla signora Barley, che reclinò il capo e fece scattare la penna. «Tutte le eventualità sono state previste, barone. La prego di rimanere sulla banchina designata fino all'arrivo del resto del Suo gruppo».

Falkenhayn ponderò la cosa, poi annuì, il volto impassibile. «Efficienza. Eccellente».

Vincent quasi sorrise, ma l'aria cambiò; da qualche parte oltre le biglietterie, un'ondata di profumo e panico precedette l'arrivo della delegazione francese.

Se i tedeschi erano un ordine di marcia, i francesi erano una didascalia teatrale. Entrarono in blocco — dieci, forse dodici persone — come una compagnia di annoiati ballerini di danza classica in libertà vigilata. Al centro, il marchese Deveraux fece il suo ingresso, il suo mantello una nuvola tonante di velluto, il suo bastone più un vezzo che un sostegno. L'uomo era di un pallore accecante, il suo viso un'attenta confezione di cipria e ombre, i capelli impomatati all'indietro e argentati alle tempie per accentuare al massimo la sua aria malvagia. Il suo seguito eguagliava la sua alterigia passo dopo passo, ognuno indossando una qualche variante di seta, pizzo e un malcontento vecchio di secoli.

Si fermarono a distanza di sicurezza dai tedeschi. Per un istante, fu tutto uno scambio di sguardi e sorrisetti, le due fazioni che si valutavano a vicenda come per decidere chi di loro potesse avere un sapore migliore arrosto. Deveraux si sfilò i guanti con ostentazione, un dito alla volta, poi parlò con la languida minaccia di qualcuno a cui non era mai stato detto di no e che non intendeva iniziare ora.

«*Mes amis*», tubò, «che commovente vedere che il vecchio mondo favorisce ancora la puntualità. Barone, è passata — qual è la parola? — un'era».

Le labbra di Falkenhayn si mossero appena, quel tanto che bastava per lasciar intravedere i denti. «Marchese. Vedo che non ha cambiato sarto».

«Né i miei standard», replicò Deveraux. «Se avessi desiderato un'uniforme, mi sarei arreso a Sedan».

Vincent sentì la tensione tendersi fino quasi a spezzarsi. «Otteniamo punti extra se qualcuno lancia un guanto, o si passa direttamente allo scontro finale?».

Ren, mai sottile, disse: «Sarebbe più divertente se lo facessero in mimo».

Il contingente francese si aprì a ventaglio, la retroguardia che dispiegava parasoli e fazzoletti di seta come se si stesse preparando a un attacco con i gas. I tedeschi risposero allineando gli stivali e sistemandosi i polsini. Uno dei luogotenenti di Falkenhayn, le cui medaglie minacciavano di riflettere gli abbaglianti dell'Eurostar, si schiarì la gola, poi si rivolse alla sala in un inglese da manuale.

«Il protocollo ci impone di domandare: il Consiglio è preparato a garantire la sicurezza di tutte le parti?».

La signora Barley non si prese la briga di sorridere. «Se consultaste pagina quattro delle vostre cartelle informative, vedreste che St Pancras è stata bonificata da ogni pericolo conosciuto, biologico o di altro tipo. Le uniche minacce presenti si trovano su questa banchina».

Deveraux rise, un suono fragile e cristallino. «Ha gli artigli, questa qui. Mi piace».

Il fantasma di Zara aleggiò più in basso, fluttuando tra i due schieramenti; la sua presenza attirò qualche sguardo diffidente dai più superstiziosi tra i presenti. Accennò a un lento e sarcastico applauso, che solo Vincent и Ren parvero notare.

Falkenhayn schioccò le dita; il suo seguito si irrigidì, poi si rilassò all'unisono. «Siamo pronti per le direttive del Consiglio».

Vincent fece un passo avanti, affiancato dalla signora Barley e da Ren. «Bene, allora. Benvenuti a Londra. Lavorerete insieme — sì, insieme — per prevenire il completo collasso narrativo della civiltà occidentale. Se vi aspettate un ricevimento ufficiale, rimarrete delusi. Se vi aspettate di regolare vecchi conti, siete pregati di programmarlo dopo l'evento principale».

Falkenhayn e Deveraux si scambiarono un'occhiata che avrebbe potuto tagliare il vetro.

Il marchese si tolse della polvere immaginaria dalla manica. «Dunque, dobbiamo giocare a fare la coalizione. Che novità».

«Non così tanto una novità», disse il barone. «Il Vostro

genere ha sempre seguito un leader forte. Se Ve ne manca uno, io sono disponibile».

Il sorriso di Deveraux era tutto smalto. «Il Suo senso dell'umorismo è migliorato da quando gli Hohenzollern andavano di moda».

Vincent si massaggiò le tempie. «Fantastico. Abbiamo prenotato per sbaglio le semifinali dell'Eurovision».

Ren squadrò la delegazione francese, che aveva iniziato a ignorare ostentatamente i tedeschi a favore della reciproca compagnia. «Pensi che i francesi abbiano davvero dei poteri, o è solo flirt armato?».

Vincent soppesò la questione. «La giuria non si è ancora pronunciata».

I gruppi mantennero le loro posizioni di stallo, ognuno tracciando la linea di confine sempre più vicino, ognuno cercando di rivendicare un pezzo della banchina vuota. La signora Barley, che avrebbe potuto gestire un vertice delle Nazioni Unite con nient'altro che un registro e una bottiglia di sherry, iniziò a distribuire pacchetti codificati per colore e a indirizzare i visitatori verso le loro aree di attesa designate.

Gridò: «Sarete scortati alle camere del Consiglio non appena il percorso sarà libero. Siete pregati di astenervi da alterchi tra le delegazioni fino ad allora. Domande?».

Una mano si levò dal retro delle file francesi: delicata, inguantata, irragionevolmente elegante. «C'è una sala fumatori, madame?»

La signora Barley non batté ciglio. «Banchina C, terza alcova a sinistra. Niente fiamme libere».

Deveraux annuì con la solennità di un uomo che osserva un rito religioso.

Il secondo del barone Falkenhayn intervenne: «E le linee dell'armistizio, sono strettamente applicate?».

Ren sogghignò. «Solo se avete paura».

Il tedesco si irritò, ma il barone lo zittì. «Osserveremo i confini, a condizione che i francesi non li violino».

Gli occhi di Deveraux brillarono, come se avesse già ideato diversi piani per una tale violazione e li avesse mandati a memoria in ordine alfabetico.

Vincent incrociò lo sguardo della signora Barley. «Pensa che arriveranno alle camere senza uccidersi a vicenda?».

La signora Barley controllò la sua cartellina, imperturbabile. «Il rischio è minimo. Tutti gli strumenti letali sono stati dichiarati ed etichettati».

La fiducia di Vincent nella burocrazia fu, per la prima volta, quasi ripristinata.

L'ora si trascinò. I tedeschi giravano in tondo come squali a cui era stata negata una preda, mentre i francesi allestivano un salotto improvvisato, con tanto di fiaschetta d'assenzio e quella che sembrava sospettosamente un'app per clavicembalo sul telefono di qualcuno. Ogni cinque minuti, scoppiava un nuovo scambio di frecciatine: i tedeschi che accusavano i francesi di perfidia e codardia a Waterloo; i francesi che rispondevano con sospiri elaborati e riferimenti taglienti alla sartoria inferiore delle uniformi prussiane.

Dopo il terzo di questi scambi, Vincent si lasciò cadere sulla panchina accanto a Ren. «Cosa non darei per un disastro internazionale quantomeno competente».

Lei si strinse nelle spalle. «Hai quello per cui paghi.»

Zara, appollaiata sul bordo di un tabellone delle partenze, si chinò verso l'orecchio di Vincent e sussurrò: «Forse la prossima volta lascia che se la facciano, la loro guerra. Potrebbe risparmiarci un po' di scartoffie.»

Vincent non poté controbattere.

Alla fine, Mrs Barley sollevò la penna ed esclamò: «Tutte le delegazioni: siete pregate di procedere verso l'atrio principale. Il Consiglio è pronto per voi.»

Falkenhayn radunò il suo gruppo con un ordine secco; i francesi risposero con un coro di applausi ironici. I due gruppi si avviarono, fianco a fianco, procedendo all'unisono con la cortesia forzata di una coppia che va in tribunale per il divorzio.

Mentre le squadre si allontanavano, la banchina piombò in un silenzio improvviso e beato. Vincent le guardò andare, poi si rivolse ai suoi: Ren, che masticava una gomma guardando il telefono; Mrs Barley, che stava già stilando la fase successiva del piano; Zara, che ancora canticchiava il tema dell'Eurovision.

«Siamo noi i supervisori adulti» mormorò, più che altro a se stesso.

Ren lo sentì e sbuffò. «Però sono tutti più vecchi di te.»

«Non significa che siano cresciuti.»

Raccolsero i loro fascicoli e si unirono al fiume di drammaticità diretto alle sale del Consiglio, con il destino della città (e, con un po' di fortuna, delle sue scorte di vino decente) che dipendeva dalla loro abilità di impedire ai mostri più meschini del mondo di sbranarsi a vicenda prima di colazione.

Se quello non era eroismo, rifletté Vincent, non sapeva cosa lo fosse.

Il Consiglio, nella sua lunga e disastrosa storia, aveva ospitato un numero imprecisato di conferenze internazionali, armistizi e interventi. Nessuno di questi lo aveva preparato all'arrivo di quattro delegazioni a pieno carico il cui unico tratto comune era la capacità di usare l'umiliazione come principale forma di comunicazione.

L'aula, un tempo baluardo di antiche leggi e tradizione deumidificata, era ora un mosaico di insegne del vecchio mondo e del tipo di attrezzatura audiovisiva prediletta da adolescenti e stati totalitari. Gli stendardi dei Tradizionalisti — rigidi per l'età e, forse, anche per l'amido — incombevano sul loro angolo della stanza, mentre il lato dei Modernisti brulicava di ring light, ciabatte elettriche e il bagliore frenetico di dozzine di schermi. I tedeschi si sistemarono lungo la parete nord, formando un'improvvisata Linea Maginot con i loro corpi e le loro valigette. I francesi, naturalmente, presero i posti migliori vicino alla finestra, schierati come in attesa che iniziasse la prossima rivoluzione.

Vincent si infilò nello spazio intermedio, osservando l'aria caricarsi di disprezzo reciproco. Sul lato opposto, i Tradizionalisti si erano rannicchiati attorno a un unico decanter di porto, sorseggiando lentamente, con fare circospetto, e lanciando occhiate guardinghe a ogni altro gruppo come se si aspettassero che prendessero fuoco da un momento all'altro. Di fronte, i Modernisti erano già nel bel mezzo di una diretta streaming, con i loro follower che inviavano "opinioni a caldo" sulla diplomazia internazionale a un ritmo che superava la maggior parte dei bot automatici per lo spam.

I tedeschi disimballarono un set completo di fascicoli e materiali di riferimento in meno di due minuti, poi rimasero in piedi dietro le loro sedie, sull'attenti, con le mani giunte ed espressioni studiate per resistere anche alle peggiori frecciatine continentali. I francesi non avevano portato altro che il loro ego e, nel caso di Deveraux, un bastone da passeggio talmente sfarzoso da aver bisogno di un passaporto.

Mrs Barley entrò con la compostezza di una preside che interrompe una battaglia di cibo particolarmente ben finanziata. Batté le mani per richiamare l'attenzione, gesto che ebbe sugli astanti l'effetto di una granata assordante. «Tutte le parti, siete pregate di prendere posto ai vostri posti designati. Distribuirò i materiali e illustrerò il programma. Ci sarà tempo per controinterrogatori e insulti dopo le formalità.»

Aurelia Voss, per nulla turbata, si scattò un selfie con la delegazione tedesca sullo sfondo, facendo il segno della pace e sfoggiando un paio di zanne che quasi certamente non avevano mai assaggiato sangue umano fresco dalla fonte. Il Barone Falkenhayn sussultò quando la sua ring light lo colpì in pieno volto, e per un momento sembrò che potesse scagliarsi dall'altra parte del corridoio per risolvere il problema con la cara, vecchia violenza.

«È necessario» ringhiò lui «registrare ogni momento di questo procedimento?»

Aurelia non perse un colpo. «Solo i migliori, tesoro. I miei follower si aspettano autenticità.»

Deveraux sbuffò. «Se desiderassero l'autenticità, si abbonerebbero alla stampa parigina. O a quella tedesca, per farsi due risate.»

La mascella di Falkenhayn si tese. «Voi scherzate adesso, Marchese, ma la vostra gente è fuggita da Parigi più in fretta di quanto gli umani fuggano dai vampiri.»

Deveraux allargò le mani in una finta scusa. «Si chiama *savoir-faire*. A differenza di alcuni, noi non celebriamo le sconfitte con francobolli commemorativi.»

Cass, incoraggiato, cercò di inserirsi. «In realtà, Barone, stiamo per lanciare una nuova app che renderebbe tutta la vostra faccenda logistica molto meno tragica. Vuole fare da beta tester?»

Il Barone lo fissò, interdetto. Cass gli porse un biglietto da visita, poi un secondo quando il primo non fu immediatamente distrutto.

Dall'altra parte della stanza, i Tradizionalisti stavano tenendo un simposio a bassa voce per decidere se i francesi o i Modernisti rappresentassero la minaccia esistenziale maggiore. Il voto era diviso.

Ren e Vincent presero posizione vicino alla parete est della sala, appoggiandosi all'ombra di un busto di Lord Blackthorn, che era stato riposizionato in modo da dare le spalle alla scena, come atto di cortesia verso il defunto. Ren osservò i tedeschi e i francesi rivangare il ventesimo secolo in sessanta secondi, poi mormorò: «Pensi che potremmo convincerli a fare un numero musicale? Tipo West Side Story, ma con più zanne?»

Vincent fece una smorfia. «Solo se vuoi che la stanza prenda fuoco.»

Il fantasma di Zara aleggiava vicino al soffitto, invisibile ai più ma non immune alla sceneggiata. Fluttuava in lenti cerchi, facendo di tanto in tanto la linguaccia al gruppo che sembrava perdere la discussione. Ogni tanto, si fermava per mimare un "wow" esagerato a qualche commento particolarmente di cattivo gusto.

Mrs Barley, imperturbabile, passava da un tavolo all'altro

con il suo carrello di fascicoli informativi. «Tradizionalisti, questi sono i vostri ordini del giorno codificati per colore. Sul retro troverete la disposizione dei posti. Siete pregati di rispettare i confini.» Lasciò cadere una pila davanti all'anziano decano, che si ritrasse come se la copertina di plastica potesse morderlo.

«Modernisti. I vostri sono su una chiavetta USB e anche nel cloud. La password del Wi-Fi è 'DraftEternal123', con la D e la E maiuscole. Usatela responsabilmente.»

Poi fu il turno dei tedeschi, a cui consegnò una cartella così spessa che avrebbe potuto fungere da armatura. «Voi siete incaricati di redigere il verbale. Forniremo un traduttore per le espressioni idiomatiche.»

I francesi, per ultimi, ricevettero un raccoglitore sottile — di pelle, con monogramma e un fleur-de-lis stilizzato sulla copertina. Mrs Barley sorrise al Marchese, che ricambiò con un sorrisetto. «Troverete il calendario sociale allegato, così come le restrizioni alimentari. Siamo al corrente delle vostre sensibilità.»

Deveraux passò una mano guantata sul dorso del raccoglitore. «Ah, ma ha la carta dei vini?»

«Appendice C» disse Mrs Barley.

Vincent osservò le fazioni sistemarsi, o almeno provarci. Aurelia si era piazzata al centro, con la ring light che la illuminava come la Statua della Libertà se avesse mai posato per Vogue. Era nel bel mezzo di un monologo quando un giovane vampiro tedesco tentò di fare photobombing; lei lo afferrò per il bavero, lo fece roteare nell'inquadratura e lo tenne lì finché il suo telefono non cinguettò, segnalando un post andato a buon fine.

Al tavolo dei Modernisti, Cass aveva attaccato bottone con

una coppia di vampiri francesi, che risposero fingendo di non parlare inglese. Nyx Calder, con gli occhi socchiusi, remixava il battibecco in corso in un ritmo basso e pulsante che faceva da sottofondo a tutta la sala.

I francesi e i tedeschi continuavano a lanciarsi frecciatine, i Tradizionalisti cercavano (senza successo) di riaffermare il controllo, e i Modernisti proseguivano il loro blitz sui social media, spingendo un Tradizionalista a borbottare: «Si riproducono come moscerini della frutta, questi influencer.»

Ren e Vincent osservavano, senza nemmeno preoccuparsi di nascondere la loro noia. «Sai» disse Ren «finora tutto bene.»

Vincent inarcò un sopracciglio. «Abbiamo unito il mondo dei vampiri, certo. Uniti nel loro odio reciproco.»

Mrs Barley tornò al loro fianco, compiaciuta come solo una donna con un foglio Excel pieno dei problemi altrui poteva essere. «Siamo pronti per iniziare» disse.

«Davvero?» chiese Vincent.

Mrs Barley annuì. «Ho assegnato i posti, preparato un ordine del giorno rivisto e un programma per le pause bagno sorvegliate. Non permetterò un altro incidente di Varsavia sotto la mia sorveglianza.»

La sala si quietò quando Mrs Barley la richiamò all'ordine. Batté un colpo sul tavolo, appena abbastanza forte da sovrastare i mormorii e il ronzio lontano della consolle di Nyx.

«Tutte le parti sono presenti. La sessione è aperta.»

Aurelia iniziò subito a twittare in diretta.

Falkenhayn si alzò, con tutto il peso della dignità prussiana dietro le sue parole. «Siamo qui in buona fede. Si metta a verbale che qualsiasi violazione del decoro sarà ripagata con la stessa moneta.»

Deveraux agitò una mano con leggerezza. «Come sempre, Barone, siamo i vostri umili partner. Fino a quando non si presenterà la prossima opportunità.»

L'anziano dei Tradizionalisti, per non essere da meno, si alzò a sua volta. «Il Consiglio osserva, registra e fa rispettare. Procediamo, e che la tradizione migliore sopravviva.»

Vincent espirò e si appoggiò al muro, osservando quattro secoli di rancori, meschinità e pose scontrarsi su un tavolo da conferenza. «Sai una cosa?» disse a Ren. «Forse dovremmo semplicemente chiuderli qui dentro e tornare tra cento anni.»

Ren sogghignò. «Probabilmente li troveremmo ancora a discutere.»

In alto, il fantasma di Zara ammiccò fino a diventare visibile, si librò per un momento sopra il centro della sala e sussurrò: «Signori, fate le vostre puntate. Fate le vostre puntate.»

Se mai c'era stata una speranza per l'unità globale dei vampiri, ora si misurava in minuti. Ma almeno, pensò Vincent, erano tutti sotto pressione.

E fu in quel momento che ricevettero la notizia che a Covent Garden si era scatenato l'inferno.

DIECI

Anche per Covent Garden, la notte era sfuggita di mano. Il piazzale della Royal Opera House, di solito una calca educata di possessori di biglietti, artisti di strada e borseggiatori di fascia media, ora brulicava di una folla assai meno gestibile. La squadra di Vincent si riversò dalla strada laterale, metà Modernisti e metà Tradizionalisti, e tutti quanti una violazione ambulante del codice del lavoro. Sui gradini, più in alto, Lady Euphemia Clore, in pieno lutto vittoriano, orchestrava una pioggia di flûte di cristallo e risatine velenose.

L'aria puzzava di paura, cordite e di qualunque cocktail infernale il locale avesse servito durante l'intervallo. La folla non era solo in preda al panico; era in via di autodistruzione, con corpi che collassavano sul marmo in preda agli spasmi e arti che si agitavano in gesti plateali, mentre l'agonia indotta dallo champagne trovava nuove valvole di sfogo. Ciò che non era stato concepito come teatro immersivo lo stava rapidamente diventando, con turisti che filmavano con i telefoni, convinti di essersi aggiudicati posti in prima fila per la prossima grande viralata.

Vincent si fermò, scrutando la scalinata. Il vecchio istinto predatorio – valutare le uscite, calcolare le traiettorie, identificare gli anelli deboli – andava a pieni giri. I Tradizionalisti, avvolti in frac e sdegno color naftalina, avevano immediatamente formato una falange difensiva attorno ai membri più importanti della loro coorte. Si muovevano come se fossero allergici sia al progresso che al poliestere. I Modernisti, com'era prevedibile, si erano scatenati. Telefoni alla mano, alcuni trasmettevano il massacro in diretta con commenti allegri, altri montavano già la carneficina in video dei momenti salienti da trenta secondi.

Un valletto, in quella che doveva essere stata una livrea su misura ma che ora poteva definirsi solo un "tragico cosplay", barcollò giù per i gradini, le mani strette al collo. Il sangue gli schizzò tra le dita a tempo con la musica che ancora trapelava dall'auditorium. Inciampò su un'influencer sdraiata a terra e atterrò con la faccia sui stivali di Vincent.

Vincent si chinò, afferrò l'uomo per il mento e scoprì la ferita: due fori netti, circondati da lividi e da una leggerissima spolverata di zucchero a velo. Opera della Clore, allora: non le piaceva mai lasciare una scena senza una guarnizione distintiva.

L'uomo morente sibilò un'ultima parola – sembrava "cannelloni", ma poteva anche essere "chiamate un'ambulanza" – e spirò, con la lingua penzoloni. Vincent si alzò, si pulì la mano sul retro della felpa con cappuccio di un Modernista e gridò: «Qualcuno ha individuato la fonte?»

Aurelia Voss, appollaiata sulla balaustra come un gargoyle da copertina di Vanity Fair, alzò la mano e indicò. «Grande scalinata. Sempre e solo il massimo del dramma.» La sua ring light le creava un'aureola sui capelli color platino, catturando ogni goccia di sangue con dettagli perfetti per il feed.

Vincent annuì, poi si rivolse alla sua squadra con il tono di un uomo che istruisce un asilo nido sulle buone maniere per l'uso delle granate. «Tradizionalisti: fianco sinistro, ranghi serrati. Modernisti: voi con me. Giù i telefoni, fuori i denti. Se cinguetta, azzannatelo.»

Cass Roe lanciò un urlo di giubilo, ma il resto non ebbe bisogno di incoraggiamento. La squadra si riversò sulla scalinata, con Vincent sulla punta del cuneo. Flûte di cristallo fischiavano verso il basso come pugnali di ghiaccio; alcuni si frantumavano sulla pietra, altri riversavano champagne avvelenato nelle bocche dei nuovi morti. Di tanto in tanto, un flûte deviava, guidato da mani invisibili, e centrava in pieno l'orbita o la gola scoperta di qualche sventurato avventore.

Una bionda ossigenata in abito da sera strillò quando fu colpita da un flûte all'attaccatura dei capelli, poi ruzzolò all'indietro, trascinando con sé altre tre persone. Un Modernista riprese l'intera caduta in video e, senza perdere un secondo, la taggò #BollicineBrutali prima di scavalcare i cadaveri.

A metà salita, il piede di Vincent scivolò su una pozza di qualcosa di vischioso. Si rimise in equilibrio, giusto in tempo perché un flûte di champagne gli trafiggesse la spalla della giacca, mancando la pelle per un margine che avrebbe impressionato qualsiasi flebotomo. Lo strappò via, annusò e fece una smorfia. «La Clore ha messo mano alla cantina. Punta allo spettacolo, non all'efficienza.»

Aurelia, al suo fianco, sorrise compiaciuta. «Il dramma è il marchio di fabbrica, tesoro. Più spettatori ci sono, meglio è.»

Vincent grugnì. «Allora non deludiamola.»

Raggiunsero il pianerottolo e si sparpagliarono: i Modernisti si erano già intrufolati in posizione dietro pilastri ornamentali, i Tradizionalisti avanzavano a scatti con la determinazione di uomini che avrebbero preferito morire piuttosto che farsi sorprendere a correre. Dall'altra parte dell'atrio superiore, Lady Clore attendeva, la sua silhouette controluce sotto i lampadari, il pizzo del suo abito scuro come uno spruzzo di sangue arterioso.

Esaminò la carneficina con la serenità di un predatore, poi sollevò il bicchiere. «Vincent Lupo. Cominciavo a pensare che il Consiglio fosse diventato vegano.»

Vincent scoprì i denti in una parodia di inchino. «Direi che ha un bell'aspetto, Euphemia, ma l'ultima volta che ho visto quel vestito era addosso a un cadavere.»

La risata della Clore fu uno schiocco di frusta che lacerò il brusio di panico sottostante. «Sempre stato affascinante, lei. Ha portato il suo pubblico personale, o questi sono l'ultimo tentativo di rilevanza del Consiglio?»

Aurelia rispose per lui, girando lo schermo del suo telefono verso la Clore con un sorriso smagliante. «Veramente siamo in tendenza. Dovrebbe controllare i numeri.»

La Clore la squadrò con la pazienza di un ragno che valuta il curriculum di una mosca. «Il mondo cambia, ma lei no, Vincent. Si nasconde ancora dietro a chi ha la bocca più larga.»

Vincent avanzò, flettendo le mani. «Preferisco vederla come delega strategica. Lei, d'altro canto, non aggiorna il suo copione dalla guerra di Crimea.»

Gli occhi della Clore si strinsero. Scattò il polso e altri tre flûte volteggiarono dal vassoio d'argento al suo fianco. Uno lo mancò completamente, rimbalzando sulla balaustra; il secondo colpì un Modernista alla coscia, che guaì, zoppicò in cerchio, poi tornò a filmare; il terzo si diresse dritto al volto di Vincent.

Lui lo afferrò al volo, osservò il liquido dorato e – poiché l'alternativa era mostrare paura – ne tracannò il contenuto in un unico sorso. Per un secondo, nulla. Poi il sangue gli si gelò nelle vene e si piegò in due, vomitando champagne e bile sul pianerottolo.

La Clore esultò. «E ancora lo stesso idiota.»

Vincent sputò, si pulì la bocca e sogghignò. «Ogni volta che penso di aver toccato il fondo, l'Ottocento mi porge una pala.»

Dietro di lui, le squadre stavano facendo progressi. I Modernisti avevano mappato il piano superiore, postando aggiornamenti "in diretta" a una rete di follower che, sorprendentemente, credevano a ogni secondo. I Tradizionalisti avevano barricato il corridoio laterale; il loro capo – un qualche Visconte di cui Vincent dimenticava sempre il nome – ora brandiva un pezzo di balaustra spezzato come se fosse una reliquia sacra.

Cass e Ren accerchiarono la Clore, tenendola bloccata sul pianerottolo superiore. Lei li osservò con disprezzo, le dita che accarezzavano il decanter di cristallo vicino al suo gomito.

«Che peccato, Vincent. Avrebbe potuto governare questa città. Invece, è un glorificato organizzatore di eventi, che ripulisce casini più grandi di lei.»

Vincent sentì il veleno svanire, sostituito da un'ondata di energia sanguinaria. «Sa come si dice: chi sa fare, fa. Chi non sa fare, modera.»

Fece un segnale ai Modernisti, che lanciarono una raffica di flash e di LED accecanti dei telefoni. La Clore indietreggiò, alzando un braccio per proteggersi gli occhi, e Vincent si scagliò contro di lei. L'afferrò per il polso, glielo torse e cercò di strapparle di mano il decanter.

Era più forte di quanto sembrasse. I due lottarono, il vetro che tintinnava tra loro, le sue unghie che si conficcavano a fondo nella mano di Vincent. Poteva sentire il veleno agire, ma costrinse i muscoli a obbedire.

«Lascia la presa, Euphemia,» ringhiò.

Lei sorrise, un taglio bianco nell'oscurità. «Costringimi.»

Vincent le diede una testata, una sola, secca. Osso contro osso. Per un istante, nessuno dei due si mosse; poi la Clore barcollò all'indietro, perdendo la presa sul decanter. Andò in frantumi e l'aria si riempì della dolcezza soffocante di una morte d'annata.

La Clore arretrò, tenendosi il viso devastato. «Non fai più nemmeno parte del Consiglio. Perché ti interessa?»

Vincent si asciugò la fronte, poi indicò la carneficina sottostante. «Perché questa città era mia prima che fosse tua, e non ti permetterò di riscriverne il finale.»

Lei sogghignò, poi saltò sulla balconata, le gonne che si gonfiavano. Vincent si lanciò all'inseguimento, afferrando solo aria e una raffica di pizzo nero. La Clore atterrò pesantemente su un tavolo sottostante, spargendo vetro e arti in ogni direzione.

I Modernisti esplosero in un applauso; qualcuno lanciò persino dei coriandoli. Vincent li fulminò con lo sguardo, poi fece segno alla squadra di inseguirla.

La seguì, scendendo i gradini a tre a tre, con gli stivali resi scivolosi dai residui di champagne versato e sangue. Quando raggiunse il piano inferiore, la Clore era già all'uscita opposta, lasciandosi alle spalle una scia di corpi che si contorcevano.

Vincent si fermò, ansimando, poi si voltò a guardare la sua

squadra, malconcia ma intatta. «Lo spettacolo non è finito,» gridò. «Se qualcuno vuole da bere, questo è il momento.»

Aurelia sogghignò, insanguinata ma raggiante. «Sai davvero come organizzare una festa.»

Vincent le restituì il sorriso, poi guidò l'inseguimento nella notte, mentre la Royal Opera House echeggiava alle loro spalle con le urla degli avvelenati, il clic delle fotocamere e, fievolmente, le ultime note di un'aria morente.

Il vicolo dalle parti di Old Compton Street era il tipo di passaggio secondario in cui Soho dava il meglio di sé: due cassonetti per metro quadro, una pozzanghera per ogni passo e l'aroma persistente di diecimila notti discutibili. Ren sguazzò nella prima pozzanghera, con gli stivali già incrostati di sudiciume, e pensò: almeno non piove sangue.

Ancora.

In fondo al vicolo, un bagliore bluastro pulsava a tempo con una voce così orribile da far sembrare il neon di buon gusto. La folla si era formata nel classico stile londinese: riversandosi dai bar più vicini, telefoni a mezz'asta, alcuni che registravano apertamente, altri che fingevano di non farlo. Ogni volto era bloccato in un rictus da "non dovrei essere qui, ma domani lo racconterò di sicuro".

Al centro di tutto, appollaiato su una vecchia cassa del latte, c'era Algernon Bleak: il poeta redivivo, ogni cliché del grottesco vittoriano fatto carne. Il suo abito era del colore della resa, la sua camicia un giardino di muffa. Il viso era tutto zigomi e capelli selvaggi, gli occhi che brillavano della gioia di un uomo che aveva scoperto nuovi modi per rovinare una serata.

Bleak declamava alla notte, ogni verso distorto emanava un'onda di pressione che faceva trasalire la folla in un involontario sincronismo. Di tanto in tanto, un ascoltatore si accasciava al suolo, stringendosi la testa e gemendo, solo per essere rimpiazzato da un altro, attratto dal rumore.

Ren si appoggiò a un muro, ogni muscolo che urlava mentre il Marchio sul braccio le si illuminava a tempo con le sillabe di Bleak. Strinse i denti e sibilò a Mrs Barley: «Sei sicura di voler andare per prima? Posso occuparmi io di quel bastardo».

Mrs Barley non si prese la briga di voltarsi. «Non è una questione di volere, mia cara. È questione di non avere tempo da perdere».

La successiva ondata di poesia colpì — un sonetto imbastardito, tutto rime dozzinali e dolore puro — e metà della folla si piegò in due. Ren la sentì nei denti, nella spina dorsale, nel midollo della sua anima. Il Marchio pulsava così forte da darle l'impressione che potesse staccarsi di netto dalla pelle.

Bleak li vide, e il suo sorriso si allargò. «Ah, il pubblico arriva!» urlò, la sua voce che echeggiava sulla folla di dannati. «Tutto il mondo è un palcoscenico, e stasera gli attori sanguinano!»

«Santo cielo» borbottò Ren. «Sta facendo le voci».

Mrs Barley, imperturbabile, marciò dritta fino alla cassa del latte e ispezionò Bleak dalla punta delle scarpe all'attaccatura dei capelli. «Signor Bleak» disse, con voce piana e secca, «questo non è il suo locale. Lei sta sconfinando in un sito di rilevanza storica e causando un notevole disturbo».

La risata di Bleak fu una tosse acuita da una vita di rimpianti. «Signora, il disturbo sono io!»

Alzò un braccio, e il dolore della folla si intensificò. La vista di Ren si sdoppiò, poi si quadruplicò: ogni terminazione nervosa, ogni ricordo, si scisse e balbettò come se il vicolo stesso fosse un segnale disturbato. Per un folle istante, si vide distesa a terra, le dita strappate nel tentativo di artigliarsi le orecchie, e seppe che era solo questione di secondi prima di unirsi a loro.

Mrs Barley non batté ciglio. Girò intorno a Bleak, gli occhi sulle sue mani, poi sulle sue scarpe, poi sulla tasca interna della sua giacca rovinata. «Sta usando vecchi schemi» disse. «Goffi, ma efficaci. Gliel'ha insegnato Ashcroft, o l'ha imparato prima del sanatorio?»

Bleak si pavoneggiò. «Sono sopravvissuto a tutti i miei maestri».

«Non ai suoi critici» disse Mrs Barley, e lo colpì allo stomaco con la sua cartellina.

Bleak si piegò in due, senza fiato. La poesia si interruppe a metà di un distico; la folla rabbrividì e, come se un interruttore fosse stato premuto, crollò a terra o semplicemente si allontanò, improvvisamente più interessata al kebab o a Instagram che all'apocalisse.

Ren si rimise in piedi a fatica, ogni articolazione che friggeva di agonia residua. «Porca puttana. L'hai... semplicemente steso?»

Mrs Barley si sistemò il colletto. «Mai sottovalutare il potere della forma corretta».

Bleak gemette, cercando di aspirare aria attraverso i suoi polmoni rovinati. «Non puoi fermare il prossimo verso» gracchiò. «È già stato scritto».

Mrs Barley si inginocchiò, chiuse la cartellina e la rimise nella sua borsa. «Sfortunato per lei, ma sono io l'autorità sui rischi specifici del sito». Frugò nella giacca di Bleak, tirò fuori un fascio di pergamene macchiate e le strappò nel mezzo.

Bleak si lamentò, con un suono molto più umano di qualsiasi sua poesia.

Mrs Barley si alzò, si spolverò le mani e rivolse a Bleak un cenno cortese del capo. «Si consideri censurato».

Ren si staccò dal muro, scrollandosi le braccia. Il Marchio si affievolì, tornando a essere un dolore sordo. «Ha finito?»

«Per ora» disse Mrs Barley. «Ma la narrazione è destinata a intensificarsi».

Ren guardò i corpi che cospargevano il vicolo, poi Bleak, che piagnucolava come un bambino a cui erano state negate le caramelle. «Dovrei finirlo?»

Mrs Barley scosse la testa. «Non ce n'è bisogno. È il peggior pubblico di se stesso».

Ren rise, anche se le fece male. «Tocca a noi, allora?»

«Tocca a noi» disse Mrs Barley, già allontanandosi.

Il vicolo tornò alla normalità: rimasero solo l'odore dei cassonetti e il marciapiede appiccicoso. Ren si voltò un'ultima volta, solo per assicurarsi che Bleak non tentasse nulla, ma lui se ne stava semplicemente lì seduto, stringendo al petto le sue carte strappate e borbottando frammenti di versi all'oscurità indifferente.

«Avanti al prossimo» disse Ren, e seguì Mrs Barley fuori, nella notte umida di Soho.

Whitechapel, mai luogo incline alle sottigliezze, era sprofondata nell'apocalisse più totale. La via principale era vuota di civili, i soliti ristoranti di curry aperti fino a tardi erano sprangati, ma nel rigagnolo tra due minimarket era in corso una guerra. Il contingente del Barone Falkenhayn era arrivato per primo, formando una barricata umana lungo il marciapiede. Ciascuno dei suoi soldati stava in posizione, con l'uniforme immacolata anche in mezzo a sangue e vetri infranti, le espressioni impostate su "furia gelida". Di fronte a loro, una folla di redivivi in abiti da sera edoardiani a brandelli, tutti zanne e malvagità, si scagliava contro la linea difensiva con bastoni antichi, guanti con tirapugni d'ottone e qualche bottiglia spaccata.

I francesi, che non perdono mai l'occasione per un'entrata in scena, irruppero dall'estremità nord, guidati dal Marchese Deveraux. La sua lama catturava la luce dei lampioni e ogni scintillio al neon del vicino negozio di kebab, così che ogni affondo lasciava una breve immagine residua: un duello in negativo, la violenza resa bella per un istante prima che lo spruzzo di nero arterioso riaffermasse la realtà.

Il fulcro della battaglia era un Uber ribaltato, con l'autista ancora dentro, che urlava al telefono mentre le portiere venivano martellate da un cerchio di redivivi in abito da cerimonia. «Aiuto! Aiuto! Si stanno mangiando a vicenda!» gridava, come se il servizio clienti avesse un protocollo per le sparatorie soprannaturali.

Falkenhayn ruggì e la sua linea avanzò. I tedeschi procedettero a passo di marcia perfetto, i bastoni che cozzavano contro le braccia conserte, per poi tornare indietro con la forza di arieti dalla punta d'acciaio. Il primo redivivo a rompere la linea cadde sotto tre stivali e una stoccata di sciabola. I due successivi resistettero più a lungo, ma il risultato fu inevitabile: in trenta secondi, il bordo del marciapiede fu lucido di icore e il parabrezza dell'Uber si incrinò a stella per la forza dei corpi che vi si schiantavano contro.

La squadra di Deveraux non combatteva tanto quanto si esibiva. Danzavano attraverso il caos, ogni taglio e parata punteggiati da un commento sarcastico o uno scoppio di risa. Uno dei suoi luogotenenti decapitò un redivivo con un fendente di sciabola, poi brindò immediatamente al cadavere con una fiaschetta dalla tasca del petto. «Al progresso!» dichiarò, e il resto della squadra si unì all'esultanza anche mentre la carneficina aumentava.

Falkenhayn e Deveraux incrociarono gli sguardi sopra il cumulo di morti e, per un secondo, il vecchio odio superò la minaccia comune. «Questa è colpa sua» sputò Falkenhayn, puntando un dito guantato contro il francese.

«Vorrebbe avere un tale stile, *mon cher*» rispose Deveraux, tranciando di netto la mano di un redivivo e calciando ciò che ne restava sulla traiettoria di uno scooter in avvicinamento. Lo scooter si ribaltò, il suo conducente saltò via, e la testa del redivivo si spaccò sotto la ruota posteriore con un suono simile a un melone caduto.

Una nuova ondata di incubi vittoriani emerse da una strada laterale, ciascuno armato con un oggetto d'antiquariato sempre più ridicolo. Uno brandiva un fioretto da scherma, un altro un mazza cerimoniale, un terzo un intero orologio a pendolo, usando il pendolo oscillante come una clava. Il quadrante dell'orologio si frantumò contro la nuca dell'elmo di un tedesco, che si scrollò di dosso i detriti e pugnalò il suo aggressore in un occhio.

Deveraux alzò il bastone e parò la mazza con disprezzo

disinvolto. «Vede, Barone? Hanno più immaginazione nel loro mignolo che tutto il suo esercito».

Falkenhayn grugnì, spazzando via i suoi avversari con un'efficienza disciplinata che rasentava la mancanza d'arte. «L'immaginazione non è la stessa cosa della vittoria, Marchese. Farebbe bene a ricordarlo».

Ora si muovevano insieme, ogni squadra che combatteva schiena contro schiena, le vecchie rivalità messe in pausa dall'imperativo di non essere fatti a pezzi dai rimasugli non morti dell'impero. Tutt'intorno, i detriti della città divennero sia arma che terreno: scooter rovesciati come trappole, cassonetti lanciati come proiettili, manifesti pubblicitari che sventolavano a ogni ondata d'aria spostata.

Qualcuno — forse un redivivo, forse un passante annoiato — lanciò un cartello "Tornate a casa sicuri" come un disco. Colpì Deveraux in pieno petto, scaraventandolo contro un lampione. Lui rimbalzò, usò lo slancio per piantare la sciabola nella gabbia toracica del nemico più vicino e si rialzò sorridendo. «Ah, il servizio pubblico di questa città non è secondo a nessuno».

L'ultimo redivivo, una cosa scheletrica con un cravattino intriso di sangue, scattò verso l'Uber, forse pensando di finire l'autista. Falkenhayn abbaiò un ordine e due tedeschi placcarono la creatura a terra, tenendola ferma mentre un terzo le calpestava il cranio finché non si spaccò con un tonfo sordo.

Silenzio, per la prima volta quella notte. Gli unici suoni erano i lamenti dell'autista dell'Uber e il sibilo delle lampade a gas che bruciavano l'ultima pretesa di rispettabilità della città.

Deveraux si raddrizzò, si spolverò la finanziera rovinata e squadrò Falkenhayn. «Un piacere, come sempre».

Il Barone annuì, il mento alto. «Che vinca il miglior nemico, Marchese».

Si strinsero la mano — un gesto breve, brutale e immediatamente dimenticato. Le loro squadre si allinearono dietro di loro, ciascun uomo malconcio e insanguinato, ma in piedi.

Dietro di loro, il mucchio di corpi di redivivi ebbe una o due contrazioni, poi rimase immobile.

Falkenhayn si rivolse ai suoi uomini, con una voce simile a una campana a morto. «Ci muoviamo. Il prossimo fronte non sarà così facile».

Deveraux pulì la lama su un fazzoletto, poi ne porse un altro a Falkenhayn, che lo prese con uno sbuffo di derisione. «Per quando piangerà, Barone».

«Mai» disse Falkenhayn, ma l'asprezza era svanita dalla sua voce.

Le due squadre scomparvero alle estremità opposte della strada, le uniformi ormai indistinguibili dall'oscurità della città. L'autista dell'Uber li guardò andare, poi aprì la portiera e strisciò fuori dal relitto.

UNDICI

Dopo Whitechapel, l'appartamento di Ren assomigliava meno a un quartier generale e più alla scena di un incidente con spuntini migliori. Ren stava appollaiata al tavolo da cucina malconcio, che gemeva sotto il peso di sacche di sangue (mezze vuote, alcune con educate cannucce che spuntavano fuori), bende usate e uno slalom di vasetti di ramen istantaneo incrostati dei residui di scadenze mancate da tempo. Ogni superficie non già rivendicata da scartoffie urgenti o dal triage medico era stata colonizzata dal museo dell'arcano da accumulatrice seriale di Zara: tazze spaiate piene di armamentario occulto, posacenere commemorativi di convention di vampiri, un barattolo di acqua santa (con l'etichetta «solo per emergenze») accanto a una scatola di paracetamolo.

Vincent se ne stava spaparanzato vicino al frigo, un profondo squarcio ricucito che gli andava dalla clavicola alla piega del braccio sinistro. Si premeva un impacco freddo sulla ferita con la cupa determinazione di un uomo che avrebbe preferito dissanguarsi piuttosto che ammettere di provare dolore. Una bottiglia di whisky, svuotata per due terzi, gli stava di fianco, come a offrire consulenza legale al ferito.

La signora Barley, senza un graffio ma con i capelli che le ricadevano in ciocche strategiche, si occupava dei casi più gravi. Aveva disposto i feriti come pezzi degli scacchi per la cucina: Ren al centro del palco, Vincent a una casella di distanza e il resto della loro squadra malconcia lungo il perimetro, ognuno stretto al proprio assortimento di ferite, antidolorifici e rimpianti esistenziali. Di tanto in tanto, la signora Barley borbottava osservazioni nel suo onnipresente taccuino, annotando ogni cosa con una stenografia che nessuna anima viva avrebbe potuto decifrare.

Ren teneva la manica sinistra arrotolata. Il Marchio era di umore petulante: pulsava di blu e di bianco, a volte così forte da farle digrignare i denti. Aveva iniziato la serata in gran forma, prendendo in giro i Modernisti per la loro «cultura del selfie post-battaglia», ma ora il suo braccio era scosso da un tremore che non aveva nulla a che fare con l'adrenalina.

Vincent la scrutò dall'altra parte della stanza, con un'espressione bloccata a metà tra la preoccupazione e un *«piuttosto mangerei del vetro»*. «Quella cosa ha più personalità di mezzo Consiglio» disse, indicando con un cenno del capo l'avambraccio di lei.

Ren sbuffò, poi trasalì subito. «Non dirlo. Sembra che stia cercando di squarciarmi la pelle dall'interno.»

«Vediamo di tenere il Marchio nella stanza e non sui muri» consigliò la signora Barley, con la voce secca come un sorso di sherry. Scorse con lo sguardo gli altri. «Tutti gli altri si reggono in piedi?»

Qualche affermazione borbottata, ma per lo più si sentiva il tonfo sordo di stivali che venivano slacciati, di ferite che venivano tastate e di un Modernista in un angolo che cercava di aggiornare i suoi follower facendo finta di non piangere.

Il Marchio scelse proprio quel momento per intensificarsi. Si illuminò di un bianco-azzurro così puro da proiettare ombre mobili sul soffitto della cucina, per poi scagliare una nuova scarica di dolore dal polso alla spalla di Ren. La superficie della sua pelle rabbrividì, poi si screpolò con le prime tracce di crepe nere come l'inchiostro, che si irradiavano verso l'esterno come un timelapse di una città che sprofonda nelle voragini.

Ren ansimò, afferrandosi il braccio. Il mondo le si restrinse davanti agli occhi, poi tornò a fuoco di colpo: il rumore del traffico fuori, il clangore metallico della penna della signora Barley, la voce di Vincent che urlava il suo nome.

Non riusciva a muovere la mano. Le crepe si stavano allargando, sottili come fili di ragnatela ma ramificate in ogni direzione. Non erano solo in superficie: scavavano in profondità, fino all'osso, portando con sé la fredda certezza di qualcosa di irreversibile.

«Merda» disse, il che riassumeva più o meno tutto.

Vincent fu al suo fianco prima ancora che lei registrasse il movimento. La prese per le spalle, sorreggendola mentre la vista le si sdoppiava e il respiro le si bloccava in petto. «Ehi! Ren. Guardami.»

Ci provò. Era come cercare di vedere attraverso un vetro smerigliato, tutto sfocato ai bordi. Aveva delle voci in testa: non sussurri, nemmeno parole vere e proprie, solo frammenti e ordini, mezze frasi che si facevano largo a gomitate. Strinse i denti e una riga di sangue le apparve tra le labbra.

«Resta con me, ragazzina» abbaiò Vincent. «Non osare farti sovrascrivere da una stramaledetta Bozza.»

Il Marchio pulsò di nuovo, più forte. Quasi svenne. In quella nebbia, sentì la signora Barley borbottare: «Sgomberate il tavolo», e in pochi secondi i detriti vennero spazzati a terra, sacche di sangue, scartoffie e tutto il resto, mentre la signora Barley faceva spazio per qualsiasi cosa dovesse accadere.

Vincent, metà sollevandola, metà trascinandola, adagiò Ren sul tavolo. Si chinò, naso contro naso, dimentico delle proprie ferite, e le diede una pacca sulla guancia con una mano tremante. «Riprenditi, Ren. Non sei una profezia. Sei una testarda stronzetta, e non ti puoi permettere di morire prima di me, capito?»

Avrebbe voluto dire qualcosa di pungente, qualcosa che lo facesse ridere o almeno alzare gli occhi al cielo. Invece, le battevano i denti, e il Marchio si illuminò così ferocemente da lasciare immagini residue sui muri. Le crepe serpeggiarono fino al gomito, poi scesero, tracciando netti sentieri neri sotto la pelle. Era un'agonia e allo stesso tempo no: ogni terminazione nervosa era in fiamme, ma il dolore veniva inghiottito dall'ondata di sensazioni che le inondava la testa.

Poi giunsero le voci: dozzine, forse centinaia, che parlavano tutte insieme, un coro di pazzi e dannati. Si sentì spaccare in due, come un libro a cui fossero state strappate tutte le pagine per incollarle su un muro. Nomi, date, frammenti di profezia: così tanti dettagli da poter sentire il sapore dell'inchiostro.

Inarcò la schiena, ansimò, e per un attimo Vincent parve sinceramente spaventato.

«Signora Barley, lei sta...» cominciò.

«Tienila ferma» lo interruppe secca la signora Barley,

mentre già tirava fuori qualcosa dalla sua borsa: una striscia di stoffa, una manciata di sali, una penna stilografica.

Ren cercò di parlare, ma la mascella non collaborava. Invece, il suo braccio scrisse un messaggio tutto suo sul tavolo, le linee nere che si raccoglievano al polso e formavano un nuovo sigillo nel legno: una spirale, poi una serie di rune, poi un reticolo di minuscoli, perfetti quadrati. La superficie fumò, solo per un secondo, e l'intera cucina si riempì dell'odore di zucchero bruciato e ozono.

La signora Barley tenne i sali sotto il naso di Ren; il mondo si schiarì, per un istante, e lei riuscì a gracchiare: «È... normale?»

La signora Barley si strinse nelle spalle. «Sei il primo caso che vedo, cara. Ma devo dire che stai definendo lo standard.»

Vincent la fece adagiare di nuovo sul tavolo, con le braccia ancora intorno a lei. «Respira. Stai bene.»

Avrebbe voluto credergli, ma il Marchio pulsò di nuovo, e lei capì – in modo assoluto, in quella parte del suo cervello che aveva sempre calcolato le probabilità di ogni crisi – che non stava bene. Le crepe non se ne andavano. Si erano fissate, come macchie d'inchiostro su carta scadente. Ora sentiva la spinta, la Bozza Eterna che la cercava, usandola come lo stoppino di una bomba a orologeria.

Incrociò lo sguardo di Vincent, e per la prima volta vide la paura nei suoi occhi; non per sé, ma per lei.

«Scusa» disse, con un sorriso che sembrava appartenere a qualcun altro. «Immagino di essere ancora il canarino.»

Lui la strinse a sé, in silenzio per una volta. L'intero appartamento piombò nella quiete, come se persino i fantasmi stessero trattenendo il respiro.

Il Marchio pulsò ancora una volta: una scossa di assestamento, non brillante come prima ma più profonda, più definitiva. Le lasciò il braccio chiazzato di nero, il sigillo ormai inciso permanentemente nella pelle, un monito e una maledizione al tempo stesso.

La signora Barley posò il taccuino, con le dita che tremavano appena. «Dovremo agire presto» disse, senza rivolgersi a nessuno in particolare. «La prossima volta, potrebbe non tornare indietro.»

Ren chiuse gli occhi e si lasciò stringere da Vincent, con l'odore di whisky e sangue stranamente confortante. Ascoltò il proprio polso, il silenzio nell'appartamento e il suono non così lontano di qualcosa che grattava ai margini della sua mente, in attesa che si aprisse la prossima crepa.

L'unica cosa più spaventosa di perdersi nella storia era sapere che forse era già successo.

Sperò che qualcuno stesse tenendo il verbale.

Dopo la crisi, il mondo di Ren divenne molto piccolo: un orizzonte ampio quanto il tavolo, il braccio di Vincent a sorreggerle la testa e il Marchio, un marchio a fuoco che svaniva solo quando lei giaceva assolutamente, ostinatamente immobile. Il resto della stanza andava e veniva, prima come una foschia di panico, poi come una griglia di volti preoccupati, ognuno dei quali le orbitava attorno come una luna attorno a un pianeta morente.

Ci mise un minuto intero per notare il fantasma di Zara.

Mentre prima Zara fluttuava, blu e sfocata, questa volta

apparve crepitando con l'intensità di un'insegna al neon accesa in pieno giorno. Ogni contorno era iperreale: zigomi scolpiti nel vetro opaco, capelli che fluttuavano e si posavano come sott'acqua, la linea sottile della bocca atteggiata per una volta in qualcosa di diverso dallo sconcerto. Non aleggiava accanto al tavolo, ma sopra di esso, sospesa a pochi centimetri dal braccio di Ren. L'aria nel punto in cui passava sembrava più fredda, come l'interno della cella frigorifera di un macellaio, e ogni volta che si spostava, il suo contorno sfrigolava contro l'illuminazione già sovraccarica della stanza.

Ren sentì il peso di quell'attenzione e cercò di sollevare il braccio, ma non le obbedì. Poteva sentire lo sguardo di Zara tracciare le crepe, mappando ogni biforcazione e venatura frastagliata. Non faceva male, per ora. Ma sapeva, con una tetra, documentaristica certezza, che lo avrebbe fatto.

Zara non disse nulla per un lungo momento. Si limitò a osservare il Marchio, con le labbra strette in un calcolo e le mani giunte dietro la schiena, come un detective sulla scena di un delitto.

La signora Barley ruppe il silenzio. «Diagnosi?» La sua voce era ancora tagliente, ma ora c'era un tremore, come la corda di un violino tesa allo spasimo.

Zara espirò – un'impresa per un morto – e si chinò più vicino, con le mani spettrali che si libravano appena sopra la pelle rovinata. «Non sta solo facendo i capricci» disse. «La Bozza Eterna si sta alimentando attraverso di lei. È legata al Marchio: lei è il filo scoperto.»

Vincent si irrigidì, le mani strette al bordo del tavolo. «Puoi tagliarlo? Rimuovere il Marchio, o bloccarlo?»

Il volto di Zara non si mosse, ma la sua voce sì: dura, fragile.

«Non funziona così. Ogni volta che Ashcroft evoca uno dei suoi redivivi, attinge più potere attraverso di lei. Come con la profezia di Carmine, la sta usando come un ripetitore: ogni incantesimo, ogni riscrittura, viene incanalato attraverso quello.» Fece un cenno al braccio di Ren, ora una rete di filamenti neri.

«Quindi,» suggerì la signora Barley, già prendendo appunti, «le nostre opzioni?»

Zara esitò, e quella era una novità. Di solito aveva una lista di soluzioni – improbabili, sgradevoli, a volte illegali, ma sempre a portata di mano. Questa volta, rimase semplicemente a fluttuare, formulando calcoli silenziosi, finché alla fine disse: «O fermate Ashcroft, o spezzate la catena. Non c'è una terza via.»

La mascella di Vincent si serrò così tanto che la barba ispida sbiancò ai lati. «E se non lo facciamo?»

Zara incrociò il suo sguardo, con i suoi occhi vuoti e spietati. «Verrà sovrascritta. Cancellata. Niente aldilà, niente eredità, solo... sparita. L'ultima revisione della Bozza.»

Ren sentì gli sguardi di tutti puntati su di sé. Lasciò loro il silenzio, poi si sforzò di sorridere. «Immagino che questo faccia di me il segnalibro più scomodo del mondo.»

Zara quasi sorrise, ma il sorriso svanì in un istante. «Più che altro, la prima riga di una catena di Sant'Antonio. Se lasci che questa cosa continui, infetterai chiunque ti abbia mai voluto bene.»

Ren avrebbe voluto ribattere, ma la battuta le rimase in bocca, seccata dal terrore. Guardò Vincent, sperando in uno scherzo, in un ghigno, in un qualche brandello del vecchio, indistruttibile bastardo. Invece, lui sembrava distrutto, con gli occhi spalancati e scuri, ogni vena attorno all'iride visibile e nera come la calligrafia. La sua presa sul polso di lei si strinse, delicata ma definitiva, come se potesse tenerla ancorata solo rifiutandosi di lasciarla andare.

La signora Barley picchiettò la penna, poi la chiuse con uno scatto. «Ci serve un piano» disse. «Subito.»

Per un secondo, nessuno rispose. Persino i Modernisti – uno con una felpa sporca di sangue sugli occhi, l'altro che fingeva di sonnecchiare – ebbero la decenza di restare in silenzio.

Fuori, i suoni del traffico filtravano attraverso il vetro antico, una marea di clacson, urla e la minaccia distante di un'altra sirena. Il mondo andava avanti, come se nulla in quell'appartamento potesse avere importanza. Ren sentì il freddo risalirle lungo il braccio, le crepe che si stabilizzavano, e capì cosa significasse quel silenzio.

Era già andata via per metà.

Vincent si protese, scostandole i capelli dal viso. «Non ti perderemo» le disse, con una voce sommessa come a un funerale. «Non per colpa sua. Non per colpa di nessuno di loro.»

Lei gli credette, o almeno voleva farlo. Ma il Marchio pulsò di nuovo, e per un secondo le sembrò di sentire il sapore dell'inchiostro e il gusto secco delle frasi incompiute. Rabbrividì.

Zara si ritirò, il suo contorno che tremolava ai bordi. «Monitorerò dall'altra parte» disse. «Se la situazione peggiora, lo saprò.»

La signora Barley si alzò, già intenta a redigere ordini. «Colpiremo Ashcroft prima che possa portarne altri.» Guardò Vincent. «Ci serve il miglior agente sul campo della città. E un miracolo.»

Vincent rise, una risata ironica e spezzata. «Vi procurerò il primo, ma al miracolo ci pensate voi.»

Ren chiuse gli occhi, ascoltando il ronzio della città e del fantasma, e si lasciò credere, per un momento, che potessero farcela. O almeno cadere insieme, che era il massimo a cui una famiglia potesse mai ambire.

Il Marchio, ancora caldo, fremette un'ultima volta. Lei aprì gli occhi, fissò la mappa nera sulla sua pelle e attese che la storia cambiasse.

DODICI

Vincent sedeva sprofondato nella sedia meno oltraggiosa che l'appartamento di Ren avesse da offrire. Era rivestita di un arazzo macchiato d'olio, il cui disegno era visibile solo dove decenni di fondischiena non l'avevano consumato. La stanza puzzava di morte e disinfettante. E anche di: ramen da microonde, toner per stampanti e, debolmente, del sentore di ozono bruciato di un'alba londinese, quando aveva la sfacciataggine di farsi strada.

Una luce diurna sottile si insinuava lungo i bordi della tenda, tagliando l'appartamento in zone nemiche di ombre blu e oro pallido. La testa di Vincent ciondolò di lato, quanto bastava perché un raggio di sole vagante gli sfiorasse il dorso della mano. Iniziò come un rossore rosato, poi una vescica bianca e raggrinzita si sollevò a forma di zampa di gatto. Sibilò, ritrasse la mano di scatto e fulminò con lo sguardo la finestra come se gli avesse insultato la madre.

Ren, che si era raggomitolata sul divano di fronte, colse il movimento. I suoi occhi, iniettati di sangue e un po' folli, saettarono dalla vescica al viso di Vincent e di nuovo indietro. «Sai che potresti semplicemente chiudere le tende come si deve», disse.

Lui guardò di nuovo la finestra. Un raggio di luce si era spostato, strisciando lungo le assi del pavimento verso la sua caviglia. Considerò di spostare il piede, poi decise di vedere se la luce avrebbe ceduto per prima.

L'appartamento era il paradiso di un accumulatore seriale. Ogni scaffale, davanzale e pezzo di muro disponibile era stracolmo di volumi sull'occulto, reliquie degli anni di Zara come archivista, e il tipo di cianfrusaglie che si vedono solo ai mercatini delle pulci o nelle tenute teatro di omicidi-suicidi. Un trio di gufi impagliati guardava minaccioso da sopra il televisore, un manipolo di siringhe antiche era infilato in una pinta accanto al lavandino, e sotto il tavolo, un cerchio di sale era stato rovinato dal passaggio di piedi distratti. Probabilmente non funzionava comunque, ma Vincent trovò confortante la sua lenta distruzione.

Ci fu un trambusto nel corridoio. Mrs Barley, con i capelli raccolti in uno stato di perenne prontezza, entrò con un sacchetto di plastica stretto in entrambe le mani. Lo depositò sul tavolo con la delicata riverenza di chi presenta un organo per un trapianto.

«Colazione», disse, e scostò la plastica per rivelare una sacca di sangue, di tipo ospedaliero, contrassegnata o negativo. Una linea rossa e appiccicosa era già filtrata nell'etichetta, confondendo il nome del donatore fino a renderlo anonimo.

La gola di Vincent si serrò attorno al nulla. Cercò di abbozzare una battuta sul catering, ma la fame cancellò ogni altra cosa. Afferrò la sacca, la strappò con i denti e ne ingurgitò il contenuto in tre sorsi disperati. Sapeva di monetine e corridoi d'ospedale. Riuscì a non prosciugare la sacca, ma il danno era fatto; il sangue gli aveva rigato il mento, macchiato il davanti della camicia e lasciato le mani di un rosso chirurgico e appiccicoso.

Ren lo fissava, il suo viso una lezione di ambiguità: a metà tra la preoccupazione e il disgusto, con una spruzzata di 'in fondo, non sono sorpresa'. Si tirò la manica giù a coprire il Marchio, ma non prima che Vincent ne cogliesse il debole impulso bianco-bluastro sotto la pelle.

Si leccò le labbra, si pulì il mento con il dorso della mano e si scoprì a tremare. Represse il tremore, serrando la mascella. «Che c'è?»

Lei distolse lo sguardo, in modo così plateale da ferire. «Niente.»

«Non guardarmi così. Tu non capisci.»

Lo sguardo di Ren scattò di nuovo su di lui. «Pensi di essere l'unico a perdere il controllo? Il mio braccio si sta trasformando in un dannato virus... se starnutisco, il palazzo si prenderà il contagio?»

Mrs Barley si schiarì la gola, con un suono forte e secco come pergamena. «Se a uno di voi due viene voglia di assassinare l'altro, fatelo nella vasca. Ho appena pulito i tappeti.»

Vincent sbuffò. Ren emise un suono come se stesse per ridere, poi non rise.

Una corrente d'aria – reale o metaforica – attraversò l'appartamento. Sollevò la tenda, quel tanto che bastava perché un raggio di sole dipingesse il volto di Vincent di un giallo malaticcio. Stavolta, lui non trasalì, si limitò a fissarlo con aria di sfida, aspettando che la pelle si coprisse di bolle. E così fu, lentamente, minuscole gocce d'acqua che si raccoglievano sul suo zigomo.

Chiuse gli occhi, contò fino a dieci e, quando li riaprì, il fantasma di Zara aleggiava dall'altra parte della cucina. Era a malapena solida alla luce del giorno: solo un accenno di zigomi e capelli selvaggi, i suoi lineamenti sfocati come una foto non del tutto sviluppata. Non disse nulla, ma il suo sguardo era sulle mani di Vincent, poi sul braccio di Ren, poi di nuovo sulle mani di lui.

Lui si asciugò la bocca. «Ti godi lo spettacolo?»

La forma di Zara si sfuocò ai bordi. «State andando a pezzi più in fretta del Consiglio. Loro almeno sono arrivati alla fine del secolo prima di implodere.»

Mrs Barley si diede da fare con uno straccio e un secchio, come se l'igiene potesse riportare ordine in tutto quello. «È temporaneo», disse, ma neanche lei sembrava convinta.

Vincent si alzò in piedi, la sedia che strideva sul pavimento. Barcollò fino al lavandino, trovò un bicchiere e lo riempì con acqua che sapeva di tubature antiche. Sorseggiò, sciacquò e sputò rosso nel lavabo.

Aveva un aspetto mostruoso. E così si sentiva. Si chiese se fosse quello il punto.

Dietro di lui, Ren si strinse le ginocchia al petto e si premette più forte la manica sul Marchio. Un biscotto della fortuna, intatto sul bancone della cucina dall'ordine da asporto di qualcuno, sembrava brillare di un perverso ottimismo.

Vincent posò il bicchiere e si voltò, incrociando gli occhi di Mrs Barley mentre puliva il tavolo dal sangue. Il suo volto era imperscrutabile, ma la mascella serrata gli diceva tutto. Era pronta a staccargli la testa, se ce ne fosse stato bisogno. Si chiese se lo avrebbe fatto con gentilezza.

Tornò il silenzio, ma stavolta sembrava la calma prima di una valanga.

Vincent guardò Ren. «Dobbiamo porre fine a questa storia», disse, e la sua voce suonò strana, come se l'avesse presa in prestito da qualcuno meno sicuro di sé.

Ren annuì, una sola volta. «Prima che sia lei a porre fine a noi», disse.

Il fantasma di Zara fluttuò più vicino, la sua forma che si definiva un po' nella luce a chiazze. «Forse vi conviene sbrigarvi», disse. «Ashcroft non è il tipo paziente.»

Vincent fulminò la finestra con lo sguardo, la striscia di luce solare che ancora si avvicinava lentamente al suo piede. Lasciò che lo toccasse, solo per un secondo, sentì il sfrigolio, la minaccia della cancellazione. Poi fece un passo indietro, nell'ombra.

Ebbe la sgradevole sensazione che stesse finendo i posti in cui nascondersi.

Il Marchio sul braccio di Ren pulsò una volta, abbastanza forte da proiettare nuove ombre sul soffitto. Per un istante, Vincent si chiese se lo stesse chiamando, o se stesse solo tenendo il punteggio.

In ogni caso, l'appartamento sembrava rimpicciolirsi di secondo in secondo.

La città non taceva mai dopo la mezzanotte, ma diventava stranamente specifica. Qui fuori, l'aria si aggrappava al selciato con un tanfo umido e acido, come se tutte le notti fallite della settimana fossero state strizzate e lasciate a marcire. I lampioni tremolavano in sincrono con il trasformatore difettoso a due isolati di distanza, e ogni macchina che passava sembrava trascinarsi dietro una nuova scia di ultime ordinazioni e vetri rotti.

Vincent camminava davanti, le mani affondate nelle tasche della giacca, le spalle curve. Tutto il suo corpo fremeva per l'impulso di essere da qualche altra parte, ovunque. Ren lo seguiva a qualche passo di distanza, cappuccio alzato, occhi vigili ma vitrei: lo sguardo di chi sta facendo calcoli complicati solo per restare in piedi. Zara fluttuava lungo la linea del marciapiede, a malapena visibile a meno di non coglierla nel bagliore di un taxi di passaggio.

La loro missione era semplice: pattugliare le strade, fare attenzione a qualunque cosa sembrasse una storia che cercava di scriversi nel tessuto di Londra. Impedire alle squadre dei Modernisti e dei Tradizionalisti di annientarsi a vicenda prima del prossimo vertice del Consiglio. Cercare di non morire nel processo.

A Vincent non importava molto delle probabilità.

Tagliarono per le strade secondarie verso il fiume, evitando le vie principali dove i turisti si affollavano ancora. In lontananza, una sirena prese a suonare, ululando attraverso Vauxhall, poi svanì. La voce di Zara, calma e argentina, si levò dall'oscurità: «Qualcuno ha evocato un revenant all'Albert Embankment. Firma Modernista, probabilmente uno scherzo.»

Vincent grugnì, senza rallentare. «Che si sbrighino i loro casini da soli. Non siamo dei babysitter.»

Ren non disse nulla, si limitò a tenere il passo, i suoi passi leggeri sulla pavimentazione sconnessa. Dopo un po', mormorò:

«A che servono queste ronde, comunque? Ashcroft non scatenerà la fine del mondo con un branco di adolescenti sotto ketamina.»

Vincent si voltò a metà, le labbra arricciate in un ghigno. «Non è di Ashcroft che mi preoccupo. Il mondo finisce una decisione sbagliata alla volta.»

Passarono davanti a un negozio di kebab, ancora aperto, con il commesso annoiato che guardava la TV dietro uno spesso vetro. Un ubriaco con una maglietta dell'Inghilterra passò barcollando, stringendo una bottiglia di Fanta e borbottando qualcosa sull'Arsenal. Il Marchio sul braccio di Ren luccicò, ogni tanto brillando più intensamente quando il neon della città lo colpiva nel modo giusto.

Svoltarono in Lambeth Road. Da qualche parte più avanti, il suono acuto di un vetro in frantumi spaccò l'aria, seguito dal boato sguaiato di una folla inferocita. Vincent sentì la vibrazione prima ancora di distinguere le parole: una rissa da pub, grossa e caotica, che si riversava sul marciapiede.

Zara si spostò in avanti, materializzandosi sotto l'insegna del The Anchor and Crown. Fece un cenno verso il caos: «Dieci in strada, due già a terra. Uno ha un coltello. La polizia è a un minuto di distanza.»

Vincent imprecò. «Se interveniamo, ci filmano. Vuoi diventare di nuovo virale?»

Era difficile leggere l'espressione di Ren, ma contrasse la mano, le nocche che sbiancavano. «Se non lo facciamo, qualcuno muore davvero. Non è questa la parte di cui dovremmo preoccuparci?»

Vincent odiò il fatto che avesse ragione. Lo odiò ancora di più quando attraversarono la strada e l'odore lo colpì: sangue fresco, mortale, caldo e selvaggio, che sovrastava ogni altra sensazione. Il mondo divenne di colpo ad alta definizione, ogni battito cardiaco nel raggio di cinquanta metri che si trasmetteva attraverso il suo cranio. Poteva sentire il tintinnio metallico del coltello, i respiri affannosi e pesanti dei feriti, il sussurro viscido del sangue sulle piastrelle.

Le zanne gli spuntarono prima che se ne rendesse conto. Si ficcò le mani in tasca, stringendo i pugni così forte che le unghie gli penetrarono nella carne.

Ren se ne accorse. «Tutto bene?»

«Una favola», ringhiò, ma la sua voce uscì un'ottava troppo bassa, troppo gutturale. Sentiva la fame crescere, avvolgersi dentro di lui come un gomitolo di filo spinato.

Cercò di calmarsi, ma la folla si mosse, un corpo finì pesantemente sul marciapiede, dissanguandosi, e l'odore triplicò d'intensità. Vincent barcollò, si aggrappò alla ringhiera per mantenere l'equilibrio e quasi la strappò dal muro. Vide, in una nebbia, i rissanti che si spintonavano, sputavano e ridevano, anche mentre l'uomo in abito da poco prezzo moriva dissanguato nel rigagnolo.

Non riusciva a respirare. Non voleva. Voleva nutrirsi.

Si strappò dalla ringhiera, inciampando in un vicolo laterale, mentre il mondo girava e ogni suo istinto urlava di voltarsi e mordere, di strappare gole e bagnarsi negli spruzzi arteriosi. La sua visione si restrinse a uno spillo, i bordi frastagliati e neri. Sbatté la testa contro il muro una, due, tre volte, sperando che il dolore mandasse in cortocircuito qualunque cosa gli stesse succedendo dentro.

Non funzionò.

Si accasciò contro i mattoni, con le mani che tremavano, il

sapore di sangue – di qualcun altro, suo, non sapeva dirlo – che gli inondava la bocca.

Ren lo seguì, i suoi passi leggeri che echeggiavano nello spazio angusto. Si fermò appena fuori dalla sua portata, con le braccia conserte, il Marchio sull'avambraccio che brillava debolmente sotto il lampione. Non disse nulla per un lungo momento.

Vincent cercò di ridere, ma gli uscì una tosse secca. «Avanti. Dimmi che sono un disastro.»

La voce di Ren era tranquilla. «Stai scivolando. Fingere che non sia così non salverà nessuno.»

La guardò torvo, ma i suoi occhi non riuscivano a mettere a fuoco. «Vuoi sapere come ci si sente? È come annegare, solo che lo desideri. Ogni cellula del tuo corpo lo desidera. Pensi che io abbia paura di Ashcroft? Io ho paura di me.»

Lei fissò il terreno. «Benvenuto nel club.»

Vincent premette la fronte contro i mattoni, il freddo che non faceva nulla per schiarirgli le idee. Graffiò il muro con le unghie, staccando la vernice. Sentì il controllo scivolargli via, e non voleva più riprenderlo.

Disse: «Dovresti scappare.»

Ren si avvicinò, quanto bastava perché la luce le colpisse il viso. Sembrava stanca, vecchia in un modo che Vincent riconobbe. «Se scappo, finisco di nuovo qui.»

Zara fluttuò nel vicolo, il suo bagliore che illuminava a malapena i sacchi della spazzatura e le siringhe abbandonate. «Per uno che odia essere un vampiro,» disse, «ne stai dando un'eccellente imitazione.»

Vincent la ignorò. Sbatté il pugno contro i mattoni, così forte che la pelle si spaccò e il sangue gli colò lungo il polso. Il dolore lo ancorò alla realtà, quel tanto che bastava per fargli riprendere fiato.

Si guardò la mano, il sangue che fuoriusciva dalle nocche. Non era abbastanza.

Il Marchio sul braccio di Ren pulsava a tempo con il suo battito cardiaco, il bagliore blu che si intensificava a ogni palpito. Lei lo osservava, e lui osservava lei, e per un momento, Vincent pensò di vedere se stesso riflesso nei suoi occhi: non il mostro, ma l'uomo che aveva cercato così a lungo di fingere di essere altro.

Si afflosciò, il respiro spezzato. «Non voglio diventare un altro Ashcroft. Non adesso.»

Ren lasciò cadere il braccio lungo il fianco. «E allora non farlo.»

Serrò la mano finché il sangue non smise di scorrere. L'aria nel vicolo si fermò, i suoni dalla strada svanirono nel ricordo.

Zara aleggiava sopra il bidone, la sua espressione indecifrabile. «Non puoi sfuggire al finale, Vincent. Puoi solo riscriverlo.»

Lui mostrò i denti, non a lei, non a nessuno, solo al mondo in generale. «Facile per te. Tu sei già morta.»

Ren si strinse nelle spalle. «Lo siamo tutti. Solo che tu hai più occasioni per fare casino.»

Cercò di sorridere, ma il sorriso non resse.

La città continuava per la sua strada. Una volante della polizia passò ululando, le luci che dipingevano il vicolo con brevi e sgargianti lampi. Da qualche parte, iniziò un'altra rissa, o forse era la stessa, che echeggiava nella notte come una cattiva abitudine.

Vincent fissò la mano insanguinata, la pelle che già si stava ricucendo, e si chiese quante volte avrebbe dovuto farsi a pezzi prima di smettere di volerlo.

Il Marchio sul braccio di Ren si affievolì fino a un bagliore debole e costante. Lei non disse nulla, si limitò a guardare, aspettando che lui finisse.

Lui contrasse la mano, se la pulì sui jeans e si raddrizzò. «Andiamo», disse.

Ren si mise al suo fianco, in silenzio. Zara tremolò, poi svanì.

Uscirono dal vicolo e tornarono nel caos della città, non migliori di prima, ma, per il momento, ancora in movimento.

TREDICI

Nessuno aveva avvisato il Palazzo del Parlamento che il mondo stava finendo, così le luci ardevano ancora sul fiume e il quadrante del Big Ben li fissava dall'alto con tutta l'insistenza passivo-aggressiva del proprietario di un pub che annuncia l'ultimo giro. Il Ponte di Westminster, mai un luogo sicuro per la contemplazione esistenziale, era diventato il punto esatto in cui ogni parte oscura e disperata di Londra convergeva, come un'orchestra stonata ma ancora determinata a sovrastare l'apocalisse con la sua musica.

Vincent guidò la coalizione attraverso la nebbia gelida, con la testa bassa contro il vento, le braccia conserte in una postura che era per un terzo spavalderia e per due terzi un tentativo di non sentire le costole separarsi attivamente. Era seguito, senza un ordine preciso, dal resto del fior fiore della città: Ren, con il volto atteggiato a quella sorta di ostinazione che deriva solo da una negazione terminale; Mrs Barley, con l'ombrello sollevato con la scattante efficienza di un sergente maggiore in parata; e lo sgangherato distaccamento di alleati radunati tramite il gruppo WhatsApp più sanguinario del mondo.

Dietro di loro, i Modernizzatori camminavano a cuneo: Aurelia Voss in testa, con una ring light una mano e il telefono nell'altra, la vampa dei suoi capelli platino che gettava riflessi sui poncho forniti dal comune indossati dai suoi seguaci. Cass Roe, al suo fianco, aveva due telefoni e una GoPro, mentre Nyx Calder li seguiva a breve distanza, con una console audio legata al petto e le dita che si muovevano senza sosta su crossfade invisibili.

Dal lato opposto marciavano i Tradizionalisti, guidati da un anziano che sembrava un modello da becchino, con una redingote sopravvissuta a tre monarchi. Ciascuno dei suoi attendenti indossava una parrucca incipriata, che sarebbe sembrata ridicola se non fosse stato per il modo in cui i loro volti erano stati privati di qualsiasi cosa assomigliasse all'umorismo o alla speranza. La loro presenza tracciava una linea netta al centro della coalizione, che nessuno attraversava se non per sputare, lanciare occhiatacce o, in un caso memorabile, tentare di far inciampare un Modernizzatore con un bastone da passeggio.

Le delegazioni tedesca e francese chiudevano la fila: la prima in una formazione serrata e impeccabile, con gli stivali che si alzavano e abbassavano a ritmo, e ogni volto impostato sull'espressione "preferirei morire piuttosto che ammettere che questo è indecoroso". I francesi avevano adottato l'approccio opposto: fumavano, bisticciavano e di tanto in tanto si colpivano a vicenda con i guanti per offese immaginarie. Se qualcuno nella folla fosse riuscito a dimenticare l'ultimo secolo di politica internazionale, questi due contingenti erano lì per garantire che i ricordi rimanessero in superficie, vibranti e amari.

Vincent non nutriva alcun amore per la città, o per il Parlamento in particolare, ma mentre attraversavano il cordone di sicurezza — ora ridotto a un unico agente speciale sotto shock, che li fece passare in base alla teoria che chiunque fosse diretto a Westminster a quell'ora avesse probabilmente una ragione che andava oltre il suo grado — sentì una fitta. Non nostalgia. Neanche rimpianto. Solo la fredda certezza che se si dà ai mostri un posto a tavola, questi mangeranno le sedie, la tovaglia e forse il tavolo stesso.

Raggiunsero le pesanti porte a tripla serratura del Palazzo, e Mrs Barley lanciò alla squadra un'occhiata che non ammetteva repliche. «Procediamo come previsto», disse, la sua voce come uno schiocco di frusta in un obitorio. «Nessuna improvvisazione. Niente eroismi. Raggiungiamo l'Aula, mettiamo in sicurezza l'obiettivo e neutralizziamo Ashcroft e i suoi simili con il minimo contraccolpo narrativo. È chiaro?»

Vincent sbuffò. «Cristallino. A meno che qualcuno non si aspetti un colpo di scena.»

Cass, che stava già twittando in diretta, alzò una mano. «I colpi di scena sono di tendenza. Lo dico per dire.»

Mrs Barley lo ignorò, mise l'ombrello in posizione e guidò la carica su per i gradini. Le porte, o lasciate aperte di proposito o forzate da un gruppo precedente e meno discreto, si spalancarono con un gemito che echeggiò fino alla Sala Centrale.

L'aria all'interno era densa dell'odore acre di carta bruciata e inchiostro versato, e di qualcos'altro: qualcosa di più dolce, ma con un retrogusto metallico che Vincent riconobbe immediatamente come l'odore dei non-morti recenti. Il corridoio era un massacro di tradizione e buon gusto: stendardi strappati e inchiodati di nuovo ad angolazioni folli, statue di politici defunti da tempo imbrattate di rossetto e correttore liquido, busti di statisti che indossavano cappellini da festa e, in un caso, un pannolino sporco.

Ren borbottò: «Sono solo io, o qui dentro c'è l'odore del set di una pantomima particolarmente brutta?»

Proseguirono. L'unico suono era il tonfo lontano e staccato di qualcosa — qualcuno — che batteva un martelletto con la forza di un incidente d'auto.

Mrs Barley li fermò sulla soglia dell'Aula. Indicò, senza parole, e lasciò che la squadra osservasse la scena con i propri occhi.

La Camera dei Comuni, già la stanza più teatrale del paese, era stata trasformata in un mattatoio della dignità cerimoniale. I banchi di pelle verde erano macchiati di nero da inchiostro di sangue, parte del quale luccicava ancora sotto le luci. Ogni seggio era occupato, non da parlamentari, ma dai redivivi di Ashcroft, ognuno adattato al tema: notabili vittoriani in abiti di corte stracciati, zitelle con cuffie velate di ragnatele, alcuni bambini veri e propri in abiti alla marinara che sibilavano e si graffiavano a vicenda come gattini immersi nel napalm.

All'estremità opposta, la sedia dello Speaker era occupata da uno scheletro in tight e fusciacca, le orbite vuote fisse sul pavimento mentre martellava la scrivania con un martelletto d'avorio. Ogni colpo provocava un'onda tra i banchi: i parlamentari redivivi si alzavano, urlavano i loro "Sì" o "No", e poi ricadevano sui seggi, a volte lasciando dietro di sé pezzi di loro stessi.

Sul pavimento, due redivivi si fronteggiavano in quello che poteva essere descritto solo come uno schiaffo ritualizzato, sotto la supervisione di un redivivo con una parrucca da giudice e un altro che teneva in mano una vera clessidra. L'oggetto del dibattito non era chiaro, ma a giudicare dallo stato del "perdente" (a cui ora mancava metà del cuoio capelluto e gran parte del braccio sinistro), la Camera si era pronunciata a favore della violenza.

Vincent udì le proposte prima di poterne vedere la fonte: un coro di voci artefatte e affettate che salivano e scendevano in un latino raffazzonato e in un gergo parlamentare storpiato.

«Signor Speaker, propongo che il prossimo punto all'Ordine del Giorno sia la flagellazione pubblica di tutti i traditori della Bozza!»

«Approvato, con un emendamento: che la flagellazione abbia inizio allo scoccare dell'ora e sia trasmessa in diretta streaming in ogni seggio della nazione!»

«Obiezione! L'onorevole membro di Kensington non è ancora sufficientemente rianimato per godersi i lavori!»

«Mozione d'ordine: il membro è un impostore e un cadavere!»

Ogni parola era una parodia di governo, e Vincent sentì la mano gelida del ricordo scivolargli lungo la schiena. L'aveva già visto: una volta, durante la Peste Nera, quando la città si era arresa al proprio funerale. Una volta, durante il Blitz, quando i guardiani antiaerei erano più numerosi dei vivi. E di nuovo adesso, mentre la città scriveva il proprio necrologio in tempo reale, una battuta alla volta.

La coalizione avanzò, prima furtivamente, poi con la forza. I Modernizzatori si divisero: Cass e Nyx si diressero verso la tribuna stampa, Aurelia guidò la sua troupe lungo la navata con la compostezza di una modella in passerella a una veglia funebre. I Tradizionalisti si disposero a tenaglia, il loro capo brandendo un bastone dalla punta d'argento e un rotolo di pergamena che, se Vincent avesse dovuto indovinare, era probabilmente una lista di successori idonei nel caso in cui quelli attuali non fossero sopravvissuti.

Mrs Barley fece cenno a Vincent e Ren di dirigersi verso il tavolo centrale, il luogo di tante pessime decisioni nella storia della città che era un miracolo che il legno non si fosse fossilizzato per la vergogna.

Vincent si fermò, osservò la follia, poi fece un cenno a Ren. «La democrazia era già una farsa», disse. «Ora è solo vestita meglio.»

Lei sogghignò, il Marchio sul suo braccio che pulsava di anticipazione. «Pensi che qualcuno se ne accorgerà se rubiamo la mazza cerimoniale?»

«Solo se lo twitti», disse lui, e si fece strada.

Mentre avanzavano, i contingenti tedesco e francese si raggrupparono dietro di loro, entrambi con gli occhi fissi sulla carneficina con il fascino affamato degli spettatori di un tamponamento a catena in autostrada. I tedeschi borbottavano tra loro, la loro lingua una mitragliata di disprezzo e precisione, mentre la delegazione francese paragonava lo spettacolo attuale, sfavorevolmente, a "quello sfortunato episodio all'Assemblea Nazionale", sebbene nessuno riuscisse a concordare su quale anno intendessero.

Due dei Modernizzatori presero posizione vicino al Serjeant at Arms, che ora era una cosa ricucita insieme con una picca e la chiara intenzione di usarla. Trasmettevano ogni momento in diretta streaming, con Aurelia che narrava nel tono di una vlogger di lifestyle che scopre che la sua scatola in abbonamento contiene un dito mozzato. «Siamo qui, tesori, nella vera sede del potere, e lasciate che ve lo dica: è un'esperienza. L'hashtag ParlamentoVampiro è di tendenza.»

Cass, mai contento di seguire gli altri, si insinuò tra i banchi, spuntando di tanto in tanto con selfie nuovi e sempre più bizzarri. Nyx forniva la colonna sonora, sovrapponendo alle urla e ai lamenti linee di basso che facevano vibrare le finestre rimaste.

Al tavolo, Vincent si trovò di fronte allo Speaker redivivo, che aveva rinunciato al martelletto e ora lanciava in aria manciate di fogli, ciascuno coperto di macchie di scrittura nera e di quello che sembrava essere un dente umano occasionale. «Ordine!» strillò, «Ordine! La Camera si metta in ordine, o la Camera brucerà!»

Ren, imperturbabile, si sporse dalla balaustra e disse: «Non dovrebbe essere l'Ordine del Giorno?»

La mascella dello Speaker fece un rumore secco, poi si staccò del tutto, cadendo sul pavimento con un clic pulito.

Vincent si rivolse a Mrs Barley. «Questo è il nostro segnale.»

Lei annuì, si strinse l'ombrello al petto e fece cenno al resto della coalizione di convergere.

Le squadre tedesca e francese, odiandosi a vicenda solo leggermente più di quanto odiassero i redivivi, sferrarono un assalto congiunto lungo la navata centrale. I tedeschi si mossero come un muro, scudi alzati, bastoni branditi come manganelli antisommossa. I francesi piombarono di lato, spade sguainate, il loro capo che gridava *«Pour la République!»* mentre scavalcava un banco e affondava la lama nel ventre di un redivivo in piena livrea.

Seguirono i Tradizionalisti, una flottiglia di pizzo, broccato e rabbia incipriata. Ognuno brandiva qualcosa d'argento o di legno o, in un caso, un crocifisso delle dimensioni di un pallone da rugby.

I Modernizzatori, nel frattempo, tenevano una cronaca continua, telefoni in alto, ring light accese.

L'Aula sprofondò nel caos. I redivivi balzavano dai banchi, alcuni sibilando, altri miagolando, alcuni recitando frammenti di vecchi resoconti parlamentari mentre sanguinavano inchiostro sul tappeto. Ogni colpo della coalizione sollevava uno spruzzo di qualcosa: sangue, o inchiostro, o la fine polvere bianca di ossa antiche.

Vincent si fece largo a fatica, con pugni, zanne e ogni ultima riserva di rabbia. Vide Mrs Barley abbattere tre redivivi di fila, la punta del suo ombrello che perforava sterno e cranio con precisione chirurgica. Vide Ren, il braccio illuminato dal Marchio, strappare un redivivo per la gola con un unico, brutale gesto. Vide i Modernizzatori — Aurelia in particolare — schivare e muoversi agilmente attraverso la carneficina, senza mai mancare un'inquadratura, senza mai perdere un colpo.

Vide, sopra a tutto, il fantasma di Zara che appariva e scompariva dalla loggia del pubblico, il viso teso per l'ansia, le mani che dirigevano la battaglia come se fosse un'orchestra che poteva ancora essere salvata dal collasso.

Vide Ashcroft.

Al centro dell'Aula, dove il sangue si raccoglieva più denso e il rumore era una cosa viva, Ashcroft aspettava, con le mani giunte sul tavolo, osservando lo spettacolo con un sorriso che suggeriva fosse nato per governare la fine delle cose.

«Signor Lupo», chiamò, la voce che si levava al di sopra del massacro. «Molto gentile da parte Sua portare ospiti. Spero non Le dispiaccia, ma abbiamo ristrutturato l'ordine del giorno.»

Vincent scoprì i denti. «Hai finito i tuoi trucchi, Ashcroft. Nemmeno questo è originale.»

Ashcroft allargò le mani, finto modesto. «Niente è originale, signor Lupo. Siamo tutti solo bozze, in attesa che qualcuno di migliore ci corregga. L'unica domanda è chi avrà in mano la penna.»

Vincent si scagliò, zanne protese, ma Ashcroft fu più veloce, scansandolo con una grazia che smentiva la sua morte. Si scontrarono, e per un momento furono solo loro due, circondati dalla furia e dal marciume, a lottare per l'unico premio rimasto: chi avrebbe deciso cosa sarebbe successo dopo.

Intorno a loro, la coalizione respinse i redivivi, seggio dopo seggio, banco dopo banco. I tedeschi, malconci ma non sconfitti, si presero a braccetto e si fecero strada a cuneo verso il centro, il loro capo che urlava ordini con una voce che fece trasalire persino i morti. I francesi, insanguinati e ridenti, mulinavano le spade e facevano a fette qualsiasi cosa si muovesse.

Vincent e Ashcroft lottavano sul bordo del tavolo, le mani intrecciate, le zanne a pochi centimetri dalle reciproche gole.

Ashcroft sorrise. «Questo è il futuro, signor Lupo. Può combatterlo, ma La consumerà.»

Vincent si sporse in avanti, la voce bassa e roca. «Solo se glielo permetto.»

Con uno slancio, ruppe la presa, respinse Ashcroft all'indietro e lo scagliò oltre il tavolo.

La sedia dello Speaker non esplose, ma andò piuttosto in frantumi, con la parte superiore che schizzò in aria con la forza di una granata. Ashcroft atterrò sul tappeto in un groviglio di tappezzeria antica e tracotanza, e Vincent saltò oltre il tavolo per seguirlo, con gli stivali che sguazzavano in una poltiglia di sangue, inchiostro e libri blu sminuzzati. Intorno a loro, l'aula era degenerata in un'unica, pulsante mischia: vampiri della coalizione e redivivi bloccati in un combattimento mortale (o perlomeno narrativamente definitivo), con qualche Modernizzatore che si scansava da una rissa per scattarsi un selfie prima di rituffarvisi.

L'atterraggio di Vincent fu scomposto ma efficace: conficcò il ginocchio nel petto di Ashcroft e il pugno sul suo viso, e quest'ultimo produsse un suono a metà tra una noce di cocco e una campana di cattedrale. Per un dolce secondo, pensò di aver spaccato la mascella a quel bastardo. Invece, Ashcroft sputò un lembo di lingua, poi sogghignò, mentre un ammasso di sangue e denti si ricomponeva sotto gli occhi di Vincent.

«Prevedibile», sospirò Ashcroft, come deluso. Poi si contorse, usando la torsione per colpire Vincent dietro il ginocchio e ribaltarlo a terra. Vincent atterrò pesantemente, le braccia che si agitavano in cerca di un appiglio, ma Ashcroft era già in piedi, la sua sagoma retroilluminata da una cascata di vetro mentre il martelletto dello Speaker sfrecciava sopra di loro e si conficcava in un lampadario.

Ashcroft brandì un bastone da passeggio, ostentatamente vittoriano, tutto filigrana d'argento e malizia. Si lanciò all'attacco, abbassando la punta del bastone con un arco sibilante, e Vincent rotolò quel tanto che bastava per non perdere un orecchio. Il bastone spaccò le lastre di pietra dove si trovava la sua testa un istante prima, facendo volare delle schegge. Vincent tentò una spazzata, ma Ashcroft la schivò con un passo di danza, muovendosi con la precisione di un duellante: metà sciabola, metà balletto, tutto ego.

Altrove, sul pavimento dell'aula, Ren e la signora Barley

avevano messo all'angolo il loro problema: Lady Euphemia Clore, la mondana velenosa, era anch'ella presente. Se ne stava spaparanzata sul banco del governo, facendo roteare un ventaglio ingioiellato a ogni scatto del quale schizzava nell'aria una fine nebbiolina di liquido nero. «Onestamente, ragazze», disse con voce strascicata, «pensavo che avessimo concordato una tregua per le emergenze di moda?»

La signora Barley rispose con l'ombrello, facendolo roteare in modo che una raffica di pallettoni argentasse l'aria a forma di cono. Il ventaglio ne assorbì la maggior parte, ma alcuni proiettili sfiorarono la spalla della Clore; nei punti in cui la colpirono, la pelle sfrigolò e fumò, rilasciando un aroma simile a melassa bruciata. La Clore mise il broncio. «Che inciviltà.»

Ren, posizionata sul fianco sinistro, estrasse un coltello da cucina e menò un fendente con una ferocia che avrebbe spaccato in due qualsiasi cranio normale. La Clore anticipò la mossa — lo faceva sempre, in vita o dopo — e si piegò in due all'altezza della vita, così che la lama le tranciò solo una ciocca di capelli e parte dell'intarsio della panca. Balzò verso Ren con le mani tese come artigli, e questa volta le sue parole furono il vero attacco.

«Topolina!», sputò, le sillabe roventi e intrise di veleno soprannaturale. Atterrarono sulla guancia di Ren come acqua bollente, e lei guaì, indietreggiando con una mano sul viso.

La Clore avanzò, alzando la voce: «Tu non c'entri niente qui. Non sei nessuno! Non fai parte del Consiglio, non sei una profezia, solo una nota a piè di pagina...»

La signora Barley si intromise, roteando l'ombrello, e le due si bloccarono in una situazione di stallo, bastone contro ventaglio. L'impatto creò un'increspatura nell'aria, e per un momento la pressione nell'aula calò, come se la stanza stesse boccheggiando. Ren, quasi accecata, si arrampicò dietro il tavolo del cancelliere, estraendo con una mano il coltello dalla tappezzeria.

La signora Barley incalzò: «Sei sempre stata solo un ornamento, Euphemia. Nessuna sostanza.»

La Clore rise, e anche il suono di quella risata era veleno. «Almeno io verrò ricordata», disse, e con uno scatto del ventaglio inviò un getto di veleno sul viso della signora Barley. La signora Barley riuscì a sollevare l'ombrello, ma parte del liquido le schizzò sul polso, e sibilò mentre la pelle sotto il guanto si riempiva di vesciche.

Ren, a denti stretti, tenendo il coltello per la lama, prese la mira dall'angolo del tavolo. «Vuoi la tua comparsata, Clore? Sorridi.» Lanciò il coltello. Roteò, lama sull'elsa, e colpì la Clore appena sotto l'occhio. La rediviva cadde, il corpo scosso da spasmi in una pozza dei suoi stessi umori tossici.

Sopra di loro, Aurelia Voss correva lungo la tribuna stampa, l'aureola della sua ring light che dipingeva ogni goccia di violenza con una definizione cinematografica.

Il redivivo del giudice le si lanciò contro, digrignando i denti, ma lei lo schivò con la fluidità di un gatto e gli conficcò il bastone da selfie nella bocca spalancata. Il flash del telefono scattò, a bruciapelo. Il redivivo barcollò, ululando, e ruzzolò all'indietro oltre la balaustra, frantumando una lampada nella caduta. Aurelia si spolverò le mani, si sistemò i capelli e girò la telecamera verso di sé: «E ora restituiamo la linea all'azione.»

Cass Roe, nel frattempo, aveva deciso che le panche erano un percorso da parkour. Saltava da un sedile all'altro, schivando pugnali volanti e gli arti, meno metaforici, dei combattenti. «Questa roba è monetizzabile!», gridò, la sua voce che si levava al di sopra della carneficina. «Avrò sponsor per giorni!» Un'urna elettorale dai bordi affilati gli sibilò accanto all'orecchio, sfiorandogli la punta e facendo sgorgare una perfetta gocciolina di sangue. Cass ululò, poi filmò la propria ferita. «Contenuti esclusivi, figli di puttana!»

Nyx Calder, con la sua console da DJ ora completamente armata, era rannicchiato dietro il podio distrutto dello Speaker. Le sue mani si muovevano secondo schemi impossibili, e a ogni passaggio si propagava una nuova ondata di sub-bassi, che sbilanciava i redivivi in arrivo e li faceva ruzzolare nella mischia sottostante. «Il beat arriva tra tre... due...», intonò, e al momento giusto scatenò un impulso così profondo che l'intera Camera dei Comuni vibrò. I redivivi barcollarono, roteando gli occhi, e diversi semplicemente crollarono mentre il suono liquefaceva quello che fungeva loro da cervello.

Vincent, dal canto suo, non aveva tempo per lo spettacolo. Ashcroft lo attaccò con una raffica di colpi di bastone, ognuno una lezione su quanto dolore potesse essere inflitto con la giusta leva e la totale assenza di empatia. Il bastone gli graffiò la coscia, lo colpì alle costole, poi — quando Vincent parò il colpo con una mazza improvvisata, fatta con la mascella e la spina dorsale dello Speaker — calò basso e gli distrusse la caviglia.

Vincent crollò a terra, espirando l'aria in un sibilo acuto. Ashcroft si ergeva sopra di lui, immacolato anche in quel momento, la testa d'argento del bastone che gocciolava di rosso. «Non ha mai avuto lungimiranza, Lupo», sospirò. «Sempre aggrappato a vecchie storie, mai abbastanza coraggioso da scrivere la Sua.»

Vincent lo fulminò con lo sguardo, il sangue che gli si accumulava in bocca. «Non ha mai scritto una parola in vita Sua. È solo una nota a piè di pagina che si è montata la testa.»

Ashcroft scoprì i denti. «Forse. Ma sarò l'ultima nota a piè di pagina che conta.»

Brandì il bastone verso la tempia di Vincent, ma Vincent afferrò l'asta e morse, le zanne che squarciavano il legno. Sputò le schegge nell'occhio di Ashcroft, poi si lanciò all'attacco, le fauci spalancate. Ashcroft contrattaccò, e i due si bloccarono, i volti a pochi centimetri di distanza, ognuno che cercava di sottomettere l'altro con il semplice espediente di staccargli la testa a morsi.

Era una situazione di stallo, nel peggiore dei sensi: nessuno dei due riusciva a trovare la giusta angolazione, entrambi stavano perdendo sangue, e ogni secondo passato in quella stretta era un altro secondo in cui il caos poteva stringersi attorno a loro.

Intorno a loro, la battaglia raggiunse il suo culmine. I tedeschi, malconci ma operativi, avevano formato un cuneo, col loro leader ora armato di un'asta di bandiera spezzata e una manciata di croci di ferro affilate. I francesi avevano inscenato un'ultima, drammatica resistenza sui banchi dell'opposizione, con Deveraux al centro, che duellava con tre redivivi contemporaneamente mentre i suoi luogotenenti lanciavano bottiglie di champagne come granate improvvisate. Di tanto in tanto, una bottiglia esplodeva, inondando un redivivo con un cocktail di bollicine e argento in polvere. I non-morti colpiti urlavano, per poi prendere fuoco in una colonna di fiamme blu.

Tradizionalisti e Modernizzatori, nemici naturali, ora combattevano in tandem: uno che faceva da diversivo, l'altro che accecava e faceva inciampare il nemico, entrambi che ignoravano gioiosamente i vecchi rancori nel tentativo di non farsi mangiare vivi dal passato.

Ai margini della stanza, il fantasma di Zara si muoveva dentro e fuori dalla galleria, la sua forma che tremolava e si distorceva come se la battaglia stesse sovraccaricando persino il regno degli spiriti. Fluttuava attraverso i muri, gli occhi fissi sul centro, muovendo le labbra per pronunciare parole che Vincent non riusciva a sentire.

Ashcroft, ormai furioso, ruppe la stretta e diede un calcio a Vincent in pieno petto. Vincent scivolò all'indietro, atterrando tra le rovine della dispatch box. La sua vista si annebbiò; sentì, più che vedere, Ashcroft che avanzava.

Ren, vedendo Vincent a terra, recuperò il suo coltello e lo lanciò in direzione di Ashcroft. Il lancio era preciso, ma Ashcroft era semplicemente troppo veloce e lo schivò. Il coltello gli trafisse una spalla, facendolo girare su se stesso. Ruggì, non di dolore, ma per l'oltraggio di essere stato interrotto.

«Insignificante!», ululò Ashcroft, e prima che Ren potesse spostarsi, le fu addosso, con una mano stretta attorno al suo polso. Il Marchio sul suo braccio divampò, bruciando così intensamente da incendiare l'aria. Ashcroft indietreggiò, sibilando, ma non lasciò la presa.

Vincent si rimise faticosamente in piedi, ogni parte di lui che urlava. Afferrò l'arma più vicina — un frammento spezzato della Mazza cerimoniale, che ancora vibrava di antica magia — e caricò.

Non gridò, non fece battute, si limitò a conficcare la testa della Mazza nella nuca di Ashcroft con ogni grammo di peso e slancio che gli era rimasto.

Il colpo fece barcollare Ashcroft, ma non lo abbatté. Invece, lui si voltò, un occhio diventato nero e che colava inchiostro, e sorrise. «Lei è così prevedibile, Vincent. Pensa sempre di poter vincere grazie agli altri.»

Vincent sputò sangue e colpì di nuovo. Stavolta, Ashcroft afferrò la Mazza con una mano, gliela strappò e usò l'asta per sferrargli un montante che prese Vincent sotto la mascella e quasi gli recise la testa. Vincent crollò, cieco e sordo, il mondo ridotto a una macchia fredda e sfocata. Sentì lo stivale che si dirigeva verso il suo petto, ma non poteva fare nulla.

Quel colpo non arrivò mai.

Invece, ci fu un urlo — un suono così acuto e feroce da lasciare delle immagini residue nell'aria — e improvvisamente fu Ashcroft a essere respinto all'indietro, da una snella sagoma nera aggrappata al suo viso. Era Nyx Calder, che aveva abbandonato la console a favore di un intervento più diretto. Aveva avvolto un pezzo di cavo da altoparlante attorno al collo di Ashcroft e stava stringendo con tutta la convinzione di un uomo che non aveva mai pagato il canone TV in vita sua.

Ashcroft si dibatté, le mani che artigliavano le braccia di Nyx, ma il cavo si strinse ancora di più. Poi, con un'ultima torsione, Nyx lo sbilanciò e lo fece precipitare attraverso una vetrata colorata, i cui frammenti gli piovvero addosso in una pioggia scintillante.

Vincent, a malapena cosciente, guardò Ashcroft scomparire nella notte. Provò a muoversi, ma ogni arto sembrava distante, come il macchinario difettoso di qualcun altro. Sentì, in lontananza, il boato di esultanza quando la coalizione si rese conto che Ashcroft se n'era andato.

Provò a sorridere, ma lo sforzo gli costò troppo.

Un istante dopo, la signora Barley era al suo fianco, sorreggendolo, il suo volto segnato da ustioni e sangue. «Ce l'abbiamo fatta», disse, la voce piatta per la stanchezza. «Se n'è andato.»

Vincent scosse la testa, o almeno credette di farlo. «Non se n'è andato», mormorò. «È solo... passato alla prossima bozza.»

Ren, con il viso per metà ustionato e bellissimo anche così, si avvicinò zoppicando e si inginocchiò accanto a lui. «Stai bene?»

Vincent riuscì a dire: «Mai stato meglio.» Poi tossì, lo spruzzo rosso che catturava la luce, e aggiunse: «Do cinque minuti prima che inizi la prossima storia.»

Cass Roe, che ora sanguinava da tre punti diversi, scattò un selfie di gruppo con i superstiti malconci. «Posso avere una dichiarazione per i social?», chiese, con il telefono in mano. «Hashtag: il futuro?»

Aurelia, che non si faceva mai mettere in ombra da nessuno, spuntò nell'inquadratura, sfoggiando il suo miglior sorriso. «Hashtag: "Siamo Venute, Abbiamo Visto, Abbiamo Tolto le Macchie". Ora in tendenza in dodici paesi.»

Nyx, ammaccato ma sorridente, si lasciò cadere accanto a Vincent. «È stato abbastanza punk per te, vecchio?»

Vincent quasi rise, ma il suono gli si bloccò a metà. «Ci volevano più bassi», disse, e lo pensava davvero.

L'aula, in rovina ma per il momento al sicuro, ronzava del bagliore residuo della sopravvivenza. I cadaveri dei redivivi si scioglievano in pozze di scorie narrative, e i danni peggiori stavano già svanendo mentre il sistema immunitario della città compiva il suo lento, impossibile lavoro.

In alto, il fantasma di Zara aleggiava nella galleria in frantumi, la sua sagoma che tremolava con una sorta di urgenza. Fece un cenno per richiamare l'attenzione dei sopravvissuti e, quando gli ultimi di loro alzarono lo sguardo, disse:

«Ogni spettacolo alimenta la Bozza Eterna. Ogni pubblico la rende più forte. Non mettetevi comodi: questa era solo la prova generale.»

Vincent, con la testa che gli girava, incrociò il suo sguardo. «E qual è il bis?»

Il sorriso di Zara era sottile come la lama di un coltello. «Il prossimo si scrive da solo.»

L'avvertimento rimase sospeso nell'aria, più gelido di qualsiasi tomba.

E per la prima volta in secoli, Vincent Lupo sperò con tutto se stesso di non essere lì per vedere l'atto finale.

QUATTORDICI

La camminata dal Parlamento alla strada sarebbe dovuta essere una marcia trionfale: bandiere, coriandoli, una torta con la faccia di Ashcroft scolpita nella glassa. Invece, sembrava il finale di un funerale particolarmente atroce: silenzio punteggiato da colpi di tosse, il trascinarsi di troppi stivali e il lento stillicidio di sangue da ferite che si rifiutavano di chiudersi.

I sopravvissuti – quelli che avevano ancora i loro arti originali e abbastanza ego da camminare eretti – arrancarono lungo una traversa di Whitehall, guidati dall'ombrello della signora Barley e dalla promessa di un'uscita senza intoppi. La notte era fredda e umida, di quel tipo d'aria che trasformava anche la preda più fresca in una poltiglia insapore. Qualche umano e tassista di fine turno si fermarono a fissare la processione, poi si affrettarono ad andarsene, spinti da un'intuizione comune che niente in quel vicolo valesse il rischio di una seconda occhiata.

Vincent rimase in coda, con gli stivali che sguazzavano in quella che sperava fosse solo acqua piovana, anche se il colore non era giusto. I Modernisti stavano curvi, scorrendo sugli schermi dei cellulari con i pollici insanguinati, già intenti a comporre narrazioni di eroismo e danni effettivi minimi. I Tradizionalisti camminavano come se fossero ancora in seduta, a testa alta, stringendosi le ferite ai fianchi come un punto d'onore. Dietro di loro, i tedeschi e i francesi restavano indietro di un passo o due, come se la lotta fosse ancora in corso e chiunque si fosse trovato in mezzo potesse essere fucilato per diserzione.

Contò le vittime. A Nyx mancava un dente, ma sfoggiava quello spazio vuoto con orgoglio, sogghignando a ogni auto di passaggio come per sfidarla a chiedere spiegazioni. Aurelia aveva un taglio sulla guancia – appena sotto il trucco, quasi artistico – e lo usava per suscitare la compassione dei suoi seguaci, che doverosamente filmavano le sue angolazioni migliori ignorandone il gonfiore. Cass si era fasciato il braccio con una striscia di sciarpa fluorescente, ma il sangue aveva già saturato il tessuto, lasciando una scia rossa sul selciato. Gli altri erano malconci quanto l'orgoglio permetteva, e ognuno di loro si voltava a guardare il Palazzo del Parlamento come se temesse che potesse mettere le gambe e lanciarsi al loro inseguimento.

Vincent si passò una mano sulla mascella, spalmando l'icore dei redivivi sulla barba corta, e scrutò il capannello in cerca di Ren. Per un folle istante, pensò che fosse stata cancellata nella baraonda, un danno collaterale di una delle riscritture di Ashcroft. Poi la scorse ai margini del gruppo, in disparte, con gli occhi fissi nel vuoto, la manica tirata giù come se cercasse di nascondere il braccio a sé stessa.

Deviò, ignorando l'occhiataccia del Modernista con la telecamera, e colmò la distanza in tre lunghe falcate. Il Marchio era sempre stato un bastardo appariscente, ma quella notte tentava di stabilire un record mondiale: il bagliore bianco-blu pulsava attraverso il cotone logoro, dipingendo la mano di Ren di ombre spettrali. Il suo viso era pallido, non solo del solito pallore di chi ha perso troppo sangue e troppe discussioni, ma del tono sbiadito di un oggetto lasciato troppo a lungo al sole, con i colori che svanivano secondo dopo secondo.

«Ehi», disse, fermandosi appena fuori dalla sua portata. «Quella cosa si è accesa come un albero di Natale, o hai dei piani di cui dovrei essere a conoscenza?»

Ren non rispose. Non batté nemmeno le palpebre. L'unico segno che lo avesse sentito fu un minuscolo tremito delle dita, una contrazione che si propagò fino alla punta e fece sfrigolare l'aria intorno alla sua mano. Era ovvio che il Marchio la stesse bruciando, ma il modo in cui teneva il braccio – stretto al petto, come una bomba sul punto di detonare – suggeriva che stesse facendo più di un semplice danno superficiale.

Lui si avvicinò ancora, ne percepì l'odore. Sapeva che aveva paura. Le sue labbra si dischiusero, ma le parole le si bloccarono in gola, come se avessero dimenticato come disporsi.

Poi le ginocchia le cedettero.

Non fu un crollo aggraziato; fu come se qualcuno le avesse strappato le ossa dalle gambe e l'avesse lasciata cadere, senza vita come un fiammifero consumato. Vincent si lanciò, l'afferrò per la vita un attimo prima che il cranio colpisse i ciottoli. Pesava quasi nulla. Meno di nulla. La pressione del suo corpo tra le braccia era così leggera che ebbe il folle pensiero che potesse volare via se l'avesse lasciata andare.

«Ren!», abbaiò, la sua voce troppo forte nella strada deserta.

Gli occhi di lei fremettero, non del tutto aperti, non del tutto chiusi. Tremava, ma non per il freddo.

I vampiri più vicini si fermarono, si strinsero in cerchio, i volti scarniti dagli eventi della notte. Nessuno osò avvicinarsi di più. Vincent sorresse la testa di Ren, scostandole i capelli dal viso, e osservò impotente il Marchio divampare, ora accecante, imprimendo le ossa della sua mano in negativo. «Merda. Merda. Qualcuno... Signora Barley! Venga qui!»

La signora Barley, che aveva appena finito di negoziare una tregua tra due Tradizionalisti e un Modernista, si staccò dal gruppo e si affrettò ad avvicinarsi. L'ombrello era sparito; la solita calma d'acciaio sostituita da qualcosa di più vicino al panico puro.

Si inginocchiò accanto a Vincent, la voce secca ma con un tremito ai margini. «La metta giù. Piatta. Piano, ora». Prese il polso di Ren, premendo il pollice sul punto delle pulsazioni, e si accigliò per quello che trovò, o non trovò.

Vincent adagiò Ren sul selciato, cauto come se stesse posando una trappola carica. «È semplicemente crollata. Un minuto prima era lì, e quello dopo...» Si morse la lingua. La verità era che aveva già visto una cosa del genere, o qualcosa di simile, quando il fantasma di Zara era andato in tilt durante lo scontro con Bartholemew e la Dama Ammantata al teatro Orpheum. Non voleva vedere cosa succedeva a un cervello umano che cercava di gestire la stessa cosa da vivo.

La signora Barley le tirò indietro la manica, esponendo il Marchio in tutta la sua gloria. Il sigillo bianco-blu pulsava, le vene sottostanti ora erano una ragnatela nera, i viticci che si arrampicavano sull'avambraccio di Ren in scarabocchi frenetici. Per un istante, Vincent fu sicuro di vedere un movimento sotto la pelle: minuscole linee ramificate che strisciavano verso la spalla, il collo, il viso.

La signora Barley sibilò tra i denti, poi alzò lo sguardo su Vincent. «La stanno riscrivendo», disse, come se nominare la cosa potesse rallentarla. «Se ci riescono...»

«...è finita», concluse Vincent, la rabbia che gli inacidiva la voce. «Sparita per sempre. Nessun fantasma, nessun aldilà. Niente.»

La signora Barley annuì, la mascella così serrata che lui poteva sentire il digrignare dei molari.

Il Marchio pulsò di nuovo. Gli occhi di Ren si spalancarono, ma non era lei a guardare. Per un secondo, le iridi brillarono dello stesso blu malaticcio del sigillo, e le sue labbra si mossero in sincronia con una voce che era sia la sua che completamente altra. Quando parlò, ne uscì un coro, un registro sopra e uno sotto il suo timbro naturale, le parole che si sovrapponevano come un messaggio infestato in segreteria.

«Il vaso si svuota», sussurrò, «la maschera cade...» Il suo corpo si inarcò, poi ebbe una singola convulsione, abbastanza forte da scostare la mano della signora Barley. «Tutte le storie finiscono.»

Poi si afflosciò. La luce si prosciugò dal suo braccio, il Marchio si spense in un grigio opaco e sgradevole. Il suo respiro era superficiale, a malapena percettibile.

Vincent la fissò, sentendosi sprofondare le viscere. La cullò, con le mani che tremavano, il sangue spalmato sui suoi palmi e sui suoi. Per una volta, il sarcasmo lo abbandonò. Tutto ciò che poté fare fu tenerla stretta, e sperare che la storia non avesse ancora finito con lei.

Per un lungo minuto, il vicolo trattenne il respiro. Persino i telefoni dei Modernisti tacquero, i loro feed congelati a metà caricamento, il pubblico – mondiale, per quanto ne sapeva Vincent – affascinato da un disastro al rallentatore. L'unico movimento era la contrazione di un muscolo nella mascella di Ren, e il modo in cui il Marchio sul suo braccio strisciava, frattale e inarrestabile, verso il suo cuore.

Poi la temperatura crollò. Non il solito brivido da "qualcuno ha lasciato il frigo aperto", ma un freddo acuto e localizzato che fece contrarre il cuoio capelluto di Vincent e prudere le gengive. Alzò lo sguardo, aspettandosi un'altra ondata di redivivi o, peggio, una squadra di pulizia del Consiglio con più buonsenso che scrupoli.

Invece, il fantasma di Zara si materializzò ai margini del cerchio. Era meno consistente che mai, il suo contorno tremolante come se le regole della solidità fossero entrate in sciopero. Il bianco-blu della sua forma spettrale era opaco, quasi traslucido, i bordi che sanguinavano nello smog. Si muoveva con la lenta concentrazione di un sommozzatore sotto pressione, ogni passo una negoziazione tra questo mondo e il prossimo.

Si inginocchiò accanto a Ren, le mani sospese a pochi centimetri dal Marchio. «Non la tocchi», disse la signora Barley, ma l'avvertimento era solo un riflesso; Zara non poteva più toccare nulla, nemmeno i vivi.

Zara studiò il braccio di Ren con il distacco clinico di chi ha fatto l'autopsia al proprio cadavere. Le crepe si erano ormai estese oltre il gomito, le vene annerite mentre il sigillo beveva qualunque cosa fungesse da linfa vitale per Ren. A ogni pulsazione, l'oscurità si diffondeva ulteriormente, risalendo la spalla, attraversando la clavicola e propagandosi lungo la linea della mascella.

L'aria era una cella frigorifera, e Ren era l'unico taglio di carne fresca. A ogni battito del Marchio, il suo colore sbiadiva: una ragnatela nera sulla pelle, lampi blu negli occhi, ogni movimento meno umano, più simile a un pezzo di lugubre statuaria che si avvicinava al completamento. Il fantasma di Zara si avvicinò fluttuando, si rannicchiò accanto al corpo spezzato e lo studiò con la precisione di un impresario di pompe funebri chiamato per un esorcismo mal riuscito.

Non disse nulla per un lungo momento, si limitò a fissarla. La signora Barley le stava alle spalle, i pugni serrati in un modo che suggeriva che fosse a un solo risultato negativo dal porre fine alle sofferenze dell'intera squadra. Vincent, non fidandosi della propria voce, osservò le crepe iniziare a raggiungere le labbra di Ren, spaccandole in una geometria di carne viva.

Fu Zara a parlare per prima, il tono piatto come un certificato di morte: «La sta consumando. La Bozza non la sta solo usando, la sta divorando. Ogni nuovo redivivo, ogni riscrittura di Ashcroft, è passato attraverso questo». Toccò il Marchio, o ci provò; il suo dito lo attraversò, tremolando.

La mascella della signora Barley si contrasse. «Si può invertire?»

Zara alzò lo sguardo, gli occhi vitrei. «No. Non da qui.»

Ren rabbrividì, il respiro corto e affannoso. Una macchia di fiamma bianco-blu danzò lungo le vene del suo collo, divampò, poi si spense. Le mani le si aprirono in uno spasmo, le dita divaricate, e le crepe corsero dal letto ungueale al gomito.

Vincent si sentì gelare. Spostò Ren delicatamente, appoggiandole la testa sul ginocchio. Il fantasma di un ricordo si riprodusse nella sua mente: un altro campo di battaglia, un'altra vittima, la stessa identica impotenza. Cercò di pensare a qualcosa da dire, ma le parole erano state tutte masticate fino a ridurle in poltiglia da secoli di fallimenti.

Il viso di Zara si addolcì, solo di una frazione. «Non è ancora sparita. Ma se la Bozza non viene recisa da lei – ora – verrà riscritta. Non ne rimarrà nemmeno un'ombra.»

Vincent alzò lo sguardo, le labbra ritratte sui denti. «E se lo rompiamo?»

Lo sguardo della signora Barley era fermo, antico. «Perdiamo il nostro unico legame con Ashcroft. La Bozza diventa completamente autonoma, e noi saremo ciechi.»

Zara annuì, rannicchiandosi ancora di più. «Dovete spezzare il legame alla fonte. Ma la ucciderà, o peggio.»

Ren ebbe uno spasmo, il corpo che si inarcava. Vincent la sorresse, le mani premute sulle sue spalle. Era gelida al tatto, la carne che si assottigliava fino a diventare pergamena. Provò a pensare alle parole giuste, ma nessuna sortì effetto. Tutto ciò che poteva fare era tenerla stretta.

Poi, senza preavviso, l'odore lo colpì.

Aveva sentito l'odore di Ren centinaia di volte, migliaia: il suo sudore, i suoi capelli, il sapore metallico del suo sangue dopo un combattimento. L'aveva sempre ignorato, si era allenato a escluderlo, o almeno a fingere che l'impulso fosse qualcos'altro. Ma ora, con la sua pelle che diventava trasparente, con le vene che pulsavano proprio lì, sotto le sue mani, la fame lo travolse come una folla in rivolta che sfonda una vetrina.

Sguainò le zanne prima ancora di rendersene conto. L'impulso era così acuto, così improvviso, che barcollò, quasi la lasciò cadere. Per un secondo, tutto ciò che riuscì a vedere fu il battito alla sua gola: così debole, così facile, così vicino. La sua vista si sdoppiò, il mondo impallidì ai bordi, e sentì la propria voce dire «No» senza volerlo.

Si strappò via, barcollò verso il muro opposto e premette la fronte contro i mattoni, combattendo l'attrazione con tutto ciò che gli era rimasto. Ogni muscolo del suo corpo voleva tornare indietro, affondare le zanne, porre fine a quel dolore, ma resistette. A malapena.

Dietro di lui, gli stivali della signora Barley ticchettarono sui ciottoli. Si muoveva con la compostezza di un giudice che emette una sentenza, ma non c'era soddisfazione in questo. Solo una vecchia, stanca tristezza. Si frappose tra Vincent e Ren, lo affrontò a viso aperto.

«Lei sa cosa deve succedere», disse, la voce priva di inflessioni.

Vincent scoprì le zanne, scosse la testa così forte da farsi rintronare il cranio. «No. C'è un altro modo.»

La signora Barley non batté ciglio. «No, non c'è. Il Marchio è un condotto aperto. Se non lo toglie di mezzo ora, la Bozza la userà per partorire una nuova storia. Lei sa cosa significa.»

Vincent si aggrappò al muro così forte che le dita lasciarono impronte. «Non è una batteria. È una persona. È...» Deglutì, tossì. «È Ren.»

La bocca della signora Barley si contorse, la cosa più vicina alla compassione che avesse mostrato da mesi. «È per questo che deve essere lei.»

Lui scosse di nuovo la testa, ma la logica era implacabile. Solo un predatore poteva porre fine a una cosa del genere in modo pulito: nessun incantesimo, nessun rito, solo zanne e sangue e una pietà abbastanza affilata da battere la Bozza al suo stesso gioco.

Scivolò lungo il muro, crollando a terra in un mucchio. Le mani gli tremavano, le unghie che scavavano nella malta. «Non posso.»

La signora Barley guardò Zara, la cui forma si reggeva a malapena, con parti del viso che apparivano e scomparivano a ogni respiro. «Non può resistere ancora a lungo», disse. «Se non lo fa lei, la Bozza finirà il lavoro.»

Vincent fissò i ciottoli, i suoi stivali malconci, la fragilità della mano tesa di Ren. Voleva dire qualcosa di eroico, o di ribelle, o anche solo di coerente. Tutto ciò che riuscì a dire fu: «Non la dannerò. Non dopo tutto questo».

La signora Barley si accovacciò, la voce gentile. «È già dannata, Vincent. Questa è l'unica cosa che resta. Forza, è ora o mai più. La porteremo nella cripta.»

QUINDICI

La cripta sotto Westminster non era inclusa in nessun tour pubblico, cosa di cui persino i morti erano grati. Nata come ipogeo romano, aveva assorbito alcune sensibilità normanne e ora somigliava alle conseguenze di un litigio da ubriachi durato mille anni tra la chiesa, lo stato e diverse generazioni di muratori molto arrabbiati.

Quella notte ospitava una congrega di creature che sarebbero state cacciate da qualsiasi infestazione che si rispetti per aver abbassato il tono.

La luce delle candele tremolava su file di colonne di pietra, le cui superfici erano solcate dai graffiti di secoli: cuori, preghiere, cazzi anatomicamente precisi. La cera colava dagli appliques a muro in stalattiti mutanti, formando pozzanghere sul pavimento di terra battuta dove i ratti avevano premurosamente rosicchiato vie di fuga per i più disperati. I sopravvissuti al disastro del Parlamento avevano sbarrato gli ingressi con vecchie lastre tombali e il tipo di porte tagliafuoco che vengono installate nei siti del patrimonio britannico solo dopo almeno tre incendi reali.

Nel cuore della cripta, Ren giaceva su quello che, con una generosa interpretazione, si poteva definire un letto: un'asse, due sacchi di sabbia e la giacca di Vincent come cuscino di fortuna. Il resto della coalizione – ciò che ne rimaneva – era raggruppato a un raggio rispettoso ma ansioso, scambiandosi ferite e occhiate. Nessuno era particolarmente ansioso di avvicinarsi.

Vincent era l'eccezione. Stava inginocchiato accanto al giaciglio di Ren, le braccia strette al petto, le spalle curve come se si preparasse a un verdetto che aveva già memorizzato. La sua pelle, più pallida della pietra alle sue spalle, sussultava a ogni movimento proveniente dal letto improvvisato. Teneva gli occhi fissi sul viso di lei, e da nessun'altra parte.

Ren non si muoveva da quasi dieci minuti. Il suo respiro, appena udibile, era così flebile che si sarebbe potuto confondere con il sospiro di antico marciume che aleggiava nella cripta. Il Marchio era tornato, più grande che mai: il sigillo bianco-bluastro aveva assunto il colore di inchiostro di scarsa qualità e i suoi filamenti si snodavano dall'avambraccio alla gola, risalendo fino alle vene sotto la mascella. Una macchia nera le si allargava a ragnatela sul collo, e di tanto in tanto le vene pulsavano, come se il suo corpo stesse negoziando con se stesso se continuare o meno.

Mrs Barley se ne stava lì vicino. Indossava lo stesso completo di sempre, anche se ora portava nuove cicatrici di battaglia: uno strappo sulla spalla, una spolverata del soffitto del Parlamento tra i capelli. I suoi occhi si spostavano da Ren a

Vincent, poi di nuovo indietro, il calcolo evidente nella mascella serrata.

Sopra la scena, il fantasma di Zara tremolava dentro e fuori dalla visibilità come un LED a buon mercato. Il suo viso, mai più che semi-solido, stasera aveva un che di affilato: gli zigomi più pronunciati, le rughe d'espressione più profonde, gli occhi accesi dalla furia stanca di chi guarda la propria opera migliore venire fatta a brandelli e mandata al macero per i giornali. Di tanto in tanto fluttuava più in basso, le mani sospese sul petto di Ren come se potesse riavviarle il cuore con la pura prossimità.

Le palpebre di Ren ebbero un fremito. Emise un suono: non un sussulto, non un gemito, solo la tosse secca e poco collaborativa di una persona che cerca di riemergere da sotto due metri e mezzo di sabbia bagnata. Vincent trasalì, allungando istintivamente la mano verso quella di lei, ma si fermò appena prima, come se temesse di contrarre qualsiasi nuova mutazione il Marchio avesse in serbo.

Ren tossì di nuovo, e questa volta aprì gli occhi. Le pupille erano dilatate, quasi nere. Fece un lento inventario della cripta, poi si concentrò, senza batter ciglio, su Vincent.

«Acqua», gracchiò. La parola suonò come un'accusa.

Vincent armeggiò con la fiaschetta alla cintura, ne versò una dose in una tazza sbeccata e gliela portò alle labbra. Lei sorseggiò, poi girò la testa dall'altra parte, fissando il soffitto di pietra.

Vincent la guardò per un lungo minuto di silenzio. Poi, poco più di un sussurro: «Non posso. Non a te. Non così».

Ren fletté le dita, trovò la manica di lui e tirò. Per essere quasi spacciata, la sua presa aveva l'autorità di una vergine di ferro che si chiudeva.

«Non è una dannazione», disse, la voce ora più ferma. «È sopravvivenza. Una mia scelta. Fallo».

Vincent scosse la testa. Anche le sue mani tremavano, pur stringendo le ginocchia così forte da lasciare una riga di lividi.

Intervenne Mrs Barley, con voce pragmatica, come se stesse recitando un manuale di addestramento: «Ha dato il suo consenso. Questo lo rende vincolante».

Il fantasma di Zara si avvicinò fluttuando, gli occhi che guizzavano da Mrs Barley a Vincent e ritorno. «Se aspetti, se ne sarà andata prima che l'inchiostro si asciughi», disse. La sua voce aveva perso la sua ironia; era urgente, fragile e, per la prima volta, un po' spaventata.

Vincent guardò in basso, poi in alto, poi altrove, ovunque tranne che sul braccio di Ren, dove le vene nere ora pulsavano al ritmo di un battito cardiaco che stava rapidamente perdendo la contesa. Si asciugò la bocca con il dorso della mano, poi le afferrò il polso.

Ren gli strinse la mano, le unghie che scavavano mezze lune nella sua pelle. «Fallo», disse di nuovo, e le parole furono quanto di più vicino alla dolcezza lei avesse mai pronunciato.

Per un istante, nulla si mosse tranne il gocciolio della cera e la luce mutevole sulla parete. Poi le zanne di Vincent, dormienti per la maggior parte della notte, si allungarono da sole: un riflesso, un tradimento, o forse solo un suggerimento.

Vincent tremò, tutto il corpo intorpidito. Guardò Ren, così pallida da essere quasi trasparente, il Marchio che svaniva in un'ombra sulla pelle, le crepe che già si ricomponevano in nuovi, alieni disegni.

Pensò alle storie, a tutte le volte che non era riuscito a fermare la fine, a ogni anima che aveva visto divorata da qualcosa di più grande e più freddo del fato. Pensò a Zara, mezza andata; a Mrs Barley, stoica come sempre; a Ren, che non aveva mai chiesto nulla di tutto ciò e che probabilmente avrebbe deriso il dramma anche mentre la cancellava.

Alzò lo sguardo, incrociò gli occhi di Mrs Barley. Lei annuì, una sola volta, e si fece da parte.

Vincent strisciò al fianco di Ren. Le scostò i capelli dal viso, le asciugò il sangue dalle labbra. Non se n'era ancora andata del tutto: il suo petto si alzava e si abbassava, a malapena, un respiro al minuto, forse meno. Le premette la fronte contro la sua, sussurrando qualcosa che nessuno dei due avrebbe ricordato.

Vincent esitò, la mascella serrata. «Sei sicura?», chiese, come ultima ancora di salvezza.

La risata di Ren fu solo un sottile sospiro, il fantasma del suo vecchio disprezzo. «Lo farei da sola se ci arrivassi».

Vincent annuì, una volta, e abbassò la bocca verso la gola di lei.

Morso.

La cripta si riempì dell'odore di ferro, sale e qualcosa di più antico. Ren si inarcò, poi si immobilizzò, le dita che si stringevano sulla mano di Vincent finché lui non pensò che potessero spezzargli le ossa. L'oscurità nelle sue vene si gonfiò, poi sembrò ritirarsi, lasciando la sua pelle quasi traslucida.

Vincent succhiò, poi si fermò, tirandosi indietro come se si fosse scottato. Il sangue – più brillante di quanto avesse diritto di essere – colò lungo il collo di Ren, poi rallentò, per poi fermarsi del tutto. Si asciugò la bocca, la guardò in viso e attese.

Per un lungo momento, nulla. Poi gli occhi di Ren si rovesciarono all'indietro e il suo corpo si afflosciò.

Vincent indietreggiò, cullandole la testa. Guardò Mrs Barley, poi Zara, poi le sue mani, che non tremavano più.

«Ho...?», cominciò, ma le parole furono soffocate da un nuovo impulso del Marchio. L'oscurità si ritirò, sostituita da un costante bagliore bianco-bluastro.

Mrs Barley si chinò, premette due dita sulla gola di Ren. Attese, poi annuì. «È ancora lì», disse, come se stesse registrando un'interruzione di corrente.

Il fantasma di Zara si accasciò, un sollievo visibile che le aleggiava sui lineamenti.

Vincent espirò un fiato che non si era reso conto di trattenere.

Le accarezzò i capelli, solo per un secondo, e sussurrò: «Scusa».

La cripta, silenziosa come sempre, non offrì alcun giudizio.

Ma per la prima volta in tutta la notte, il Marchio sembrò riposare.

Dopo, nella cripta regnava un gran silenzio. Anche i telefoni avevano smesso di registrare.

Per molto tempo – secondi, forse anni – Vincent guardò Ren non respirare. Il mondo intorno a loro si era smorzato in un silenzio da pentola a pressione: la coalizione congelata ai margini, le colonne luccicanti alla luce tremolante delle candele, persino i ratti ammutoliti, come in attesa di istruzioni. Le mani di Vincent, ancora strette intorno alla testa e al polso di Ren, non sentirono alcun polso. Fletté le dita, alla disperata ricerca di calore, e sentì solo il vago sentore del calore corporeo che si disperdeva nel lastricato.

C'erano stati troppi cadaveri nella sua storia perché Vincent potesse sbagliarsi su ciò che sarebbe venuto dopo.

Aveva avuto intenzione di assaporare il momento, o almeno di segnarlo con qualcosa che somigliasse al rispetto, ma l'atto in sé era stato frettoloso, brutale, privo di cerimonie: un morso che aveva squarciato i tessuti, il minimo indispensabile di ritegno. Anche ora, la fame si agitava sotto la nausea, il sapore del sangue di Ren – singolare, pungente – impresso sulla sua lingua come acido di batteria. Il suo corpo lo ricordava. E così la sua colpa.

Alzò lo sguardo su Mrs Barley, il cui viso aveva l'espressione contrita e vuota di un funzionario pubblico che legge il necrologio di una collega che aveva segretamente disprezzato. «È...?», cominciò a dire Vincent, ma la sua voce si spezzò e morì.

Mrs Barley si inginocchiò, premette di nuovo due dita sulla gola di Ren, poi scosse la testa. «Se n'è andata», disse, con una voce che era al contempo un verdetto e una sfida.

Il fantasma di Zara, che tremolava sopra di loro, esalò un non-respiro. «Hai fatto quello che dovevi».

Vincent indietreggiò sui talloni, le mani ancora a coppa sulla mascella di Ren, le nocche bianche. Provò a lasciarla andare, ma i muscoli non rispondevano, così rimase lì, accovacciato, a occhi chiusi, aspettando qualcosa: una scossa di assestamento, una protesta, un segno di vita.

Niente.

Poi, il suono: un'inspirazione roca e mostruosa che parve far tremare la malta dei muri. Il petto di Ren si sollevò, una, poi due volte, come se stesse imparando a usare l'ossigeno da capo. I suoi occhi si spalancarono – nessuna dissolvenza delicata, nessuna lenta costruzione hollywoodiana – solo un'oscurità vuota per un momento, poi un rosso così puro da sembrare retroilluminato dall'omicidio. Ululò, un suono animalesco, e l'intera cripta sobbalzò all'unisono.

Vincent si affrettò a prenderla, perché lei era scattata in posizione eretta con la forza idraulica di una trappola per topi, la testa che scattava da una parte all'altra, la bocca aperta in un ringhio pieno e selvaggio. Le nuove zanne erano più grandi di quelle di Vincent, e più affilate, le punte che catturavano la luce delle candele in una linea bianca quasi comica nel suo intento.

Ren gli cercò il viso con le mani, gli afferrò il colletto, poi lo spinse via con una forza che gli fece schioccare la spina dorsale. Provò a mettersi in piedi ma colpì il soffitto basso a tutta velocità, rimbalzò e atterrò a quattro zampe, i denti scoperti, ogni muscolo che fremeva per l'impulso di combattere, fuggire o nutrirsi.

Per un secondo non sembrò sapere dove fosse. Sibilò, le labbra ritratte a mostrare ogni dente, e sbatté le palpebre guardando Mrs Barley, poi il fantasma di Zara, poi di nuovo Vincent, che si stava già affrettando a intercettare la sua mossa successiva.

«Ren», disse, con la massima calma che riuscì a trovare, «sono io».

Lei lo fissò, ogni parte di lei che vibrava. «Lo so», disse. La sua voce era diversa, le vocali masticate e crude, le consonanti troncate. Si lanciò in avanti, afferrò la manica di Vincent e premette il viso contro il suo collo.

Vincent si irrigidì, aspettando il morso. Invece, Ren si limitò a inspirare, profondamente, un'onda anomala di fame. Il suo petto fu scosso da un fremito per lo sforzo.

Mrs Barley si avvicinò cautamente, la cartellina sollevata come uno scudo. «Ren. Lei è in transizione. Riesce a capirmi?»

Ren mostrò le zanne a Mrs Barley, che non batté ciglio. Poi, lentamente, Ren si staccò dal collo di Vincent, si leccò il sangue dalle labbra e si sedette sui talloni. Sbatté le palpebre due volte, il rosso che svaniva dai suoi occhi, poi cominciò a ridere: una risatina sottile e spezzata che suonava a metà tra il sollievo e il danno cerebrale.

«Merda», riuscì a dire, asciugandosi la bocca con il dorso della mano. «Questa sì che è una botta».

Vincent le stava accanto, con le mani tese, pronto a trattenerla o a confortarla, o entrambe le cose. «Stai bene?»

Ren sogghignò, mostrando le zanne. «Dimmelo tu. Hai ancora paura di me?»

Vincent, ricordando la forza della sua presa, ci pensò. «Paura no. Mi sto solo abituando».

Ren fletté le dita, meravigliandosi come se le fossero appena state innestate. Tracciò una linea lenta lungo l'avambraccio, dove la cicatrice pulsava. Ma non era più nera: i viticci si erano assottigliati in una filigrana rosso-porpora, l'energia incanalata in un unico sigillo a spirale appena sopra il polso. Lo toccò, curiosa, e la cicatrice pulsò in risposta, ronzando sotto la sua pelle.

Il fantasma di Zara scese più in basso, il viso contratto in una sorta di gioia che Vincent non le aveva mai visto. «Ce l'hai fatta, ragazzina. Sei ancora tu».

Ren le lanciò un'occhiata. «Parla per te», disse. «Sto morendo di fame».

Mrs Barley si rilassò, solo di un millimetro, e prese un appunto. «La fame è normale nei non-morti recenti. Abbiamo delle provviste». Fece un cenno a una borsa frigo malconcia nell'angolo, poi di nuovo a Vincent. «Avrà bisogno di essere stabilizzata. E di un mentore».

Vincent sbatté le palpebre, colto alla sprovvista. «Io?»

Mrs Barley annuì. «L'ha creata lei. È una sua responsabilità».

Guardò Ren, che ora era seduta a gambe incrociate, occhi chiusi, mani giunte come in preghiera. Sembrava in pace, ma Vincent poteva sentire il calore che irradiava da lei: un motore che girava a pieno regime senza un posto dove andare.

Si sedette accanto a lei. «Tutto bene?»

Ren aprì gli occhi. Il rosso era sparito, sostituito dallo stesso marrone scuro di prima, ma più luminoso, più nitido, quasi vivo. «Mai stata meglio», disse. «E adesso che succede?»

Vincent si strinse nelle spalle. «Lo scopriremo. Un'ora alla volta».

Il fantasma di Zara aleggiava tra loro, la sua forma stabilizzata, un debole sorriso che le sfiorava le labbra. «Hai infranto il Draft», disse a Ren. «Sei libera».

Ren fletté il braccio, osservò la cicatrice a spirale, poi sorrise. «Immagino che la storia non sia ancora finita, dopotutto».

Vincent rise, una sola volta, e fu una risata vera.

Il resto della coalizione, che osservava dal margine, espirò lentamente. Uno a uno, trovarono posto sulla lastra o sulla cassa più vicina, la tensione che si allentava nella stanza.

Mrs Barley fece scattare la penna, soddisfatta. «Benvenuti alla fase successiva», disse. «Assicuriamoci che duri».

Nel freddo, le candele crepitavano e piangevano, proiettando nuove ombre sulla vecchia pietra. Per la prima volta dopo anni, Vincent Lupo pensò che forse aveva ancora qualcosa da insegnare. Ren, dal canto suo, sembrava abbastanza affamata da divorare il mondo.

Sembrava uno scambio equo.

E da qualche parte, in alto, Londra continuava a pulsare, beatamente ignara che la fine era stata posticipata per almeno un'altra notte.

SEDICI

Ren camminava avanti e indietro tra due antiche colonne, le orecchie che le rimbombavano di ogni suono che il mondo potesse raccattare. Quel luogo era destinato ai morti, ma quella notte era fin troppo vivo: il fruscio di stivali, il sibilo di fiati tra labbra spaccate, la tetra sinfonia di coalizioni in crisi. Le candele crepitavano lungo le pareti, con le fiamme che danzavano a ogni passo come terrorizzate di scegliere una direzione. Nell'angolo più lontano era stato allestito un accampamento improvvisato per i superstiti malconci, la maggior parte dei quali sembrava pronta a barattare la propria lealtà con una coperta pulita e cinque minuti di silenzio.

Non che il silenzio sarebbe mai arrivato. Le nuove orecchie di Ren captavano ogni cosa: il goccia-goccia-goccia di una perdita invisibile da qualche parte in alto nelle volte, il fruscio cartaceo della cartellina della signora Barley, persino il battito secco e staccato del dito di Vincent che picchiettava la pietra mentre la osservava dal lato opposto della camera.

Trasalì a ogni eco. Un passo a trenta metri di distanza le rimbombò nel cranio; un colpo di tosse dal contingente tedesco fu come un pugno al plesso solare. Persino le candele parevano schernirla, ogni scoppiettio e sfrigolio amplificato al punto che avrebbe voluto spegnerle tutte, una per una, a mani nude.

La cosa peggiore era l'odore. I mortali — i fanti della coalizione, i medici da campo, quelli sopravvissuti a Parliament con nient'altro che punti di sutura e adrenalina — puzzavano di sangue. Si aggrappava alla loro pelle, trasudava dalle loro ferite, aleggiava nell'aria come una nebbia dolciastra. Poteva contare ogni ferita nella cripta basandosi solo sull'olfatto, risalire a ogni goccia fino al suo tremante proprietario. L'istinto era peggio della sete, peggio della fame; era una rivolta dell'intero corpo, ogni cellula che le urlava di balzare addosso, di squarciare, di nutrirsi.

Barcollò, inciampando contro una colonna in cerca di sostegno. Il freddo le sciocò i palmi, e si aggrappò alla pietra con una tale intensità da sbiancarsi le nocche, le unghie che scavavano mezzelune sulla superficie antica. Il suo corpo fu scosso da un brivido, non di freddo o di paura, ma dal bisogno crudo e sfrenato di mordere, bere e continuare a mordere finché nulla le avesse fatto più male.

La cicatrice sull'avambraccio — il suo vecchio Marchio, quello che l'aveva tormentata per settimane — le pizzicava sotto la manica. Pulsava ogni volta che si avvicinava troppo agli umani: un avvertimento o un invito, non ne era sicura. Cercò di ignorarla, ma il prurito divenne un bruciore, poi una fitta, divampando a ogni battito. Si ritrovò a grattarla, dapprima distrattamente, poi con crescente ferocia, come se potesse strapparsi via dalla pelle quel desiderio.

Vincent le si avvicinò fluttuando, gli stivali morbidi sulle lastre di pietra. Manteneva una distanza di sicurezza, come se lei fosse una bomba che potesse esplodere in qualsiasi momento, ma i suoi occhi non la lasciarono mai. «Devi sederti» disse. «Diventa più facile se non lo combatti.»

Ren sbottò in una risata, anche se il suono le uscì stridente. «Dovrebbe essere confortante?»

Lui fece spallucce. «Con me ha funzionato.»

Lei premette la fronte contro la colonna, inspirò il freddo minerale, cercò di concentrarsi sulla sabbia e sul lichene anziché sul sangue che si raccoglieva nell'angolo. «Pensavo che sarebbe stato diverso» disse, la voce attutita contro la pietra.

Vincent incrociò le braccia, lo sguardo ancora fisso. «Non lo è. Non per un po'. Impari solo a conviverci.»

Lei si staccò dalla colonna, ondeggiò leggermente, poi costrinse le gambe a muoversi. Ogni passo le inviava una nuova scossa lungo la spina dorsale, come se la cripta stessa fosse collegata al suo sistema nervoso. «No» disse. «Impari a fingere. Il mondo intero è governato da gente che finge di non essere un mostro.»

Lui quasi sorrise, ma si trattenne. «Questa è la prima lezione.»

Lei si irritò per quel suo atteggiamento da mentore. «Non iniziare a farmi la predica. So cosa sono adesso.»

Lui le si parò davanti, abbastanza vicino da bloccarle il passo, poi alzò le mani in segno di pace. «Non ti sto giudicando» disse. «Ti sto avvertendo. La fame non si ferma. Pensi di poterla combattere, ma vincerà se glielo permetti. Non puoi...»

Ren lo superò con una spinta, urtandolo con la spalla. «Ho detto basta.»

Inciampò addentrandosi nella cripta, solo per essere trafitta da una mezza dozzina di sguardi: vampiri della coalizione, alcuni che la scrutavano con interesse predatorio, altri con quel tipo di ansia burocratica che significava che il suo fascicolo era già stato aperto. Sulla panca più vicina al muro, un Modernista con il cranio ricucito e due braccia fasciate la osservava come se fosse un monito vivente. Ren mostrò le zanne — un gesto automatico, nemmeno volto a minacciare — e il Modernista impallidì, distogliendo lo sguardo.

L'odore del suo sangue la chiamò comunque. Era pungente e caldo, venato di paura, e per un momento non desiderò altro che saltare oltre la panca e squarciargli la gola. L'istinto la colpì così forte che barcollò, quasi cadde, e dovette afferrare il tavolo di pietra per sorreggersi.

Dalle ombre, il fantasma di Zara si materializzò tremolando. Fluttuava appena sopra il suolo, il viso più definito del solito, i capelli retroilluminati da una malsana corona spettrale. «Congratulazioni» intonò, la voce secca come foglie vecchie. «La famiglia ha una nuova vampira. Ed è già più lunatica di te, Vincent.»

Ren fulminò il fantasma con lo sguardo. «Sei qui per aiutare o solo per infestare?»

Zara si strinse in una spalla. «Dipende. Quanti di questi tizi della coalizione hai intenzione di mutilare stanotte?»

La mascella di Ren si serrò. «Nessuno» disse. «A meno che non si mettano in mezzo.»

Vincent, ora alla sua spalla, non nascose la sua preoccupazione. «Dice sul serio» disse a Zara. «È fuori controllo.»

Ren si voltò verso di lui, rizzando le spine. «So parlare da sola, grazie.»

Zara puntò un dito verso la cicatrice sul braccio di Ren. «Continuerà a infiammarsi, sai. Ogni volta che avrai fame, la sua chiamata sarà più forte.»

Ren si tirò giù la manica, nascondendo la cicatrice, ma non riuscì a ignorarne il dolore. Cercò di allontanarsi, ma ogni via d'uscita era bloccata da altra pietra, altri corpi, altro sangue.

Si accovacciò, le braccia strette attorno alle ginocchia, e cominciò a dondolarsi. Il movimento aiutò un po', ma i rumori non cessavano, gli odori non cessavano, il prurito sotto la pelle crebbe finché non fu certa che si sarebbe squarciata a brandelli. Si piantò le unghie nella coscia, cercando di concentrarsi su un dolore che fosse suo, ma non fece che peggiorare le cose.

Sentiva la presenza incombente di Vincent, la sua fame che si armonizzava con la propria, un duetto di bisogno e ritegno. Voleva odiarlo per questo — voleva incolparlo per averla resa così — ma non ci riusciva. Non quando ogni cellula del suo corpo cantava la stessa terribile melodia.

«Vattene» sussurrò, ma persino alle sue orecchie suonò debole.

Vincent si sedette per terra accanto a lei, a gambe incrociate, le braccia sulle ginocchia. Non parlò, non allungò una mano, rimase semplicemente lì seduto, respirando in sincrono con lei. La tensione nelle sue spalle rispecchiava perfettamente la sua.

Trascorse un istante. Poi un altro.

Zara, soddisfatta della sua entrata in scena, si avvicinò fluttuando. «Potresti provare a morderlo» suggerì. «Non risolverà il desiderio, ma potrebbe spezzare la tensione.»

Ren riuscì a ridere, anche se il suono uscì più simile a un ringhio. «Non gli darò la soddisfazione.»

Vincent sbuffò. «Non potresti battermi nemmeno provandoci.»

Lei avrebbe voluto ribattere, ma la fame era tornata con prepotenza, il prurito nel braccio era ormai diventato una sirena. Strinse le mani, forte, finché le nocche non brillarono attraverso la pelle.

«Lascia solo che io... me la sbrighi» disse.

Vincent annuì, come se non si fosse aspettato niente di meno. «Sarò qui» disse, più dolcemente di prima.

Lei si rannicchiò ancora di più, la testa sepolta tra le braccia, e attese che l'ondata successiva passasse.

Intorno a loro, la cripta fu silenziosa per alcuni istanti benedetti. Persino il gocciolio dal soffitto sembrò rallentare, come se il mondo stesso stesse aspettando di vedere chi avrebbe ceduto per primo.

Ren chiuse gli occhi, concentrandosi sulla fame che provava. Poteva quasi sentirla sussurrare: *questa è la nuova storia. È così che va.*

Non era sicura se fosse una maledizione o una promessa.

Ma non avrebbe mollato.

Nella cripta c'erano angoli dove anche la luce più audace veniva meno. Vincent ne trovò uno: una stretta alcova discosta dalla volta principale, il suo ingresso incorniciato dagli stendardi afflosciati di ribellioni dimenticate, il suo pavimento nudo se non per la polvere e le ossa di lavori abbandonati. L'aria lì era così fredda da bruciare i polmoni, e ogni parola o passo dalla camera principale arrivava attutito e stonato, come se il mondo esterno esistesse solo in traduzione.

Ne percorse la lunghezza, più e più volte, gli stivali che mordevano la terra battuta, la mascella serrata così stretta che i denti gli ronzavano. Voleva prendere a pugni un muro, o urlare, o entrambi. Invece, strinse i pugni e camminò in giri brevi e brutali, mormorando maledizioni al suolo. Quando si fermò, fu per fissare il soffitto, desiderando che crollasse e ponesse fine a quella sfilza di decisioni stupide prima che prendesse la successiva.

Appoggiò la fronte alla freddezza della pietra, premendo così forte che la pelle si intorpidì. L'eco della voce di Ren — le sue ultime parole, ogni scatto e sibilo — gli risuonava in testa come una brutta canzone a ripetizione. Voleva salvarla. Voleva, per una volta dopo tanto, tanto tempo, fare qualcosa di giusto. Invece, l'aveva consegnata a un incubo a occhi aperti e aveva avuto la sfacciataggine di comportarsi da mentore.

Era ancora lì, a occhi chiusi, quando la signora Barley scivolò nell'alcova. La sua presenza era distincta come sempre: nessun movimento sprecato, nessuna pietà nei suoi occhi, la cartellina tenuta come un fucile a riposo. Si fermò appena dentro la penombra, poi si mise di fronte a Vincent come se stesse per dare una brutta notizia a un uomo che non aveva conosciuto altro.

«Rimuginare non ha mai sistemato nulla» disse. «Dovrebbe tornare indietro. Avrà bisogno di aiuto.»

Vincent grugnì, ma **не** si mosse. «Non vuole il mio aiuto. Mi vuole morto. Solo che non ha ancora capito come dirlo.»

Le labbra della signora Barley si piegarono in quello che, al microscopio, si sarebbe potuto definire un sorriso. «Se La odiasse, ci avrebbe già provato. I neofiti non sono noti per la loro moderazione.»

Lui esalò, il freddo che gli trasformava il fiato in vapore. «Non avrei dovuto farlo. Non a lei. Non quando aveva una scelta.»

«Non aveva più scelte» disse la signora Barley, con voce piatta. «Lei ha preso una decisione. È viva grazie a Lei. Non perda tempo a rimpiangere ciò che è fatto.»

Lui si voltò di scatto, le mani tese in un'inutile discussione. «Viva è un tecnicismo. Ora è una di noi; non riavrà mai indietro ciò che ha perso. Ha visto cosa ha fatto a me. A tutti noi.»

La signora Barley colmò la distanza, posò la cartellina sulla sporgenza e si chinò in avanti, tutta professionalità. «Non si tratta di Lei. È più forte di quanto pensi. E Lei...» gli puntò un dito sul petto, «...non è la tragedia che vuole essere.»

Vincent sbuffò. «Non ci scommetterei la cripta.»

La signora Barley lo squadrò, poi si voltò per andarsene. «L'autocommiserazione è noiosa» disse, mentre le sue scarpe ticchettavano sulle lastre di pietra scomparendo di nuovo verso la sala principale.

La guardò andare via, il ritmo dei suoi passi che svaniva nel brusio del mondo più vasto. Voleva seguirla, ma non riusciva a muovere i piedi. Voleva, per la prima volta da secoli, chiedere scusa a qualcuno. Forse persino a Ren.

Si accovacciò, una mano appoggiata al muro, e rimase lì, in attesa che le pietre rispondessero.

In cima alla scala, Ren stava perfettamente immobile, nascosta dall'ombra e dallo stendardo lacero che pendeva come un monito sopra l'alcova. Non voleva origliare, ma ogni parola era salita su per i gradini, chiara come se la signora Barley le avesse sussurrate all'orecchio. Aveva sentito tutto: la rabbia, il senso di colpa, il dolore nella voce di Vincent quando aveva pronunciato il suo nome.

Afferrò la ringhiera, le nocche sbiancate, la cicatrice che pulsava al ritmo del suo cuore accelerato. Era strano ascoltare qualcuno andare in pezzi per causa tua. Ancora più strano era rendersi conto che la sua paura — la paura di averla rovinata, di essere odiato — era quasi una copia perfetta della sua. Avrebbe voluto urlargli contro, lanciargli ogni accusa che riusciva a formulare, ma tutto ciò che sentiva era lo spazio vuoto dove avrebbe dovuto esserci la rabbia.

Premette il palmo contro la pietra, sentendo il modo in cui assorbiva il calore e la memoria, il modo in cui la ancorava sul posto. Scivolò lungo la scala, le ginocchia strette al petto, e ascoltò il passo di Vincent ricominciare. Si muoveva come una bestia in gabbia, implacabile, senza mai concedersi riposo.

Pensò a ciò che Zara aveva detto: che la fame non si ferma mai, che si impara solo a fingere. Sembrava una prospettiva desolante, ma era anche qualcosa a cui Vincent era sopravvissuto per secoli. Se poteva farlo lui, poteva farlo anche lei. Forse.

Lasciò cadere la testa all'indietro, gli occhi sul soffitto invisibile, e sussurrò: «Ora siamo insieme in questa cosa.»

Le parole erano appena udibili, persino alle sue stesse orecchie. Ma ne sentì la verità nelle ossa, nel battito costante della cicatrice, nel modo in cui la pietra non restituiva altro che accettazione.

Rimase lì, ad ascoltare i giri di Vincent, finché il suono non divenne qualcosa di simile al conforto.

Non dovevano essere mostri da soli.

Di sotto, nel buio, Vincent finalmente smise di camminare.

Rimase in piedi, la schiena premuta contro il muro, e chiuse gli occhi.

Di sopra, sulla scala, Ren fece lo stesso, la spalla contro il freddo e il respiro lento.

Nessuno dei due si mosse.

Ma per la prima volta da quando la cripta si era chiusa intorno a loro, entrambi si concessero di credere che la notte potesse finire senza un disastro.

E per un momento, fu abbastanza.

DICIASSETTE

La sala del Consiglio degli Affari Pallidi — se così si poteva chiamare — un tempo aveva ospitato un circolo maschile secolare dedicato «alla conservazione dell'Impero e all'ordinamento dei suoi affari soprannaturali». In una notte normale, odorava di lucido per legno vecchio, tabacco da quattro soldi e del tipo di gin inglese capace di sverniciare. Quella notte, l'aria era impregnata di carta bruciata e del vago sentore metallico del sudore di battaglia. Gli antichi tavoli di quercia erano stati ammassati al centro della stanza, le loro superfici ricoperte da mappe, lucidi topografici e un'instabile processione di candele che gocciolavano cera. Molte di esse ardevano con una fiamma blu, come se un fuoco chimico potesse imprimere nei presenti la gravità dell'occasione. Non ci riuscì.

Il barone Falkenhayn stava in piedi all'estremità settentrionale del tavolo. La sua uniforme — nera, inamidata, adornata con la sobrietà di una fanfara di ottoni — era impeccabile quanto i suoi modi, ma la mascella contratta suggeriva che, se avesse potuto scegliere, sarebbe stato al fronte piuttosto che a presentare un rapporto a una commissione. Dietro di lui, i tedeschi erano sull'attenti a riposo, ciascuno perfettamente allineato per altezza e taglio di capelli. I loro volti, persino quelli dei morti recenti, portavano l'impronta del rigido disgusto di sé di uomini che avevano visto troppo e a cui poi era stato ordinato di vedere ancora di più.

Sul lato opposto, il contingente francese aveva tentato una controffensiva visiva, ma l'effetto era più da «ultima resistenza di Luigi XVI dal barbiere» che da disciplinata minaccia marziale. Il loro capo — il marchese Deveraux, che probabilmente non aveva mai partecipato a una battaglia il cui codice d'abbigliamento non includesse il pizzo — era riuscito a trovare un mantello con autentiche macchie di sangue come decorazione e lo indossava con una spavalderia che rasentava la negromanzia. I suoi luogotenenti si aprivano a ventaglio dietro di lui, con ogni bavero strappato e ogni occhio che scintillava del gaudio acido di uomini che pianificavano un colpo di stato che non avrebbero mai potuto portare a termine.

Vincent Lupo osservava dalla zona più buia fra gli scaffali, accanto a una libreria la cui sezione «riservata» era stata sventrata per farne legna da ardere. Le sue ferite si erano richiuse da sole, ma il gonfiore attorno all'occhio sinistro era rimasto per pura ripicca, un ricordo del regalo d'addio di Ashcroft. Stringeva una tazza di qualcosa di bollente e sgradevole, lasciando che il vapore gli appannasse il campo visivo.

La signora Barley, sempre impeccabilmente in ordine, si aggirava vicino alla porta con la sua cartellina. A intervalli di pochi minuti prendeva un appunto, la sua penna un metronomo silenzioso che scandiva il tempo della crescente assurdità della riunione. Ren, splendida nella sua unica altra felpa e avvolta da un'aura di disagio quasi terminale, sedeva sulla panca più vicina al radiatore. Teneva gli occhi fissi sulle mani, che parevano aver acquisito un tremito che si placava solo quando premeva i polsi contro il metallo rovente.

Venne prima il turno di Falkenhayn. Egli chinò il capo con la precisione di un uomo addestrato a trattare persino l'ossigeno come una risorsa. «A stamattina, il mio contingente conta trentasei uomini. In calo dagli ottantotto dell'adunata. Tutti registrati: sette distrutti totali, undici compromessi, sei dispersi in azione — probabilmente eliminati dagli uomini di Ashcroft. Dodici feriti ma operativi, gli altri pronti al combattimento». Snocciolò i numeri come se stesse leggendo i punteggi di una giornata sportiva particolarmente desolante.

Finì con un battito di tacchi, poi si fece da parte. I francesi, surclassati prima ancora che la loro esibizione potesse iniziare, risposero con un sospiro gallico ben preparato. Deveraux avanzò con fare teatrale, una lieve macchia di sangue sotto il mento non del tutto nascosta dalla cipria.

«Il distaccamento francese» esordì Deveraux, «rimane a trentuno effettivi. Abbiamo subito sette perdite: due per mano degli inglesi, tre del vostro Ashcroft, una per quello che credo sia stato un deplorevole malinteso con la polizia di Soho, e una per disperazione, il che mi dicono sia un nuovo record per questo genere di raduni».

La sala cercò di non reagire, ma qualche sbuffo dal tavolo dei Modernizzatori trapelò.

Deveraux gesticolò, magistrale. «Ciononostante, io e i miei ufficiali restiamo devoti alla difesa di questa città, per quanto poco la città sembri desiderarla. Siamo pronti a resistere finché tutto non sarà perduto, o finché i tedeschi non finiranno la loro guerra e ci chiederanno di raccogliere i cocci come al solito».

Punteggiò la frase con un inchino, che poteva essere beffardo o un tic profondamente radicato. Il confine tra i due era stato levigato da secoli di angherie.

Cadde un silenzio pesante e imbarazzato. Gli uomini di Deveraux si raddrizzarono, mento in su. La mascella di Falkenhayn divenne ancora più rigida, se possibile, e il più lieve dei tremiti gli percorse la guancia destra.

«Moriamo per la stessa causa» disse Falkenhayn. Le parole potevano essere state prese da un manuale, ma risuonarono nella stanza con una sincerità che sorprese persino chi le aveva pronunciate. Fece un cenno a Deveraux. Deveraux ricambiò il cenno, solennemente, e per un momento gli antichi odi si raggomitolarono e fecero un pisolino.

Vincent, che non sopportava il peso delle emozioni allo stato puro nemmeno in una città sarcastica come Londra, si accasciò ulteriormente e borbottò abbastanza forte da farsi sentire dalle tre file più vicine: «È la cosa più romantica che ho sentito in tutta la settimana. E ho passato metà di ieri a bere con un francese e un ex-prete».

La signora Barley gli lanciò un'occhiataccia. Ren, che non aveva alzato lo sguardo nemmeno una volta, trasalì visibilmente. Vincent suppose che i suoi nuovi sensi registrassero il borbottio come una sirena d'allarme.

Qualcun altro parlò. «Ordine» disse una donna a capotavola dei Tradizionalisti, il volto affilato come le pieghe del suo tailleur. «Abbiamo superstiti su tutti i fronti, ma le forze di Ashcroft non saranno le ultime a metterci alla prova. Dobbiamo stabilire la linea di resistenza stanotte, o Londra cadrà entro domattina».

Seguì una raffica di risposte: i Modernizzatori blateravano di strategia digitale e immagine, i tedeschi richiedevano precise linee d'attacco, i francesi invocavano un approccio con più «estro». Durante tutto ciò, Vincent osservava Ren: il modo in cui le tremava la mano, il modo in cui il suo respiro usciva in brevi raffiche, il modo in cui sbatteva le palpebre il doppio di chiunque altro nella stanza. Cercò di incrociare il suo sguardo, ma lei era bloccata in una silenziosa e privata discussione con la propria biologia.

Pensò di alzarsi, di dire qualcosa per calmarla o almeno per spostare l'attenzione altrove. Ma sapeva che era inutile. Se c'era qualcosa in grado di superare in caparbietà un vampiro appena nato, era l'inerzia procedurale del Consiglio.

Si accontentò di un sorriso che era più tessuto cicatriziale che rassicurazione.

La signora Barley, con la cartellina ora carica di una pagina e mezza di disastri, prese la parola. «Se siamo d'accordo, farò circolare gli incarichi per le pattuglie notturne e aprirò i canali per la segnalazione in tempo reale. Nessuna improvvisazione. Niente eroismi. Se perdete un membro della squadra, lo segnalate. Non possiamo permetterci altre risorse non registrate».

Lasciò che le parole sedimentassero, poi passò al punto successivo. Vincent osservò la stanza mentre la tensione si allentava: i tedeschi sussurravano, i francesi complottavano, i Modernizzatori si accalcavano attorno a un portatile, i Tradizionalisti si irritavano al pensiero del cambiamento.

Vincent cercò di concentrarsi sul presente, ma la sua mente continuava a vagare verso Ren, verso le lezioni spettrali di Zara, verso il modo in cui la penna della signora Barley non si fermava mai. Pensò a come ogni riunione, ogni momento di speranza, sembrava sempre finire con un elenco dei morti.

Pensò al proprio nome, e se sarebbe sopravvissuto alla notte successiva.

Prese un sorso dalla tazza bollente, facendo una smorfia per la scottatura. Era quasi sufficiente a distrarlo dalla strisciante certezza che quella fosse l'ultima volta che avrebbe visto così tanti dei volti in quella stanza.

Guardò Ren, che finalmente ricambiò lo sguardo. Tentò un sorriso, e quasi ci riuscì.

Vincent sollevò la tazza in un brindisi silenzioso, e per un brevissimo secondo, la sala di guerra sembrò una famiglia, o qualcosa di simile.

Il momento passò. Gli incarichi furono distribuiti e la stanza si svuotò a ondate ordinate, lasciando solo i fantasmi e le quiete fiamme blu.

Vincent indugiò, fissando il buio, in attesa che la prossima battaglia scrivesse se stessa.

DICIOTTO

Era passata da un pezzo la mezzanotte, in quell'ora spettrale sospesa tra il kebab di tarda notte e la vergogna del primo mattino, quando Vincent, Mrs Barley e Ren si rannicchiarono nell'appartamento a guardare Zara che lentamente cessava di esistere.

La stanza, mai stata un ambiente spazioso nemmeno per gli standard di South London, era diventata un labirinto di ombre. L'unica luce proveniva da un trio di candele tremolanti, una delle quali si era da tempo dichiarata in bancarotta, collassando nella sua stessa cera. Il loro sforzo congiunto riusciva a produrre più fumo che luce, così che ogni superficie del posto — dal tavolo malconcio alla libreria stracolma — sembrava serpeggiare tra definizione e indeterminatezza. A questo non giovavano gli strati letterali di rotoli profetici, album di ritagli e strumenti magici in disuso che ricoprivano il pavimento.

Il fantasma di Zara tremolava a capotavola, la sua sagoma a

tratti solida come smalto vecchio e, un attimo dopo, sottile e sfocata come un'immagine residua.

Le sue mani erano più una probabilità che delle mani. A volte si libravano su un testo, con le dita aperte come se si preparassero a scagliarlo via dal bordo della realtà; a volte fluttuavano sopra la pagina come una mano dimenticata in un ascensore. Quando si chinava in avanti, l'aria si faceva di trenta gradi più fredda e le candele vacillavano, come se l'universo volesse distogliere lo sguardo, ma non riuscisse a decidersi su un'uscita.

Ren era appollaiata su uno sgabello da cucina, con le mani infilate sotto le cosce perché non facessero qualcosa di imbarazzante, tipo mettersi a tremare. Mrs Barley occupava l'unica sedia dritta, con la schiena che era un'incrollabile muraglia di fermezza amministrativa. Vincent andava avanti e indietro. Aveva tentato di farlo in modo disinvolto, ma la stanza era troppo piccola e la tensione troppo fitta: ogni cinque passi, rimbalzava contro la libreria, facendo cadere una valanga di ritagli di profezie lungo il fianco del mobile e giù sul tappeto.

«Smettila,» disse Zara, la cui voce non era del tutto in sincrono con il movimento della sua bocca. «Stai rendendo l'ectoplasma di questo posto poco dignitoso.»

Vincent si fermò, ma non per il rimprovero. «Stai sfarfallando,» disse, e indicò la parte del volto di Zara che continuava a sdoppiarsi e a ricomporsi, come un nastro VHS che si era incollato. «È una cosa nuova, o è solo a nostro beneficio?»

Zara sbatté le palpebre, poi controllò il suo riflesso nella curva lucida del bollitore. Si accigliò. «Potrebbe andare peggio. Una volta ho avuto un cliente che continuava a svegliarsi nel corpo sbagliato. Almeno i miei fallimenti sono coerenti.» Si rivolse a Mrs Barley, che annotò la cosa con l'efficienza di un medico carcerario durante una vaccinazione di massa. «Siete pronta per il briefing vero e proprio, o volete continuare a guardarmi mentre mi dissolvo?»

Mrs Barley non alzò lo sguardo. «Siamo tutt'orecchi, Miss Delacourt.»

«Bene. Perché il tempo non è dalla nostra parte.» Zara fece un gesto verso i detriti sul tavolo, e le profezie si riorganizzarono in un rapido e scontroso rimescolamento. «Siete qui per il Disegno. La cosa che sta divorando la città. La cosa che ha quasi riscritto Ren cancellandola dall'esistenza e ha fatto sembrare il Parlamento il peggior 'Porta tua figlia al lavoro' della storia.»

Ren emise un suono che, in un universo diverso, avrebbe potuto essere una risata. «Almeno è coerente,» mormorò.

Zara indicò la cicatrice di Ren. «Ren forse ora è al sicuro, ma la connessione è ancora attiva. Se Ashcroft ci riuscirà, o se la coalizione non riuscirà a tenere il perimetro, il Disegno diventerà completamente virale. Non solo una storia di vampiri. Non solo Londra. Tutto. Perché il Disegno non vuole controllare il mondo: vuole *essere* il mondo.»

Lasciò che quelle parole scendessero nel silenzio, attutito solo dal debole crepitio dello stoppino che bruciava e dalla mascella di Vincent che digrignava una sorta di codice Morse d'impazienza.

Mrs Barley disse: «Sta suggerendo che la radice dell'entità non è localizzata.»

«Sto suggerendo,» disse Zara, «che la radice non è da nessuna parte. Ed è ovunque. Se volete ucciderla, dovete uscire dalla trama.»

Ren sbatté le palpebre. «Cosa intendi, tipo... lasciare la città?»

Zara scosse la testa. L'immagine residua la seguì con un attimo di ritardo, raggiungendola solo quando si fermò. «Non la città, tesoro. La narrazione.»

Vincent, che aveva ripreso ad andare avanti e indietro, rise senza allegria. «Fantastico. A malapena riesco a gestire una visita all'IKEA di sabato, e ora vuoi che andiamo a fare speleologia nel mio subconscio.»

Zara fece un ghigno, o ciò che ne faceva le veci per un fantasma. «Non nel tuo, nello specifico. Ma sì, siete diretti alla cavità. Il nido del Disegno è nello spazio negativo tra le storie. Una caverna nel muro della realtà, costruita con secoli di fame, rabbia e memoria. È un brutto posto. La maggior parte di chi ci va non torna indietro.»

Ren si morse il labbro e, per un momento, il tremore delle sue mani minacciò di superare la barriera del tavolo. «Quindi, siamo tutti volontari per l'immersione profonda. Chi porta da mangiare?»

Mrs Barley si schiarì la gola con l'autorità secca di un ufficiale giudiziario. «Quali sono i requisiti operativi?»

Zara guardò la sua cartelletta, poi Mrs Barley. «Primo, avrete bisogno di un'ancora. Qualcuno, o qualcosa, che tenga legati i vostri corpi. Secondo, vi servirà un ponte, preferibilmente un vampiro con un bagaglio esistenziale sufficiente a sfondare il muro. Terzo, dovrete portare qualcosa che il Disegno non può prevedere. Una variabile impazzita.» Si voltò verso Ren. «Tu, ovviamente.»

Ren sbuffò. «Perché sono immortale?»

«Perché sei imprevedibile,» disse Zara. «Tutto il resto, laggiù, è in loop.»

Vincent smise di camminare. «E tu?»

Zara fece spallucce, o ci provò. La sua spalla tremolò, poi si ricompose qualche centimetro fuori posto. «Vi farò entrare. Ma non posso promettere che riuscirò a uscire.»

«L'hai detto anche quando siamo entrati nella biblioteca di Carmine,» disse Vincent.

«Stavolta non è per fare scena.»

Le parole rimasero sospese nell'aria, pesanti come cemento fresco.

Mrs Barley prese un appunto. «Qual è il protocollo di uscita?»

«Non morire,» disse Zara. «O se lo fate, cercate di renderla memorabile. Il Disegno odia le sorprese.»

Le candele, come a un segnale convenuto, si abbassarono ulteriormente. Le ombre si riversarono dagli angoli, addensando l'aria. Vincent riprese a camminare, più veloce, le dita che si contraevano sul bordo delle maniche. I canini, che di solito teneva così ben nascosti, ora luccicavano alla luce delle candele; una minaccia di basso livello, o forse solo un effetto collaterale dello stress.

«Diciamo che arriviamo al centro,» disse lui. «Cosa c'è lì? Ashcroft, o qualcosa di peggio?»

La bocca di Zara ebbe un fremito. «Ashcroft è l'ospite. Il Disegno è il parassita. Ma al centro, troverete la fonte. La storia originale. Se riuscirete a riscriverla — bruciarla, spezzarla, cancellarla — potreste mandare in tilt l'intero sistema.»

Ren guardò Vincent, poi Mrs Barley, che stava ancora scrivendo con un viso di una calma perfetta.

Vincent incrociò il suo sguardo. «Ci stai?»

Ren scoprì le zanne: un trucco nuovo, ma già ben praticato. «Se non ti tiri indietro prima tu.»

Lui fece un ghigno, ma non durò a lungo.

Mrs Barley posò la penna. «Partiamo al tramonto. Io organizzerò la squadra di ancoraggio. Miss Delacourt, lei dovrà preparare il ponte.»

Zara fece un saluto militare, ma il gesto subì un'interferenza a livello del gomito. «Già fatto, capo.»

La riunione si aggiornò con lo stesso ritmo di un plotone d'esecuzione: veloce, definitiva e senza tempo per gli addii. Ren rimase indietro, guardando gli altri che si avviavano verso la porta.

Vincent si fermò sulla soglia. «Sei sicura di sentirtela?» disse, la voce così bassa da sentirsi a malapena.

Zara sorrise, un sorriso vero stavolta, e i suoi occhi divennero antichi e stanchi, e un po' orgogliosi. «Sono già morta, Vincent. Starò bene.»

Lui annuì, poi se ne andò.

Ren indugiò. Guardò Zara, la stanza, il caos di carte e la luce morente delle candele.

«Pensi davvero che possiamo farcela?» chiese.

Zara rifletté. «No. Ma questo non ti ha mai fermata, prima d'ora.»

Ren sorrise e se ne andò.

Quando l'appartamento si svuotò, Zara lasciò che la sua sagoma si sfocasse, che le sue dita svanissero e riapparissero sulla pergamena. Attese che le candele si riducessero a mozziconi, poi fluttuò fino alla finestra, a guardare la città che ribolliva e scintillava nella luce prima dell'alba.

Formulò un desiderio silenzioso per i suoi amici idioti, poi tornò ai suoi libri.

Sarebbe stata una lunga giornata.

Organizzarono l'apocalisse in un magazzino accanto al Sainsbury's di Camberwell. La coalizione — mai battezzata ufficialmente, ma ufficiosamente chiamata 'I Condannati' da chiunque avesse un minimo di fiuto per il branding — aveva colonizzato il guscio del vecchio deposito di mobili Bevan & Sons, un edificio i cui principali pregi erano la metratura e la plausibile negabilità. Dall'esterno, sembrava un posto dove andare a comprare un materasso sottomarca o, in alternativa, morire in silenzio per assideramento. All'interno, l'aria ronzava della statica di cento preparativi contrastanti: il cerimoniale, il marziale e quel tipo di fai-da-te ad alto rischio che teneva in piedi la Gran Bretagna dal 1942.

I Modernizzatori avevano allestito un posto di comando in quello che un tempo era stato l'acquario del direttore d'ufficio, ora riadattato ad altare tecnologico dell'Era Algoritmica. Luci da studio pendevano dal soffitto come una sorta di vischio digitale, illuminando Aurelia Voss mentre dirigeva i suoi seguaci con secchi gesti della mano e il distacco clinico di un chirurgo che si prepara a un'amputazione sul campo. Cass si muoveva tra gli schermi, i pollici che erano solo una macchia indistinta mentre testava in beta app per il rilevamento del sangue e raccoglieva in crowdsourcing consigli sulle contromisure vampiriche da diverse dozzine di "consulenti" online. Il davanzale era irto di droni incantati — ognuno lampeggiante di una diversa sfumatura di ciano pronto per Instagram — mentre una serie di tablet, laptop e dispositivi per la domotica riutilizzati osservava il tutto con lento e deliberato orrore.

I Tradizionalisti avevano occupato l'estremità opposta del magazzino, delimitando il proprio spazio con un'autentica corda di velluto e una fila di colonnine dorate che nessuno ammetteva di possedere. I loro anziani sedevano in file maestose, oliando e affilando l'argenteria di famiglia al tremolante bagliore di candele vere. Ogni coltello e forchetta veniva sottoposto a una serie di riti: pulito, bilanciato, allineato al mezzo millimetro più vicino, poi deposto su candido lino inamidato. Non era una messinscena. Ogni oggetto sarebbe stato usato in battaglia, come arma improvvisata, fulcro magico o prova in una futura inchiesta. Quando pregavano, si rivolgevano al Dio del Precedente, e ogni Amen suonava come una clausola di un testamento inattaccabile.

Il contingente tedesco — esiguo nel numero, ferreo nella disciplina — aveva trasformato una sezione della banchina di carico in una sala operativa. I luogotenenti di Falkenhayn ispezionavano armi, bendavano ferite e addestravano le loro squadre con la torva efficienza di uomini che avevano smesso di credere ai miracoli prima della pubertà. Il distaccamento francese, com'era prevedibile, aveva allestito un mini-bistrot accanto all'uscita di sicurezza, completo di una selezione di formaggi proibiti e almeno tre varietà di assenzio. Il marchese Deveraux e i suoi luogotenenti indossavano le fusciacche cerimoniali della Corte Vampirica Parigina, sebbene l'effetto fosse alquanto smorzato dal fatto che la maggior parte di loro era già sbronza. Alternavano brindisi al massacro imminente a cupi borbottii su tradimento ed ennui.

Nel centro esatto del magazzino, sotto un'unica lampadina alogena che tremolava con la cadenza di una stella morente, stava Ren. Aveva passato l'ultima ora in un cerchio di allenamento improvvisato — un anello di vecchi coni stradali e nastro segnaletico — a testare i limiti del suo nuovo e indesiderato hardware. All'inizio si era mantenuta sul semplice: flessioni, scatti, il genere di cose che si fanno per convincersi che il vecchio corpo era ancora lì, da qualche parte sotto il mostro. Non ci volle molto per superare in velocità i vivi, poi i non-morti, poi il plausibile. Ora stava di fronte a una sedia pieghevole malconcia, afferrandone il telaio con entrambe le mani, sforzandosi di *non* spezzarla in due.

La sedia perse.

Si accartocciò, spargendo schegge e scaglie di vernice blu oltre il nastro segnaletico. Per un secondo, Ren fissò i rottami, mezza tentata di riprovare, poi rise. Fu un suono esile e nervoso, ma non si spezzò. Si spazzolò i detriti dai jeans e alzò lo sguardo verso la balconata, dove Vincent era appoggiato alla ringhiera come l'ultimo giudice di X Factor.

Lui le rivolse un applauso lento e ironico. «Questa è la mia ragazza» gridò, con la voce che echeggiava tra le travi di metallo.

Lei sogghignò. «Vuoi fare un giro, vecchio?»

Vincent si strinse nelle spalle, poi scivolò giù per la scala con una grazia predatoria che sarebbe stata meno inquietante se non avesse avuto quattro secoli di omicidi nel curriculum. Atterrò a pochi passi da Ren e valutò i resti della sedia.

«Ho sempre preferito qualcosa con un po' più di integrità strutturale» disse, poi indicò un pilone di cemento. «Prova quello.»

Ren squadrò la colonna. «Vuoi solo vedere se mi rompo un braccio.»

Lui scoprì le zanne in un mezzo sorriso. «C'è solo un modo per scoprirlo.»

Dal piano superiore, la signora Barley osservava con un'aria di cortese indifferenza che non nascondeva affatto il fatto che stesse mentalmente compilando le notifiche ai parenti più prossimi. Spuntò una riga sulla sua cartelletta, poi scese i gradini, fiancheggiata da due anziani dei Tradizionalisti che trasportavano una cassa di quelli che sembravano sospettosamente dei bicchierini da shot cerimoniali.

Il passo della signora Barley fendette la stanza come una ghigliottina a una festa di compleanno. Si fermò di fronte a Vincent e Ren, squadrò la sedia distrutta e disse: «Se avete finito di giocare, c'è un briefing tra cinque minuti. I tedeschi hanno acconsentito a non invadere la sezione francese finché la riunione non sarà terminata.»

Vincent fece il saluto militare. «Non vorremmo certo scatenare un'altra guerra mondiale.»

Apparve Cass, seguito da una nuvola di Modernizzatori e dal debole odore di lavanda sintetica. «Possiamo fare prima una prova generale dei protocolli di comunicazione?» chiese, puntando un telefono verso la testa della signora Barley. «Il segnale qui dentro fa schifo.»

La signora Barley non sospirò, ma solo per pura forza di volontà. «Usi il Wi-Fi del personale. La password è 'inevitability'. Per favore, non la cambi di nuovo, o le pinzerò la lingua al cavo ethernet.»

Cass sorrise raggiante. «Subito, capo.» Si allontanò, digitando mentre camminava, e per poco non si scontrò con un attendente tedesco che trasportava una scatola di amuleti a forma di granata.

Ren roteò gli occhi. «È sempre così?» chiese a Vincent.

Lui osservò Cass allontanarsi. «Più o meno. Finché non peggiora.»

I cinque minuti successivi appartennero alla signora Barley, che radunò la coalizione in un'assemblea semi-ordinata al piano principale. Salì sul podio, ignorò il fischio del vecchio impianto audio e si rivolse alla folla con l'autorità di una donna sopravvissuta a tre pandemie e quattro riorganizzazioni amministrative.

«Il nemico» disse, «resta Ashcroft e il suo esercito raffazzonato. L'obiettivo: distruggere la narrazione della Bozza alla radice, o almeno guadagnare abbastanza tempo perché la squadra di Zara violi il nucleo. Siamo in inferiorità numerica, di armi e di fondi, ma abbiamo una cosa che Ashcroft non avrà mai.»

Fece una pausa. «Un reparto Operativo funzionale.»

Questo strappò una risata sincera ai tedeschi, un educato applauso ai francesi e un giro di applausi ironici ai Modernizzatori.

La signora Barley continuò: «Avete i vostri incarichi. Le squadre uno e due colpiranno frontalmente. La tre e la quattro attaccheranno sui fianchi. Modernizzatori, voi vi occupate della sorveglianza con i droni e delle comunicazioni. Qualsiasi riscrittura non autorizzata o violazione della realtà dovrà essere segnalata e, se possibile, filmata per futuri scopi di addestramento.» Lasciò che l'ultima parte rimanesse sospesa, un filo di sarcasmo abbastanza forte da ancorare l'intero piano.

Squadrò Ren. «Squadra Cinque, lei è con il signor Lupo e con me. Zara la informerà sulla sua inserzione una volta arrivati.»

Ren fece il saluto con la mano sbagliata, se ne rese conto, poi la cambiò. La signora Barley quasi non batté ciglio.

La folla si disperse. Vincent si attardò con Ren, che cercava di non sembrare troppo nervosa ma non riusciva a smettere di lanciare occhiate alle porte della banchina di carico.

«Rilassati» disse Vincent. «È solo un'altra notte all'inferno.»

Ren si passò una mano tra i capelli, poi lo guardò di sbieco. «Hai paura?»

Lui non rispose subito. Poi: «Sono terrorizzato. Ma non di Ashcroft.»

Lei sorrise. «Bene. Significa che non sei ancora morto dentro.»

Lui fece un sorrisetto, poi accennò con il capo alle scale. «Andiamo a ricevere l'estrema unzione da Zara. Prima che i tedeschi si mangino tutto il pane buono.»

Trovarono il fantasma di Zara vicino all'uscita di sicurezza, mentre dava istruzioni dell'ultimo minuto a un gruppo di Modernizzatori e all'amministratrice senior della signora Barley. Era più solida di quanto non fosse da giorni, i suoi contorni netti, la sua espressione a metà tra quella di una zia orgogliosa e di un artigliere in trincea. Quando vide Ren e Vincent, congedò gli altri con un gesto della mano.

Zara fissò Ren con uno sguardo che le trapassò la spavalderia. «Capisci cosa succede se va tutto storto?»

Ren annuì. «Smetto di esistere. O peggio, vengo riavviata come cameo nella fanfiction di Ashcroft.»

Zara quasi sorrise. «Esatto. Quindi non fare cazzate.»

Vincent incrociò le braccia. «E se le cazzate le faccio *io*?»

La voce di Zara divenne gelida. «Allora fai quello che fai sempre. Improvvisi e preghi di non portare il resto di noi con te.»

Arrivò la signora Barley, controllò l'orologio e sollevò un sopracciglio verso il trio. «È ora.»

La forma di Zara tremolò, solo per un secondo. «Va bene» disse. «Conoscete la via d'accesso. Una volta superata la breccia, non si torna indietro, si può solo proseguire.»

Vincent guardò Ren. «Pronta?»

Ren inspirò, poi espirò lentamente. «Non in questa vita.»

Lui sogghignò. «Allora vediamo cosa c'è dopo.»

Il gruppo si mise in marcia, in fila indiana, nella notte.

Nel magazzino, le squadre si accodarono dietro di loro. Falkenhayn e Deveraux si fermarono sulla soglia, si scambiarono un'occhiata, poi fecero tintinnare i bicchieri in un brindisi silenzioso e letale. Aurelia e Cass radunarono il loro gregge illuminato ad anello, mentre gli anziani dei Tradizionalisti si muovevano con la solenne efficienza di necrofori che avevano già scelto la propria tomba.

All'uscita, la signora Barley porse a Vincent una pila di scartoffie: testamento, procura, un protocollo di una pagina per "assenza". «Se muore, la segnerò assente» disse, con voce assolutamente piatta. «Non mi faccia compilare scartoffie extra.»

Vincent scoppiò in una risata secca, si mise in tasca i moduli e guidò la carica nel buio.

Dietro di loro, il magazzino ronzava dell'energia inquieta di una città sul punto di premere l'interruttore tra ordine e oblio.

Davanti, la notte attendeva, a fauci spalancate, con le sue storie pronte.

La fine, come sempre, si sarebbe scritta da sola.

DICIANNOVE

La mezzanotte a Londra non era tanto un'ora quanto una nicchia ecologica, e il sagrato abbandonato dietro St Mary's forniva l'ambiente ottimale per rituali rari e in via d'estinzione. La squadra si radunò nei chiostri invasi dalle erbacce; il perimetro del vecchio cimitero era delimitato da inferriate e da quelle telecamere a circuito chiuso che, per lo più, servivano solo a documentare la rapidità con cui il vicinato dimenticava i propri morti.

Faceva freddo, ma non era il solito gelo urbano: una corrente soprannaturale trasudava dalle pietre, tanto che ogni respiro si manifestava in un denso vapore bianco che indugiava nell'aria come un rimpianto. Le lapidi avevano da tempo rinunciato alla lotta contro l'entropia, i loro nomi e le loro date ridotti a cicatrici superficiali, le loro sommità erose da secoli di indifferenza atmosferica. Alcune erano ancora leggibili strizzando gli occhi, ma la maggior parte si accasciava l'una contro l'altra, spalla a spalla come i reduci di una rissa da pub che avevano dimenticato il motivo per cui stavano combattendo.

I Modernizzatori avevano mandato un'avanguardia per allestire la scena, così la cripta centrale era circondata da quella che sembrava un'esposizione di candele commemorative ma che, in realtà, era un cerchio rituale meticolosamente tracciato con una precisione di due centimetri su un foglio di calcolo. Qui non c'erano candele a colonna bianche, ma solo nere, colate da una miscela di paraffina così densa da assorbire persino il flebile chiarore di luna. Gli stoppini erano stati precedentemente imbevuti di gin benedetto e ciascuno era posto in un portacandele inciso su misura. Le fiamme, una volta accese, non tanto ardevano quanto fluttuavano, bianco-azzurre e immobili, immuni al vento. Alcune sembravano aleggiare indipendentemente dalla loro base di cera.

Vincent, la signora Barley e Ren entrarono come un'unica entità, ciascuno portandosi dietro i residui dei disastri della settimana precedente: fango sugli stivali, sangue sulle maniche e quello sguardo spiritato che induceva persino i piccioni a cambiare strada pur di evitarli. Vincent si era vestito per l'occasione — abito scuro, colletto slacciato, cravatta abbandonata da qualche parte per via — ma il suo tentativo di compostezza era rovinato dalla benda che spuntava da sotto il polsino e dal modo in cui continuava a massaggiarsi la mascella, come a voler scacciare il ricordo di ciò che era stato costretto a fare.

Ren aveva un aspetto peggiore, ma in un modo che suggeriva ne andasse fiera. La felpa era lacerata dalla spalla al polso e lasciava scoperta la cicatrice sull'avambraccio come un tatuaggio fresco. I suoi occhi, già virati di qualche tonalità verso il disumano, catturavano ogni bagliore delle candele e lo amplificavano. Si muoveva con la grazia sciolta e predatoria di chi sta ancora imparando a camminare senza spaccare la scenografia a pugni. Ogni volta che un corvo gracchiava da un tetto, lei sussultava e digrignava i denti per riflesso.

La signora Barley, con l'ombrello infilato sotto un braccio, irradiava una tale assoluta sicurezza che le foglie secche sul sentiero sembravano ricomporsi per non entrare in contatto con le sue scarpe. Aveva portato una tavoletta con pinza di riserva e stava già annotando gli eventi man mano che accadevano, la sua penna che ticchettava a doppia velocità. Le fazioni dei Modernizzatori e dei Tradizionalisti avevano inviato una guardia d'onore congiunta: Aurelia e Cass in prima fila, i secondi di Deveraux e Falkenhayn subito dietro. Persino i contingenti tedesco e francese, ancora a leccarsi le ferite del massacro della sera precedente, tacquero all'arrivo dei tre.

Al centro esatto del cerchio, fluttuava il fantasma di Zara. Per tutta la settimana era apparsa e scomparsa con l'incostanza di un segnale Wi-Fi difettoso; ora aleggiava, bloccata sul posto, un pallido alone di ciò che era stata. Il colore era del tutto svanito dai suoi capelli, i lineamenti del suo viso erano più scolpiti che disegnati e il suo corpo era una suggestione più che una forma. Risplendeva del colore di una bruciatura da congelamento, più assente che presente, e l'aria per un metro in ogni direzione tremolava come plexiglas da quattro soldi.

Non guardò né Vincent, né la signora Barley, né Ren. La sua attenzione era invece fissa sulle lapidi, le mani che si muovevano in circoli e spirali, dirigendo la luce delle candele come se fosse un'orchestra molto lenta ed estremamente permalosa.

«Tutti dentro il cerchio» disse. La sua voce era l'unica cosa a non essersi affievolita; echeggiò attraverso la cripta con l'autorità di una preside che seda la rivolta di un gruppo di liceali. «Stiamo per iniziare.»

Nessuno esitò. I sopravvissuti trovarono posto lungo la circonferenza: Modernizzatori a nord, Tradizionalisti a sud, francesi e tedeschi su entrambi i fianchi e gli inglesi negli spazi vuoti, come sempre. Ren, Vincent e la signora Barley presero posto accanto a Zara, la cui sagoma tremolò mentre superavano il perimetro. L'aria all'interno del cerchio era in qualche modo ancora più fredda. Vincent sentì drizzarsi i peli sulle braccia, seguiti dalla sensazione più preoccupante della pelle stessa che cercava di staccarsi dalle ossa.

Zara non perse tempo. «Non parlate» disse, con gli occhi ancora fissi sulle pietre. «Non voltatevi. Tutto qui vuole essere ricordato.»

Cominciò a recitare: non una singola lingua, ma tre o quattro insieme, le frasi che si accavallavano, a volte in latino, a volte in un rumore che suonava come un modem che si strozza con una maledizione. Le candele risposero: prima tremolando, poi allungandosi, le fiamme che si piegavano di lato per lambire i vecchi nomi incisi sulle lapidi. Mentre parlava, le iscrizioni cominciarono a muoversi, le lettere che si staccavano dalle righe e strisciavano sul calcare come una parata di lucciole. Vincent cercò di non guardare, ma il modo in cui le date si riordinavano — anni che saltavano avanti e indietro, nomi che si scambiavano con i cognomi — rendeva difficile distogliere lo sguardo.

Ren non ci provò nemmeno. I suoi occhi seguivano ogni lettera strisciante, ogni mutamento delle ombre. Se la cicatrice sul braccio le dava fastidio, non ne diede segno, ma la sua mascella era serrata così forte che le vene sul collo risaltavano come fili blu-neri. Vincent vide la sua mano destra contrarsi, poi conficcarsi le unghie nel palmo, facendolo sanguinare. Avrebbe detto qualcosa, ma l'avvertimento di Zara gli echeggiò nella mente: *Non parlate. Non voltatevi.*

La signora Barley teneva la testa dritta, ma la sua penna continuava a prendere appunti freneticamente. Se si accorse che le candele avevano formato un pentagramma ai suoi piedi, o che la lapide più vicina portava ora il suo nome (con una data di scadenza di lì a dieci anni), non ne diede alcun segno esteriore.

Il rituale andò avanti per un minuto o per un'ora; il tempo all'interno del cerchio era privo di significato quanto i nomi sulle pietre. A un certo punto, Vincent perse il conto delle altre squadre. Cercò di contare le candele, ma il numero non rimaneva mai lo stesso. Di tanto in tanto, intravedeva la luce dell'anello di Cass attraverso la nebbia, o sentiva la risata di Aurelia — acuta, chiara, echeggiante — ma tutto arrivava ovattato, come sott'acqua.

Le iscrizioni striscianti raggiunsero il loro apice. Ora le parole non si stavano solo muovendo; si stavano riscrivendo. Al posto di epitaffi sbiaditi, le pietre componevano messaggi, a volte in inglese, a volte in quella lingua nervosa da modem che Zara aveva usato. Alcuni erano avvertimenti: ABBANDONATE LA SPERANZA, LA MEMORIA È UN'ARMA, NON LASCIATE CHE VI SCRIVA. Altri sembravano scherzi privati, o errori di traduzione: PESSIMO SEME, BOZZA SBAGLIATA, LA BUROCRAZIA DIVORERÀ TUTTO.

Sulla lapide di Vincent ora si leggeva: VINCENT LUPO, 1330–∞. FAMOSO PER LE SUE PESSIME DECISIONI.

Avrebbe voluto ridere, ma l'aria era diventata troppo densa per farlo. Il vento, prima così sferzante, si placò in un silenzio assoluto. Anche i rumori della città — i taxi, le sirene, gli studenti che tornavano barcollando a casa dai locali — si spensero in una quiete mortale.

E poi Zara smise di parlare. Alzò lo sguardo, incrociando gli occhi prima di Ren, poi di Vincent, poi della signora Barley.

«Pronti?» chiese.

Ren annuì, non fidandosi della propria voce. Vincent fece lo stesso, anche se si sentiva tutt'altro che pronto.

La signora Barley disse: «Proceda», e fu la cosa meno nervosa che qualcuno avesse mai detto in un sagrato infestato.

Zara allungò le mani, le dita che si frammentavano sulle punte, e fece un gesto lacerante nell'aria. Il mondo di fronte a loro si spaccò, una fenditura verticale che si aprì dal basso verso l'alto, sempre più ampia finché non divenne uno strappo nel tessuto di ogni cosa. Non ci fu alcun suono, solo uno schiocco in fondo alla mente, e poi lo spazio tra le cuciture divenne nero — un nero assoluto, senza forma, così profondo che persino la luce delle candele sembrava temere di avventurarvisi.

La fessura si spalancò, e l'unica cosa a cui Vincent riuscì a pensare fu che sembrava un libro a cui erano state strappate tutte le pagine, un dorso cavo e nient'altro.

Tedeschi, francesi, Tradizionalisti e Modernizzatori aprirono la strada. Ren fu la successiva, la brama dipinta sul volto ma con il mento alto e lo sguardo in avanti. Si avvicinò al bordo dello squarcio, si voltò a guardare nessuno e svanì in un tremolio.

Toccò a Vincent. Esitò, solo per un secondo, poi la seguì, le mani strette a pugno così forte che le ossa scricchiolarono. Il gelo dall'altra parte lo risucchiò.

La signora Barley attese un intero istante, poi marciò attraverso lo squarcio, con l'ombrello sguainato come una sciabola.

Il fantasma di Zara li guardò andare via, la sua sagoma che svaniva un attimo prima che la fenditura si richiudesse.

Il sagrato era vuoto.

Il mondo al di là, non così tanto.

Il primo passo nel vuoto fu un errore, ma era l'unico possibile. Vincent atterrò con un sobbalzo e fu ricompensato dalla sensazione di avere le interiora strizzate in un mangano. Per un istante, non ci fu nulla — nessuna percezione di alto, basso, o persino l'aspettativa della gravità — ma poi il mondo ruotò e si schiantò al suo posto, e si rese conto che si trovava ai margini di qualcosa di vasto, antico e sbagliato.

Si trovava in una cattedrale, o nel ricordo di una, estesa su una scala impossibile e costruita con materiali che non erano mai esistiti al di fuori degli incubi o dei più ambiziosi progetti di rinnovamento urbano. Il soffitto, se esisteva, era fuori portata: solo una massa di oscurità a volte solcata da sprazzi di movimento, come treni lontani dietro un vetro fumé. Le pareti si curvavano verso l'alto, coperte del rosso arterioso di vene pulsanti, ogni linea che palpitava con un battito cardiaco che non era il suo. La luce era ovunque e in nessun luogo: a volte brillante, a volte nera come l'interno di una bara sigillata, sempre mutevole, come se la realtà avesse contratto una forma aggressiva di vertigini e rifiutasse ogni farmaco.

Il pavimento non era un pavimento ma un essere vivente, morbido e gommoso, che ondeggiava in lente e nauseanti volute. Ogni passo minacciava di far perdere l'equilibrio a Vincent, e gli ci volle tutta la sua volontà per piantare i piedi a terra, per ricordare che "su" e "giù" avevano ancora un significato perfino lì. L'aria era densa, sciropposa, col sapore del ferro e della carta bruciata, e ogni volta che provava a respirare, i suoi polmoni minacciavano di espellere qualcosa di vitale.

L'unica costante era il suono: un sussurro, dapprima lieve, che poi crebbe fino a diventare una cacofonia di voci sovrapposte. Non un'eco, non un ricordo, ma qualcosa di peggio: la netta sensazione di essere circondato da versioni di se stesso, ognuna delle quali mormorava un copione diverso, un diverso insieme di fallimenti e tradimenti. Si accavallavano e si intrecciavano, una folla di Vincent, tutti in competizione per vedere chi potesse essere il più deludente.

Si sentì tiranno: con la voce profonda, sgrondante della soddisfazione di impartire punizioni. Si sentì codardo, che piangeva scuse nella polvere, cercando a tentoni l'uscita più vicina. Si sentì mostro, sazio di sangue e gloria, che ruggiva al vuoto finché questo non gli ruggì di rimando e lo divorò per intero.

Inciampò in avanti, una mano tesa, l'altra stretta in un pugno per impedirsi di colpirsi in testa. Ren apparve alla sua sinistra, con gli occhi sgranati e vigili, le narici dilatate come se stesse fiutando l'architettura. I suoi nuovi sensi, quali che fossero, sembravano prosperare in quel luogo. Non camminava, piuttosto avanzava furtiva, ogni movimento controllato, preciso, un predatore tra prede ferite. La fame era su di lei, un ringhio basso che le vibrava sotto la pelle, ma si teneva sotto controllo.

La signora Barley si mise in retroguardia, con l'ombrello al fianco, camminando con la stessa autorità che usava per tenere a bada burocrati e mostri. Non batteva ciglio, non vacillava, ma Vincent la sorprese a lanciare un'occhiata verso l'alto, come per controllare la presenza di cecchini o di altre minacce meno umane.

Ren lo fermò con una mano sulla spalla. Il contatto fu elettrico, una scarica di puro bisogno, e Vincent quasi reagì d'impeto prima di ricordare chi era lui, chi era lei e cosa significava che fossero entrambi ancora lì.

«Tutto a posto?» chiese lei, la sua voce che fendeva il coro dei Vincent.

Lui tentò di rispondere, ma tutto ciò che ne uscì fu: «Quale di noi?»

La presa di Ren si strinse, le dita che affondavano con una forza soprannaturale. «Quello che non si arrende.»

Quasi rise, ma gli echi intorno a loro divorarono il suono e lo risputarono come mille sbuffi di scherno.

«Continuate a muovervi» disse la signora Barley, la sua voce che a sua volta fendeva la nebbia. «Peggiora, se ci si ferma.»

Essi proseguirono, il terreno che serpeggiava sotto di loro, le pareti che si gonfiavano e sgonfiavano con polmoni impossibili. Di tanto in tanto, Vincent vedeva dei lampi nel buio: scene della sua vita, distorte e deformate, che finivano sempre in un disastro. Lì c'era lui sulle mura di Smolensk, che urlava assetato di sangue e lo otteneva, ma poi perdeva il controllo, la città e metà della sua gente. Là era a Firenze, nel tentativo di recitare la parte del diplomatico, solo per finire come comparsa nel colpo di Stato di qualcun altro. Ogni fallimento, ogni crollo, sfilava davanti a lui in alta definizione e suono surround.

Gli altri non furono risparmiati. Vincent intravide Ren, il volto contratto in un ringhio ferino, in piedi su una pila di corpi, le mascelle lucide di rosso arterioso. Vide la signora Barley, impassibile e perfetta, firmare con calma un registro mentre una fila di civili veniva condotta alla morte, con la penna intinta in quello che era sicuro fosse sangue fresco. Le visioni andavano e venivano, così rapide e dense che iniziò a domandarsi se avesse mai lasciato il mondo reale, o se questo fosse semplicemente quello che passava per un lunedì mattina nella sua testa.

Raggiunsero un'altura del pavimento, un grumo di oscurità rappresa che un tempo avrebbe potuto essere un pulpito o un palco per oratori. I sussurri si fecero più forti, sovrapponendosi così intensamente che per un attimo Vincent sentì i propri pensieri dissolversi, colargli fuori dalle orecchie. Cadde su un ginocchio, digrignando i denti, e vide il Marchio sul braccio di Ren divampare come un faro, proiettando una luce stroboscopica bianco-bluastra sulle pareti viventi.

Le voci si fusero in un'unica, soverchiante presenza.

«*Non potete vincere*» disse la voce. Era quella di Vincent, ma anche no: più profonda, più pesante, come se fosse stratificata con ogni rimpianto che lui si era sempre rifiutato di ammettere. «*Siete solo ciò per cui siete stati scritti.*»

Ren si ergeva sopra di lui, il suo stesso volto che baluginava attraverso una serie di espressioni: paura, rabbia, fame, poi una fredda e adamantina risolutezza.

Si inginocchiò, afferrò Vincent per il bavero e lo tirò su. «Non è reale» disse, e per un secondo fu la vecchia voce di Ren, quella di prima, quella che poteva zittire un'aula magna o svuotare un pub. «È una bozza. Vince solo se glielo permetti.»

Lui la guardò, guardò il Marchio, il modo in cui la sua pelle era quasi traslucida in quella anti-luce, e si chiese se fosse davvero sopravvissuta, o se l'avesse portata all'inferno solo per vederla marcire dall'interno.

Trovò l'equilibrio e insieme si voltarono per affrontare la voce.

All'estremità della cattedrale, una forma si stava componendo: enorme, informe, fatta di strati di fogli di carta e frasi incompiute. Si contorceva, mutando da un profilo all'altro: a volte un uomo con la parrucca da giudice, a volte una donna con una falce, a volte solo fauci digrignanti rivestite da infinite file di denti simili a quelli di uno squalo. La superficie della creatura brulicava di volti, tutti familiari, tutti di Vincent a un'età o a un'altra, tutti urlanti.

La signora Barley avanzò, ombrello sguainato, mento alto.

«Qual è il piano?» chiese Vincent, ancora mezzo accovacciato.

«Non lasciare che scriva il finale» disse lei, come se ciò rispondesse a tutto.

L'entità — la Bozza Eterna, suppose Vincent — rimbombò, e il suono vibrò fin dentro le sue ossa. I suoi denti schioccarono in segno di anticipazione, le pagine del suo corpo che sbattevano come una biblioteca in un uragano.

Parlò di nuovo, questa volta con una voce così imponente da far tremare le pareti della cattedrale: *Voi siete note a piè di pagina. Voi siete errori. Sarete corretti.*

Ren scoprì le zanne, un gesto così automatico e così nuovo che quasi rese Vincent orgoglioso. «Vaffanculo» disse, e per un istante, le voci nella sua testa trasalirono.

Vincent si raddrizzò. Il vecchio dolore era lì, ma c'era anche qualcos'altro: il ricordo di ogni volta che era sopravvissuto, ogni volta che si era rialzato quando avrebbe dovuto rimanere a terra. Raddrizzò le spalle e si rivolse alla Bozza.

«Le note a piè di pagina sono ciò che mantiene onesta la

storia» disse, con voce ferma. «E ogni editor odia i buchi di trama.»

La Bozza barcollò, la sua forma che collassava su se stessa, per poi ricomporsi in qualcosa di ancora più grande, ancora meno coerente. Ora era in parte serpente macchiato d'inchiostro, in parte scranno parlamentare, in parte fossa aperta. L'aria si riempì del puzzo di ozono e sangue fresco, e il terreno si increspò come se stesse per scrollarseli di dosso come tante pulci.

Ren incrociò lo sguardo di Vincent, e lui vide in lei una terrificante sicurezza. «La facciamo finita» disse. «Qui.»

La signora Barley annuì, il suo stesso Marchio che divampava mentre alzava l'ombrello e lo puntava dritto al cuore del mostro.

La Bozza, forse percependo la breccia, si avventò in avanti, la bocca aperta a rivelare un vortice di carta triturata e ossa maciullate. Le voci raddoppiarono, triplicarono, ognuna che supplicava, contrattava, gridava per ottenere riconoscimento.

Vincent scattò, afferrò la mano di Ren e insieme caricarono il palco. Più si avvicinavano, più l'aria premeva contro di loro: ogni passo una battaglia contro la gravità, contro la loro stessa volontà di cedere e arrendersi. La cicatrice sul braccio di Ren sanguinava luce bianca, bruciando il pavimento vivente, e l'effetto fu immediato: ovunque la luce colpiva, il tessuto del vuoto sibilava, si ritraeva, si spaccava.

La signora Barley si unì a loro, tenendo il loro passo, il suo ombrello che ora scintillava di un'irata energia blu. Vincent sentì il mondo contrarsi, poi espandersi, poi torcersi mentre la Bozza cercava di cancellarli dall'esistenza a ogni passo.

Non funzionò.

Ren fu la prima a raggiungere il pulpito. Conficcò il pugno nella faccia della creatura — la sua stessa faccia, per un breve istante, prima che l'illusione crollasse. Vincent la seguì, sferrando il proprio pugno nella massa, sentendo ossa e carta e qualcosa di più morbido cedere. La signora Barley affondò l'ombrello nel nucleo, torcendo con forza.

La Bozza urlò, e ogni storia incompiuta che avesse mai divorato gridò attraverso la sala. Le visioni intorno a loro impazzirono: centinaia di possibili Vincent, Ren e signore Barley, tutti che vivevano e morivano e venivano cancellati in un rapido susseguirsi, nessuno dei quali durava più di un battito di cuore.

L'entità si impennò, poi iniziò a collassare, le pagine che si accartocciavano in cenere, i denti che schioccavano per poi frantumarsi. Il terreno sotto di loro si stabilizzò; l'aria si schiarì. Per un secondo, parve che potessero tornare a respirare.

Ma il mostro non aveva finito. Anche mentre si rimpiccioliva, li attirò a sé, trascinandoli verso il centro, verso un punto di densità assoluta: una singolarità di ogni errore, ogni occasione mancata, ogni riga che non era mai arrivata alla stampa.

Vincent guardò Ren, guardò la signora Barley, e seppe cosa stava per accadere. Dovevano finirla.

Entrò nella breccia, lasciando che la gravità lo prendesse, e all'ultimo momento, afferrò la pagina centrale: la storia originale, la radice di tutto.

Era bianca.

Fissò lo spazio vuoto, la riga in attesa di essere riempita. Sentì le voci reclamare una risposta, un nome, un finale.

Vincent sogghignò, lasciò che la vecchia arroganza fiorisse, e scarabocchiò sulla pagina con il proprio sangue:

NON È LA FINE.

Il vuoto ululò, e il mondo si richiuse di scatto.

VENTI

Vincent barcollò fino al successivo girone infernale, che si palesò con un tanfo di sangue fresco e un'umidità di solito riservata ai mattatoi durante le feste comandate. Le pareti si stringevano, ora più vicine, le superfici che pulsavano in sincronia con il suo battito, ogni vena sulla pietra un'arteria luminosa. Una goccia di rosso si condensò sul soffitto basso, poi schizzò sulla sua spalla, dove sfrigolò attraverso il tessuto e gli provocò una convulsione lungo la spina dorsale. Se la tolse di dosso, solo per scoprire che la pelle in quel punto era guarita all'istante, senza lasciare altro che un retrogusto di metallo e umiliazione.

Il pavimento era anche peggio. Ondulava, viscoso e molle, come se l'intera camera fosse l'interno di un cuore pulsante. Ogni passo produceva un suono umido. Ogni passo opponeva resistenza, come se la caverna volesse inchiodarlo sul posto e digerirlo con comodo.

Andò avanti, perché proseguire era l'unica direzione che non comportasse l'essere divorato vivo dalle proprie impronte.

Lo spazio si aprì in un anfiteatro cavernoso, ma i sedili erano occupati solo da armature vuote, ognuna con il suo stesso volto, ognuna contorta in un rictus di agonia o estasi, o entrambe le cose. Lo osservavano con l'impassibilità di un predatore. Cercò di non guardare, ma gli occhi lo seguivano, accompagnavano il suo incedere goffo verso il palco, dove tre figure già attendevano.

Non redivivi. Non i burocrati resuscitati che si era abituato ad aspettarsi dal teatro della crudeltà della Scrittura.

No. I tre sul palco erano Vincent. Modelli diversi, tragedie diverse, tutti fabbricati a regola d'arte.

Il primo: un lupo, o ciò che la stampa londinese avrebbe potuto chiamare lupo se ne avesse mai visto uno al di fuori di una favola. La sua pelliccia era striata di sangue rappreso, infeltrita e a chiazze, gli artigli gialli e screpolati, il muso incrostato di nero e di rosso. Girava in tondo, con il pelo irto e gli occhi cerchiati di un oro malaticcio che pulsava a tempo con la stanza. Quando digrignò i denti, le zanne erano umane, e quando aprì la bocca, ululò con una voce che era inconfondibilmente la sua.

Il secondo: un uomo su un trono, o ciò che passava per un trono lì: tre dozzine di femori legati insieme con del filo spinato, cuscini fatti con gli scalpi dei giusti e degli ingiusti. Questo Vincent indossava una giacca da smoking di velluto, ma la seta era annerita e macchiata; stava semisdraiato con una gamba sul bracciolo, un bicchiere di sangue in mano e un sorrisetto che puzzava di uno che non si era mai perso un'occasione per gongolare. Il suo viso era più pulito, ma gli occhi erano morti, da tempo sostituiti dalla fredda moneta del potere.

Il terzo: uno spettro, magro fino alla trasparenza, rannicchiato su se stesso, con le braccia attorno alle ginocchia. Alzò lo sguardo solo per sussultare, poi lo distolse, borbottando tra sé e sé sulla futilità del movimento e sull'inevitabilità di essere divorato.

Vincent squadrò la scena e represse l'impulso di far roteare gli occhi fino a staccarseli dalle orbite per non dover guardare.

Il lupo balzò per primo, atterrando proprio di fronte a lui, con le fauci spalancate. «Avresti potuto essere un re», disse, mentre la bava gli schizzava in faccia. «Avresti potuto banchettare per l'eternità, ma hai sprecato tutto in codardia e autocommiserazione. Che effetto fa, Vincent, sapere che l'animale è tutto ciò che resta?»

Si pulì la guancia. «Almeno io non mi lecco il culo in pubblico.»

Il ringhio del lupo raddoppiò, e lo attaccò con una zampata grande quanto un arrosto della domenica, ma il colpo attraversò Vincent come un forte vento: freddo, ma inconsistente. A malapena registrò l'impatto.

Il secondo Vincent, chiamiamolo il Monarca, si sporse in avanti, con il bicchiere sospeso sulle labbra. «Sempre ribelle, mai sovrano. Sai quante volte ti è stato offerto il mondo, vecchio mio? Sai quanti lo hanno rifiutato?» Sollevò il bicchiere, poi bevve; il liquido turbinava all'interno con la lenta gravità della disperazione. «Ogni storia finisce allo stesso modo. La saboti. La uccidi prima che possa uccidere te.»

Il terzo Vincent, chiamiamolo il Fantasma, non alzò mai la testa, si limitò a dondolarsi avanti e indietro, sussurrando: «Stanno tutti guardando. Non ti perdoneranno mai. Non ti lasceranno mai andare. Anche se te ne vai, non sarai mai in nessun altro posto se non qui.»

Vincent sentì le parole atterrare, più pesanti degli artigli o del ridicolo. La stanza era in silenzio, fatta eccezione per il coro delle sue stesse voci, che si sovrapponevano all'onnipresente sibilo della Scrittura.

«Ogni storia finisce con te che sei un mostro», dissero, e questa volta non fu una, ma tutte e tre le voci in perfetta unisono. Le armature vuote nell'anfiteatro ripresero la frase e la ripeterono, le mascelle che schioccavano mentre cantavano il ritornello.

Rise, o almeno ci provò, ma il suono gli rimbalzò contro distorto, come se ogni eco venisse elaborata da un tritacarne. Si cercò in tasca una sigaretta, non trovò nulla, poi si strinse nelle spalle e lasciò che venisse la battuta successiva.

«Se questa è la mia crisi esistenziale, siete a corto di budget», disse. «Ho visto effetti speciali migliori nei programmi spazzatura della notte.»

Il lupo si lanciò di nuovo all'attacco, e questa volta Vincent reagì, con le dita piegate in artigli, il modo migliore per rispondere a tono. Graffiò il muso della bestia, ma le sue mani la attraversarono, scalfendo solo l'illusione. Continuò a sferrare colpi, disperato di sentire qualcosa di solido, ma era come combattere il proprio riflesso in uno specchio sporco.

Il Monarca si alzò dal trono, le ossa scricchiolarono. «Non puoi uccidere ciò che sei già, Vincent. Sei l'errore preferito della Scrittura. La nota a piè di pagina che diventa il titolo. Pensi di poter scappare, ma continui a tornare qui, non è vero?»

Il Fantasma gemette, con le mani sulla testa. «Non finisce mai. Non finisce mai. Non fin—»

Vincent si girò di scatto, puntò il tallone a terra e sferrò un gancio destro al Monarca che avrebbe dovuto frantumargli la mascella. Invece, il suo pugno esplose in frammenti di memoria: i volti di ogni vampiro, ogni umano, ogni idiota che non era mai riuscito a salvare. I pezzi volarono via come coriandoli di cattivo gusto, e dove si trovava il Monarca non rimase che fumo, che si avvolgeva a spirale nella forma di una corona.

Il lupo girava in tondo, ora dietro di lui, con le fauci al suo collo. «Non sei nemmeno un mostro. Sei solo una storia che parla di un mostro. Che spreco.»

Digrignò le sue stesse zanne e si voltò, affondando i denti nella gola del lupo d'ombra. Il sapore era salmastro e freddo, la consistenza a metà tra inchiostro e seta. L'essere si impennò, poi si dissolse, riapparendo a un metro di distanza, illeso, leccando ferite immaginarie e ridendo.

Dalle pareti, la Scrittura Eterna intonò un'armonia più alta: *Sarai corretto. Sarai riscritto.*

Urlò contro la voce, ma il suono si infranse. Il Fantasma si aggrappò alle sue gambe, trascinandolo giù sul pavimento pulsante, dove il battito cardiaco gli premeva sulla schiena e fino al cervello.

Il Monarca tornò, una mano sulla testa di Vincent, costringendolo a inginocchiarsi. «Questa è la parte migliore», disse. «Il crollo. La battuta finale. L'ultima pagina, e il mostro perde sempre.»

Vincent si contorse, cercò di liberarsi dalla presa, ma la mano del Monarca era saldata al suo cuoio capelluto, le unghie che scavavano attraverso la pelle fino all'osso sottostante. Il lupo gli bloccò il braccio destro, il Fantasma il sinistro, e tutti e tre si chinarono su di lui, con le bocche aperte, pronti a divorare ciò che ne restava.

Ululò, non per paura, ma per pura, animale frustrazione. Scalciò, si dimenò, sputò ogni imprecazione che riuscì a ricordare. Gli eco-sé risero, il Monarca più forte degli altri. «Guardati. Solo denti e niente sostanza. Tutta spavalderia e niente spina dorsale. Alla fine, sei proprio come noi.»

Vincent smise di combattere.

Rimase inerte, lasciando che il peso delle sue stesse ombre lo schiacciasse. Il battito cardiaco nel pavimento si fece più forte, la presenza della Scrittura si insinuò in ogni sinapsi.

Siete note a piè di pagina. Siete errori.

Rabbrividì, ogni nervo infuocato dal dolore del ricordo, della consapevolezza di non essere altro che una copia imperfetta di un originale imperfetto. I tre eco si avvicinarono, i loro volti si fusero, le loro mani artigliarono la sua pelle. Si chinarono, denti sulla gola, pronti a finire il lavoro.

Chiuse gli occhi, preparandosi alla cancellazione.

E poi—

E poi, da un punto fuori dal cerchio, una voce. Acuta, ininterrotta, una singola sillaba che squarciò la miseria come un rasoio:

«No.»

Gli eco si fermarono, con le mascelle sospese appena sopra il suo collo. La luce della caverna mutò, il battito cardiaco vacillò. Le armature dell'anfiteatro tintinnarono mentre si voltavano tutte, in cerca dell'origine del suono.

La voce giunse di nuovo, più forte. «Non questa volta.»

E per un istante, Vincent la riconobbe. Non la sua. Non quella della Scrittura.

Quella di Ren.

I nuovi occhi di Ren si abbeverarono del buio, e lei non ebbe paura. Era in piedi sul pulpito-podio della cattedrale-vuoto, con le caviglie immerse in una membrana di qualcosa che voleva essere acqua ma puzzava di inchiostro e di vecchie ferite. Lo spazio vibrava di una minaccia subsonica, una pressione nella mascella, e un coro di voci di Vincent che echeggiava sulla pietra viva: versioni di lui in tutti i generi possibili, alcune tragiche, alcune farsa, alcune il tipo di bozza che nessuno avrebbe mai mostrato a un editore.

Ma il trucco del posto, si rese conto, era che funzionava su tutti. Il suo stesso riflesso ora la perseguitava: una versione di una vita che non aveva mai vissuto, quella in cui aveva accettato la voce del Marchio e le aveva permesso di narrarla fino all'oblio. Questa Ren indossava un abito di foggia parlamentare, troppo grande per lei, troppo vecchio; la pelle sottostante era una ragnatela nera, le vene spesse come cavi dati, che si avvolgevano a spirale fino agli zigomi. I suoi occhi brillavano dello stesso bianco-blu del Marchio, ma la luce era marcia, più un'immagine residua che una luminescenza. Camminava curva, con i piedi che a malapena si sollevavano dal pavimento, come se ogni passo le costasse un pezzo di sé.

«Impostora», sogghignò l'ombra di Ren, con la lingua che saettava su zanne che sembravano troppo affilate per la sua bocca. «Non sei mai stata al tuo posto qui, lo sai. Non hai mai finito niente.»

Ren mostrò i suoi denti per riflesso, non per esibizione, e sentì i nuovi canini raschiarle la lingua, un piccolo fiotto di sangue che sapeva di saldatore e nostalgia. «Quella non sono io», disse, «quella non siamo noi.» Aggirò la sua gemella, attenta a tenere un muro alle spalle. «Tu sei solo ciò che succede se ti lascio vincere.»

La sosia sorrise. «Tu sei ciò che succede se perdi.»

L'entità, la Scrittura, la fame al centro di tutto questo, non era solo nell'aria. Era nelle sue ossa. Ren poteva sentirla metterla alla prova, cercare di infilare un fantasma del Marchio in ogni articolazione, ogni tendine, ogni riga di memoria che non tenesse sotto stretto controllo. L'avambraccio le bruciava, la cicatrice ora turbinava agitata, inviando viticci di luce attraverso le vene e su fino al cranio.

Rischò un'occhiata: Vincent era ancora in ginocchio, con le braccia attorno a sé, assalito dal coro dei suoi peggiori sé possibili. C'era una versione in cotta di maglia da Crociato, con la voce come una porta chiusa a chiave. C'era un poeta, pallido e tremante, che recitava il proprio elogio funebre tra una strofa e l'altra. C'era un mostro, con le zanne rosse e gli occhi dorati, accovacciato sulla schiena di Vincent stesso e che gli sibilava insulti all'orecchio. Il peggiore, però, era il Vincent in abito a tre pezzi, che sedeva a gambe incrociate sul podio e sogghignava, lasciando che gli altri si occupassero della violenza.

Ren si spostò al fianco di Vincent. Il terreno le si opponeva, ogni passo era appiccicoso, il vuoto sottostante voleva trascinarla alla bozza successiva, e poi a quella dopo, e a quella dopo ancora. La sua sosia la seguiva, la voce sempre alle sue spalle: «Ti si rivolterà contro. Lo fanno sempre. È questa la storia.»

Mise una mano sulla spalla di Vincent. Lui sussultò, quasi reagì, ma la sua presa era ferrea, più forte di quanto avrebbe dovuto essere, più forte di quanto ricordasse da qualsiasi momento umano. Strinse. «Ehi. Guardami.»

Lui non lo fece, così lei lo strattonò, con forza, e il poeta, il mostro e il soldato caddero tutti, lasciando solo quello in abito. L'abito la guardò, e per un secondo, ebbe il suo stesso volto: il vecchio trucco di lui, di rispecchiare chiunque avesse il fegato di opporglisi.

«Tu non sei quei finali», disse, e questa volta lasciò che le zanne si vedessero, con tanto di mezzo sorriso. «Sei quello che li ha riscritti. Ricordi?»

Gli occhi veri di Vincent, cerchiati di rosso, si fissarono nei suoi. «Sono terrorizzato da ciò che sono», sussurrò.

Lei sorrise più ampiamente. «Bene. Significa che sei ancora tu.»

La cicatrice sul suo braccio divampò, come se si fosse sentita insultata, e l'ombra di Ren strillò, piegandosi in due come se fosse stata colpita allo stomaco. Il mondo balbettò — ogni luce tremolò, ogni ombra si tese di scatto — poi le illusioni si ritirarono nella pietra, in un risucchio di irrealtà che lasciò immagini residue unte ma niente che si potesse toccare.

La cattedrale fremette, le pareti si deformarono, gli archi si piegarono come le ossa di un animale in calore. Il podio centrale, l'altare nel cuore del vuoto, si spaccò lungo una fessura verticale, e il vero volto della Scrittura Eterna ne eruppe: non uomo, non donna, nemmeno bestia, ma un fascio contorto di pergamena e zanne e mani che si facevano a pezzi e si ritessevano, per sempre, in tempo reale. La sua voce era ogni urlo in una volta sola, stratificato con il fischio del feedback di un microfono troppo vicino alla propria mortalità.

Voi. Sarete. Corretti.

La gemella di Ren, ora poco più di un contorno tremolante, le si scagliò contro, con gli artigli protesi, mirando agli occhi. Le afferrò i polsi e li tenne, sentendone la forza, la rabbia cruda e perfetta di una versione di sé che aveva perso tutto e voleva solo compagnia nella caduta. La lotta fu breve. Ren si girò, puntò un piede e spezzò il braccio della sosia all'altezza del gomito. Si ruppe come legno secco, poi si ricompose, poi si ruppe di nuovo. Strinse più forte, e questa volta non lasciò la presa. La cicatrice sfrigolò, la pelle della sosia si ricoprì di vesciche rabbiose, poi divenne scura, staccandosi come vecchia vernice al lattice. Ciò che rimase fu l'originale: il suo stesso volto, di nuovo umano, con gli occhi scuri, tristi e pieni di scuse.

«Non l'ho chiesto io», disse la gemella.

Ren lasciò la presa, e l'ombra si ripiegò su se stessa, rimpicciolendosi fino a diventare una pagliuzza, poi un puntino, poi nulla.

Barcollò, si asciugò sudore e sangue dalla fronte, e trovò Vincent in piedi, un po' instabile ma non più assediato dai suoi stessi fantasmi. Il mostro sul podio stava ruggendo, ma il suo potere era diminuito. Per la prima volta, la stanza sembrava un luogo in cui si poteva vincere.

Anche la signora Barley era lì, si muoveva con silenziosa certezza, l'ombrello tenuto ad un'angolazione perfetta, i piedi distanziati come se si aspettasse che il pavimento svanisse da un momento all'altro. Si unì a loro senza cerimonie, con gli occhi vivi di una furia fredda e precisa.

«È più debole», disse la signora Barley, guardando l'avambraccio di Ren. «Hai cambiato la narrazione. Continua così.»

L'entità, ora esposta, si avvolse su se stessa, pagine e arti che sbattevano, digrignando ogni versione del linguaggio che riusciva a ricordare. Scagliò un tentacolo di inchiostro liquido, colpendo Vincent in pieno petto. Lui grugnì, barcollò, ma non cadde. Ren si frappose tra lui e il mostro, a braccia larghe, e digrignò le zanne contro la cosa.

«Vuoi scrivere il finale?» gli gridò contro. «Dovrai passare prima sul mio cadavere.»

La Scrittura ci provò, ma ogni volta che si protendeva verso di lei, la cicatrice divampava e l'attacco rimbalzava, finendo contro i muri e frantumando pezzi della logica della cattedrale. Le illusioni si fecero più sottili; la voce del mostro perse la sua eco perfetta, divenne più stridula, più presa dal panico.

Vincent, per non essere da meno, si raddrizzò e sputò una boccata di sangue sul pavimento. «Avanti, allora», lo sfidò, con gli occhi fissi sul cuore centrale della cosa. «Scrivilo. Ti sfido.»

La signora Barley avanzò con loro, colpendo con l'ombrello a ogni passo, il tessuto che si apriva e chiudeva con un clic che suonava, in quel luogo, come la ghigliottina di Dio.

Ren sentì la cicatrice sul braccio bruciare, la pelle prima coprirsi di vesciche e poi guarire nello stesso istante. Si protese, premette il palmo della mano al centro della massa del mostro e spinse. La cosa ululò, il vuoto si deformò, e la cattedrale cominciò a collassare su se stessa.

Il trio ruzzolò mentre il mondo si ripiegava, la forma del mostro che esplodeva in una tempesta di carta straccia e schegge. L'aria divenne bianca, poi nera, poi silenziosa.

Ren si svegliò in un cumulo di macerie, con Vincent al suo fianco e la signora Barley in piedi sopra di loro come una lapide. Il vuoto era scomparso, sostituito dalla pietra fredda e reale del vecchio cimitero. Attorno a loro, le candele tremolarono, poi si spensero, una per una.

Il fantasma di Zara aleggiò sopra di loro, giusto il tempo di dire: «Ben fatto, ragazzina.» Poi svanì, un sorriso sulle labbra.

Ren guardò Vincent, che guardò la signora Barley, la quale si diede qualche colpetto e, non trovando alcun nuovo disastro, si permise finalmente di rilassarsi.

«Ce l'abbiamo fatta?» chiese Ren.

Vincent sorrise, mostrando i denti. «Abbiamo riscritto il finale.»

La signora Barley annuì. «Andiamo. È quasi l'alba.»

Uscirono dal cerchio, il Marchio ancora luminoso ma non più bruciante. Il mondo esterno era grezzo, incompiuto, ma per la prima volta, era loro.

Da qualche parte, molto in basso, l'ultimo eco della Scrittura Eterna urlò la sua frustrazione. Ma anche quello svanì con il giorno che avanzava.

VENTUNO

C'era qualcosa di sbagliato nella città.

Avevano lasciato il cimitero in quello che passava per mattino — del sole nessuna traccia, il cielo color carta di giornale bagnata, ma decisamente dopo l'alba — e al loro ritorno trovarono il mondo sottilmente fuori asse. I lampioni tremolavano di un blu-grigiastro che non sarebbe dovuto essere possibile senza un ausilio chimico. Gli edifici si inclinavano secondo angolazioni nuove e sospette, i cui mattoni si contorcevano con una lucentezza umida, come se ogni cosa sudasse dalle proprie fondamenta. L'aria stessa era densa, non di nebbia, ma di una pressione narrativa che premeva sulle orecchie e sui polmoni come un'emicrania divenuta evento meteorologico.

Vincent ne colse la prima zaffata subito dopo la fine del vicolo: ferro, e l'odore rivelatore di un errore storico. Si fermò, piantato in mezzo al marciapiede, e scrutò l'orizzonte in cerca della fonte. Non fu difficile. Dall'altra parte della strada, il Palazzo del Parlamento si contorceva, la sua silhouette increspata nella luce dell'alba come una stampa che si scioglieva. Il Tamigi era sparito — semplicemente sparito — sostituito da una sinuosa vena d'inchiostro nero che si contorceva, pulsava e sputava piccoli grumi di battelli e lance della polizia prima di inghiottirli di nuovo.

Ren, al suo fianco, emise un fischio sommesso. «Questa è nuova» disse, con la voce bassa, come se alzarla potesse peggiorare le cose.

«La realtà si sta ancora riavviando» suggerì la signora Barley. Fece scorrere lo sguardo lungo l'orizzonte, le labbra serrate, come se stesse compilando una lista della spesa di cose che non sarebbero dovute esistere. «Muoviamoci.»

La città era deserta. Non un singolo essere umano in giro, nemmeno i rimasugli del turno di notte che di solito infestavano quei quartieri con involucri di kebab e cori da stadio. Solo i vampiri, i loro animali domestici e i fantasmi dei loro errori futuri. Mentre il trio si avvicinava al vecchio Victoria Embankment, vi trovarono la coalizione ad attenderli: Tedeschi, Francesi, Tradizionalisti e Modernisti, tutti raggruppati in una tregua precaria lungo le sponde del fiume inesistente. Qualcuno, probabilmente Cass, aveva transennato l'area con del nastro di sicurezza personalizzato che recitava, sia in inglese che in francese: «NON ATTRAVERSARE: NARRAZIONE IN CORSO».

Vincent trovò posto in cima a un pilone di cemento, osservò l'assemblea e cercò di ignorare il prurito alla base del cranio. Erano anni che non aveva una vera premonizione, ma questa aveva la sagoma di un treno in arrivo e il suono di freni che avevano già ceduto.

Un'onda percorse la folla quando la signora Barley salì su

uno spartitraffico e si schiarì la gola. «Silenzio, per favore. Abbiamo tempo limitato e, a quanto pare, un disastro illimitato.» Accennò col capo ai Francesi e ai Tedeschi, compiaciuta che fossero riusciti a uscire più o meno con gli stessi numeri con cui erano entrati. «Stiamo affrontando un'incursione di portata senza precedenti. La Bozza Eterna non è stata contenuta nello spazio negativo. Si sta manifestando a livello locale.» Gesticolò verso la città, come se lo spasmo all'orizzonte richiedesse ulteriori commenti.

Aprì l'ombrello con uno schiocco. «Manterremo la linea qui. Se falliamo, Londra cade. Se riusciamo, guadagneremo abbastanza tempo per la signorina Delacourt e i suoi associati —» qui, un cenno al fantasma di Zara, che tremolava alla periferia della vista come un'aura di emicrania, «— affinché finiscano la riscrittura alla fonte.»

La signora Barley fece una pausa. Lanciò alla folla uno sguardo che, nonostante tutto, era quasi affettuoso. «Togliamoci il pensiero.»

Aurelia, in prima fila con Cass e Nyx, sollevò un telefono con la luce ad anello e filmò il discorso, mimando con le labbra un «iconica» per i suoi follower. Dietro di loro, il contingente francese si sistemò le fasce, si controllò i polsini e si esercitò a sguainare le lame nascoste in un modo che avrebbe dovuto essere discreto ma che fallì, clamorosamente.

Vincent sbuffò, poi si immobilizzò quando il terreno tremò sotto i suoi piedi. Iniziò come una vibrazione bassa — appena un'impressione di movimento — ma in pochi secondi divenne un vero e proprio sisma. Il selciato si spaccò, le fessure si allargarono come macchie d'inchiostro sull'asfalto, e un boato sorse dal basso, non tanto un suono quanto un verdetto. La folla indietreggiò barcollando quando una porzione di terreno collassò nel nero, formando una bocca frastagliata e pulsante ai margini dell'argine.

Dall'interno, marciò l'armata dei morti.

Iniziò con un rivolo: una manciata di redivivi che si arrampicavano unghia su unghia su per l'argine viscido come ragni in preda a un'abbuffata nello scarico di una vasca. Ognuno era diverso, e ognuno era uguale. I loro volti erano bloccati nei secoli che li avevano generati: alcuni sfoggiavano baffi ispidi e cenci, altri erano in piena tenuta georgiana, con tanto di parrucche incipriate e resti di fedine un tempo imponenti. La maggior parte portava le ferite del loro ultimo giorno: gole squarciate, crani fracassati, buchi dove gli occhi erano stati scambiati con monetine o con una pigra spalmata di marciume.

Dietro di loro ne vennero altri: duellanti, in cappotti un tempo eleganti, con le mascelle ciondolanti e le sciabole arrugginite del colore di vecchie ferite. Poi i picchiatori di suffragette, coi pugni guarniti di ferro, i volti vacui di una sorta di tenace sciovinismo che né la logica né il tempo potevano uccidere. A seguire, gli aristocratici: seta e velluto mangiati dalle tarme e dalla storia, ma con denti troppo grossi per le loro bocche, ogni serie di incisivi rinforzata da file extra per la massima predazione. Alcuni indossavano catene, trascinandosi dietro gli anelli come veli da sposa. Altri avevano corone di spine, o cappelli che pulsavano della cupa energia di mille scandali repressi.

Vincent li guardò strisciare, incedere barcollando e poi marciare in formazione sull'argine, e comprese con fredda certezza che non si trattava di una mera parata di zombie. Erano i vampiri cancellati dalla storia: ognuno un redivivo non solo nel corpo ma anche nel risentimento, tornato per saldare un conto e con una fame acuita da un secolo o più di inesistenza.

Alla loro testa marciava Lord Ashcroft. Il suo completo era nero come la mezzanotte, il taglio da puro Savile Row, ma gli pendeva addosso come un sudario. La sua pelle — se si poteva ancora definire tale — era così tesa sugli zigomi che luccicava sotto i lampioni, e la sua bocca era serrata in una linea che minacciava, da un momento all'altro, di spaccarsi in una nuova e raddoppiare la sua capacità di autocompiacimento.

Sollevò una mano, e l'esercito si fermò, perfettamente, a tempo.

Vincent osservò Ashcroft scrutare i difensori, soffermandosi con gusto su ogni volto. Quando trovò Vincent, lo salutò: un saluto vero e proprio, a due dita, come se fossero vecchi amici in procinto di bersi una pinta alla fine della guerra.

«Pensavate che la Bozza Eterna sarebbe venuta da sola?» gridò. La sua voce era un'arma: viaggiò per tutta la lunghezza dell'argine, fendendo l'aria, immobilizzando chiunque. L'esercito dei redivivi riecheggiò la frase, cento bocche morte la ripeterono, alcune in perfetta imitazione, altre balbettando o biascicando, tutte affamate.

La coalizione, a suo merito, non si diede alla fuga. I Tedeschi si misero in posizione, fucili pronti, baionette inastate con un suono simile a un milione di denti che digrignano all'unisono. I Francesi sguainarono le lame, ognuno con un gesto plateale diverso, come se stessero facendo un'audizione per un balletto particolarmente cruento. I Modernisti impostarono i loro telefoni su «Live» e iniziarono a recitare incantesimi, mentre gli schermi lampeggiavano del bianco-blu della magia in corso. I Tradizionalisti, per non essere da meno, intonarono un canto basso e gutturale che fece tremare l'aria; persino i morti si fermarono a quella risonanza.

Vincent controllò Ren. Stava in piedi, ben piantata, le braccia sciolte lungo i fianchi, gli occhi socchiusi in un modo che segnalava massima prontezza e minima pazienza per le stronzate. La cicatrice sul suo avambraccio brillava, ma non con l'antica febbre; ora era stabile, disciplinata, uno strumento anziché una maledizione. Incrociò il suo sguardo e, in quella frazione di secondo, si scambiarono più parole di quante ne avessero dette in una settimana.

Stai bene? / Solo se stai bene tu. / Piano? / Non morire. / Non è un piano. / Funziona meglio di tanti altri.

Ashcroft passeggiò lungo la linea, seguito dai suoi generali: una donna con il volto mezzo schiacciato e un manganello cerimoniale, un bambino in abito da marinaio e zanne affilate, tre gemelli in identico abbigliamento funebre, ognuno con in mano una copia del Debrett's. Si fermò di fronte alla signora Barley e fece un inchino.

«Signora Barley» disse, «ridotta a fare la governante, di questi tempi? Oh, come sono caduti i potenti. O forse ha semplicemente trovato la sua vera posizione nella vita.»

La signora Barley, imperturbabile, ricambiò l'inchino. «Lord Ashcroft. Vedo che la morte ha fatto ben poco per migliorare le sue maniere.»

Ashcroft sogghignò, e quel ghigno minacciò di spaccargli il cranio. «Le maniere sono per i vivi. Io sono qui per il finale, non per l'etichetta.»

Vincent allora si fece avanti, perché qualcuno doveva pur farlo. «Se è qui per un monologo, ci faccia il favore di essere breve» disse. «Alcuni di noi devono sopravvivere a tutto questo.»

Gli occhi di Ashcroft si strinsero. «Sempre il cinico, Vincent. Sempre il codardo.»

Si voltò, sollevò le braccia e, con perfetta disciplina, anche l'esercito dei morti sollevò le proprie.

«Non saremo cancellati» intonò. «Non saremo note a piè di pagina nelle vostre miserevoli storielline. Stanotte, ci riprenderemo la città. Stanotte, mostreremo al mondo cosa significa essere la Bozza Eterna.»

I redivivi ululamono, un suono che non apparteneva a nessuna creatura vivente, ma a ogni orrore inespresso nel contratto sociale britannico.

La signora Barley, con la voce calma di sempre, diede il contrordine. «Formate i ranghi. Al segnale, avanzate. Non risparmiatevi.»

Vincent si spostò al fianco di Ren. «Sai cosa fare,» disse.

Lei annuì, si fece scrocchiare il collo e abbozzò un sorriso tirato e minaccioso. «Già. Prima si colpisce. Poi si fanno domande.»

La folla si preparò, tutte le fazioni allineate: i tedeschi con i fucili, i francesi con le lame, i Modernisti che brillavano di magia e di ansia, i Tradizionalisti che intonavano un canto a un volume tale da minacciare le fondamenta di Whitehall. La signora Barley sollevò in alto l'ombrello, la cui punta scintillò di blu nella luce prima dell'alba. Vincent e Ren si chinarono, pronti a scattare.

Dal lato opposto, Ashcroft aprì le braccia e l'esercito di revenant si mosse come un sol uomo.

Per un istante, tutto fu perfettamente immobile.

Poi, il mondo esplose.

La carica iniziale fu meno una battaglia e più un evento geologico.

Un'onda d'urto di revenant si schiantò contro le prime file della coalizione, i corpi che si abbattevano con l'inevitabilità di un debito in sofferenza: impossibile da schivare, impossibile da ignorare. I tedeschi, preparati proprio a questo, aprirono il fuoco con i fucili, falciando le prime file. Gettarono le armi da fuoco e impugnarono scudi e baionette, affondando i colpi con una brutalità così consumata da rendere quasi oscena la parola "disciplina". I non morti li sbranavano con mani, fauci e, occasionalmente, armi vere e proprie — pistole arrugginite, lance scheggiate, persino qualche tocco da laureato usato come una clava — ma la linea tenne. Almeno per i primi dieci secondi.

I francesi erano un'altra questione. Laddove i tedeschi opponevano alla forza una precisione meccanica, i francesi rispondevano con maestria: ogni fendente era un'umiliazione calcolata, ogni uccisione uno spettacolo. Il Marchese Deveraux guidava dalle prime linee, la sua sciabola che disegnava zigzag nell'orda, la sua risata udibile persino al di sopra del frastuono. Ogni volta che un revenant cadeva, si fermava per riannodarsi il foulard o spolverarsi la manica, senza mai perdere un colpo mentre insultava nemici e alleati in tre lingue.

Vincent, spalla a spalla con Ren, si aprì un varco in un groviglio di duellanti, uno più disperato dell'altro. Le loro facce erano deformate dal tempo e dalla narrazione, alcune a malapena umane, altre così perfettamente conservate da sembrare uscite da un dagherrotipo. Il primo lo liquidò con una netta torsione del collo. Il secondo, meno accondiscendente, gli morse il polso prima che Ren gli strappasse la mascella e la sputasse contro la calca, un gesto di puro e adolescenziale disprezzo.

«Grazie,» borbottò Vincent, scuotendo la mano per accelerare la guarigione.

Ren sogghignò, con una striscia di sangue su una guancia. «Mi devi da bere.»

Le avrebbe risposto, ma un picchiatore di suffragette gli sferrò un colpo di manganello alle costole, accartocciandogli la camicia e le ossa sottostanti. Vincent ululò, afferrò l'uomo per i baveri e gli piantò le zanne nella polpa del collo, lasciando che la fame lo cavalcasse giusto il tempo necessario a svuotare il revenant dall'interno.

Combattevano in coppia, una danza coreografata dalla necessità e dall'istinto. Dove Vincent attaccava basso, Ren andava alta; dove Ren si sbilanciava, Vincent le copriva il fianco. Lei era più veloce — infinitamente — la sua nuova natura che amplificava ogni riflesso fino a lasciarsi dietro immagini residue della sua stessa scia. Ma era spericolata, acerba, la cicatrice sul braccio che divampava a ogni uccisione, il bianco-blu che si attorcigliava lungo le sue vene come un secondo polso, più pericoloso.

Lui la teneva d'occhio per cogliere i segni che stesse perdendo il controllo. Il primo arrivò nel giro di un minuto: abbatté un revenant, poi continuò a mordere, a sbranare, anche dopo che il corpo si fu afflosciato. Vincent la tirò su per il colletto, ringhiando: «Non loro. Non ancora.»

Lei sbatté le palpebre, si scrollò di dosso la confusione e si gettò di nuovo nella mischia, ma il suo sorriso aveva un che di selvaggio, quasi gioioso.

Dovunque, era la fine del mondo.

I Modernisti, raggruppati a centrocampo, brandivano telefoni e ring light come bacchette. Ogni incantesimo era studiato per ottenere il massimo spettacolo: filtri di Instagram che bruciavano gli occhi dalle orbite dei revenant, meme di TikTok che si ripetevano finché i non morti non crollavano per pura estenuazione narrativa, una maledizione di Snapchat che costringeva ogni cadavere all'attacco a ballare la Macarena per novanta secondi prima di poter rientrare nella mischia. Cass, al centro di tutto, trasmetteva l'intero caos in diretta, la sua telecronaca che passava dall'inglese al tedesco al mandarino con la frequenza di un tic nervoso.

Ma i revenant imparavano. Cominciarono a tirare giù le ring light, a colpire i Modernisti con il loro stesso equipaggiamento, a contrastare ogni incantesimo con un'arma improvvisata o una contronarrazione propria. Diverse volte, Vincent vide un Modernista lasciar cadere il telefono, solo perché un revenant lo raccogliesse e lo usasse come una clava, con un'ironia quasi sufficiente a farlo ridere anche mentre schivava un fendente alla testa.

I Tradizionalisti stavano in cerchio, a braccia conserte, il loro canto così profondo da distorcere l'aria intorno a loro. Quel suono faceva prudere il cranio a Vincent e gli faceva stridere i denti, ma funzionava: ogni revenant che attraversava il perimetro rallentava, poi barcollava, quindi esplodeva in uno spruzzo di freddo fuoco blu. Al centro del cerchio, la signora Barley abbaiava ordini e correzioni, il suo ombrello che lampeggiava a tempo con il canto, la punta che ora brillava di un blu così acceso da lasciare macchie nella vista di Vincent.

I tedeschi, disciplinati come sempre, non furono immuni alle perdite. Nei primi due minuti, due vampiri caddero, fatti a pezzi da un gruppo di duellanti scheletrici le cui pistole non sputavano proiettili ma frammenti d'osso, ognuno dei quali bruciava con lo stesso inchiostro nero del fiume. Le vittime furono issate e portate in parata dai revenant, che usarono i corpi come stendardi, sventolandoli con la derisione di scolari al funerale di un rivale.

Ai francesi andò meglio, ma non di molto. Il Marchese Deveraux fu colpito alla spalla da uno stocco da passeggio, la cui lama entrò e uscì come un arpione. Barcollò, ringhiò, poi spezzò la spada a metà e ne conficcò entrambe le estremità negli occhi del suo aggressore, abbattendone altri tre nel processo. Il sangue — il suo e il loro — schizzò in archi eleganti, macchiando il pavimento con quella che avrebbe potuto essere calligrafia, se qualcuno avesse avuto il tempo di apprezzarla.

Vincent e Ren puntarono al centro, combattendo verso l'origine del caos. Ogni passo era una battaglia: il terreno stesso si contorceva, mani spuntavano dalle crepe per afferrarli alle caviglie, l'aria era densa di particelle di polvere e sangue e dei resti a brandelli di ogni pessima idea mai affidata agli archivi di Londra.

Nyx, che operava nelle retrovie, martellava un ritmo basso su un paio di altoparlanti incantati. Ogni drop inviava un'onda d'urto tra le file dei revenant, piegando loro le ginocchia, frantumando i denti, a volte staccando di netto le teste. Ma l'orda era infinita. Dopo tre drop, gli altoparlanti cominciarono a scintillare e a gemere, i sigilli all'interno che si infrangevano sotto la pressione di così tante controvoci. Il volto di Nyx, sempre pallido, ora sembrava traslucido, le vene che si scurivano a tempo con la musica.

Vincent vide il momento in cui accadde: un revenant, vestito da poliziotto vittoriano, lanciò una mano mozzata contro Nyx. La mano atterrò sull'altoparlante, mandando in corto i cavi e provocando un riflusso di energia grezza nel petto di Nyx. Egli crollò, scosso da spasmi, mentre il muro di revenant si riversava in avanti, calpestava il DJ e continuava ad avanzare.

Il fantasma di Zara, che si librava ai margini dello scontro, appariva e scompariva dalla vista. Ogni volta che si materializzava, divampava con una fredda e ultravioletta brillantezza, un'aurora in miniatura che stordiva i non morti abbastanza a lungo da permettere a qualcun altro di abbatterli. Ma ogni apparizione la lasciava più debole, più inconsistente. Alla terza, era a malapena una silhouette, i suoi lineamenti che si sfaldavano ai bordi.

«Non fermatevi!» gridò, la sua voce un effetto Doppler che viaggiava più lentamente del suo stesso movimento. «La Bozza sta guardando! Più combattete, più cerca di riscri—»

Le sue parole furono interrotte da una raffica di proiettili d'osso, che la attraversarono ma colpirono in faccia tre Modernisti. Cass, nella mischia, la vide e urlò: «Stai avendo dei glitch! Tieni la frequenza!»

Zara tremolò, riuscì a emettere una risata roca e disse: «È quello che mi riesce meglio.»

Dall'altra parte del campo di battaglia, Lord Ashcroft passeggiava tra la carneficina con grazia pacata, i suoi luogotenenti che formavano attorno a lui un cordone di violenza assoluta. Non mosse mai un dito, non si sporcò mai le mani, ma ovunque andasse, la battaglia volgeva a suo favore: i morti risorgevano più in fretta, i non morti vacillavano, le probabilità si riequilibravano. Si fermò in prima linea, ispezionò i francesi come un sergente istruttore e sfilò una lama dalla mano di un revenant morente.

Fece roteare la spada, sorrise e la puntò contro Deveraux. «*En garde,* Marchese.»

Deveraux, semi-delirante per la perdita di sangue e per l'euforia, si inchinò profondamente. «*Après vous,* milord.»

Si scontrarono, le lame che sibilavano e strillavano, il duello così rapido che persino Vincent faticava a seguirlo. Lo stile di Ashcroft era puro teatro: ogni risposta era un insulto beffardo, ogni parata un'acuta affermazione di superiorità. Deveraux, nonostante tutta la sua spavalderia, stava perdendo. La scherma si fece più serrata, i cerchi più piccoli, finché Ashcroft non fece volare via la sciabola dalla mano di Deveraux, la afferrò a mezz'aria e conficcò entrambe le lame nella gabbia toracica del Marchese.

Deveraux ansimò, il sangue che spruzzava in una parabola perfetta, e riuscì a dire: «*Touché.*»

Ashcroft estrasse le lame, le pulì sulla fusciacca stessa di Deveraux e le gettò via. Non guardò il corpo mentre scivolava a terra, ma rivolse invece la sua attenzione alla fila successiva di difensori, con gli occhi che brillavano di anticipazione.

VENTIDUE

Ren, vedendo la perdita, scoprì le zanne e caricò. Vincent la seguì, perché lasciarla andare da sola era un suicidio, e perché lei non gliel'avrebbe mai fatta passare liscia se lui fosse rimasto indietro.

Sfidarono l'avanguardia di Ashcroft a muso duro. I gemelli in abiti funebri si lanciarono all'unisono; Vincent afferrò il primo per il polso, lo torse e gli conficcò l'osso nell'orbita oculare del secondo.

Ren placcò la donna col manganello, spezzandole la spina dorsale con un abbraccio mortale, per poi lanciare il corpo nella folla alle sue spalle, dove svanì in una mischia di denti che schioccavano e dita fameliche.

Vincent si fermò a guardare. Era magnifico. Mostruoso, ma magnifico.

In un angolo della mente, Vincent si chiese se fosse questo ciò che Carmine aveva voluto dire tanti anni prima, sul tetto a Firenze: «Non sarai mai più vivo di quando avrai superato la morte». All'epoca, aveva pensato che fosse una frase per rimorchiare. Ora, guardando Ren trapassare da parte a parte tre redivivi con un pugno e assestare un doppio calcio sulla mascella di un quarto, capì.

I due si fecero largo nell'orda con tutta l'eleganza di un camion della spazzatura durante un temporale. Sparita era la riluttante coordinazione; ora c'era solo una sorta di sincronia chimica, una staffetta di morte così fluida che a malapena dovevano guardarsi per sapere dove si sarebbe trovato l'altro. Vincent spazzava la sinistra. Ren spazzava la destra. Di tanto in tanto si scambiavano, uno si abbassava per far saltare l'altra, uno sfondava perché l'altro potesse finire il lavoro. Era una collaborazione a livello genetico.

Il muro di redivivi si ingrossò, pressato dall'ultima, disperata formazione della coalizione, ma per ognuno che cadeva trafitto da una baionetta o da un anello di luce incandescente, altri due strisciavano fuori dalle crepe. Il terreno sussultò sotto gli stivali di Vincent, spaccandosi in una faglia che correva dritta fino al Tamigi e, presumibilmente, fino in fondo alla storia.

Afferrò la manica di Ren. «Non è questo il piatto forte» disse. «È solo il riscaldamento».

Lei si asciugò il sangue dalla guancia, la cicatrice sul braccio che pulsava di una luce fredda e vendicativa. «Credi?»

Lui indicò un punto. L'inchiostro nero che aveva sostituito il Tamigi si arrampicava, come un ragno, sull'argine, raccogliendosi in vortici prima di riversarsi in un tombino contrassegnato dalla corona e da un sigillo indecifrabile. Il fluido era incredibilmente viscoso, si muoveva come se avesse un lavoro da fare e una scadenza rigorosa.

Vincent sentì un'attrazione, come la gravità ma più personale. Tirava le radici della sua spina dorsale, le parti più molli del suo cervello — quelle che tenevano gli incubi dietro un cortese cordone di velluto. Strinse i denti, mormorò «Si va in scena» e seguì la corrente.

Ren non esitò. Mrs Barley, nonostante la faccia piena di schegge narrative e il braccio sinistro ora piegato ad un'angolazione irregolare, tenne il loro passo. «Non separatevi» intimò, come se l'unica cosa peggiore della morte fosse dover compilare rapporti d'incidente separati.

Il tunnel sotto l'argine non era un tunnel, ma una gola: rivestita di pergamena ingiallita e venata di vecchio inchiostro, corrugata a intervalli di pochi metri dai volti di leggi fallite e ordinanze sui vampiri ormai defunte. Passarono accanto a una costola di firme della Regina Anna, a un ascesso lacrimante di trascrizioni di sedute spiritiche vittoriane, a una fossa comune di verbali di riunioni del consiglio che non avevano mai raggiunto il quorum. L'aria si addensò con l'odore di pergamena bruciata e il morso scuro e dolce del toner da stampante.

Nel cuore della camera, la Bozza Eterna attendeva.

Il trono era grande quanto un piccolo mausoleo, costruito con pile di fogli manoscritti, tutti leggermente bruciacchiati ai bordi, ogni foglio tatuato con revisioni, note a margine e correzioni furiose e serpeggianti scritte da una dozzina di mani diverse. Poggiava su un piedistallo di ossa frantumate, il cui midollo era stato svuotato e riutilizzato come canali per l'inchiostro che pompava

Poggiava su un piedistallo di ossa frantumate, il cui midollo era stato svuotato e riutilizzato come canali per l'inchiostro che pompava attraverso le vene della caverna. L'inchiostro luccicava in neri fiumi arteriosi, sgorgando dalla base del trono e raccogliendosi in delte viscose ai piedi dei gradini, dove tremolava e gorgogliava come se fosse impaziente di essere usato. Il trono stesso era un affronto architettonico al concetto di permanenza: una fortezza di manoscritti impilati, i fianchi rinforzati con braccioli di mandibole e scapole, colonne vertebrali legate insieme a formare le balaustre, e ogni superficie disponibile tappezzata di fogli sparsi annotati in rosso, blu, o quel tipo di verde iridescente che appare solo negli incubi e nella cancelleria governativa.

Il seggio era occupato, ovviamente.

La Bozza Eterna si dispiegò dalla sedia gradualmente, rifiutando di definirsi in un unico contorno. A prima vista, sarebbe potuto sembrare un uomo — ammantato nella toga di un giudice, forse, o di un Presidente del consiglio; ma ogni secondo rivelava di più: la toga non era che strati di manoscritto, cuciti con tendini di nastro macchiato, viva del fremito e del fruscio di innumerevoli pagine in agitazione. Dove avrebbe dovuto esserci un volto, ce n'erano dozzine, ognuno intravisto un attimo prima di dissolversi o essere strappato via: la bocca di un bambino che urlava attraverso gli occhi di un pensionato; un muso di lupo che si scioglieva nelle labbra biascicanti di un poeta ubriaco; la mascella di un aristocratico, già rosicchiata dalla rivoluzione successiva. Le teste ruotavano, tremolavano, a volte si spaccavano, sempre sostituite.

Aveva braccia — molte, la maggior parte del tempo — ma mai in numero fisso. Alcune erano le mani piumate di un vecchio scriba, altre erano nodose e venate come radici, alcune indossavano guanti di seta bianca, ma tutte stringevano o gesticolavano o indicavano, sempre come per compiere un gesto finale e inappellabile. Una mano brandiva un martelletto grande quanto una coscia umana, un'altra stringeva un'enorme fascio di carte così iper-corretto che i bordi fumavano dove colava l'inchiostro. Alcune mani scrivevano continuamente, sanguinando testo nell'aria stessa, dove le parole restavano sospese per un momento prima di essere anch'esse cancellate.

Osservò l'avvicinarsi di Vincent con una pazienza resa oscena dalla sua scala.

La guardia d'onore di redivivi si aprì. Nessuno era uguale all'altro, ma tutti erano riconoscibilmente dei falliti: vampiri dimenticati in abiti di corte logori, uniformi della polizia, cappucci da boia medievali, o gli stracci casuali di chi era stato da poco cancellato. I loro volti erano uno studio di danni e delusioni: alcuni si mordevano le labbra fino a ridurle a brandelli, altri sorridevano in un modo che poteva essere spiegato solo come un errore anatomico, altri ancora fissavano a occhi spalancati il pavimento in un terrore silenzioso. Si inchinarono, o ci provarono, ma la maggior parte si limitò a scattare all'unisono come se tirata da un unico filo.

A capo di questa parata stava Lord Ashcroft. Il suo abito un tempo impeccabile era un palinsesto di macchie e strappi, ma lo indossava come se fosse ancora l'uomo meglio vestito di Westminster. Il sangue striava un guanto, un monocolo pendeva da un filo letterale, e i suoi capelli (mai un punto di vanto) ora ardevano di ciocche bianche dove l'aura della Bozza Eterna li aveva bruciati. Sorrise raggiante a Vincent con la sicurezza di un uomo che ha perso tutto tranne la capacità di salvare la faccia.

«Signor Lupo» chiamò, come se stesse accogliendo un vecchio compagno di tennis al Campo Centrale. «Arriva giusto in tempo. La Bozza La stava aspettando per la Sua revisione». Si voltò, con la magniloquenza di un fantasma shakespeariano, per presentare Vincent al trono. «Devo annunciarLa, o desidera presentarsi da solo?»

Vincent scoprì le zanne, un gesto deliberato. I suoi piedi scricchiolarono sul pavimento coperto di scarti cartacei mentre avanzava, ogni passo più lento del precedente, il peso di tutti gli occhi (e di almeno due bocche) della Bozza Eterna che lo trascinavano. Sapeva, in qualche nervo superficiale, che voltarsi e fuggire sarebbe stato l'unico istinto onesto rimasto, ma il resto di lui era troppo testardo per obbedire.

Dietro di lui, Ren teneva il suo passo. Zoppicava un po', la cicatrice ancora fumante sul braccio dove aveva bruciato uno dei suoi tatuaggi. I suoi nuovi occhi, rossi ma limpidi, perlustrarono la sala del trono con palese disgusto. Accanto a lei, Mrs Barley avanzava a fatica, l'ombrello che ticchettava mentre sondava il terreno in cerca di trappole nascoste.

Il silenzio si accumulò, non per caso ma per intenzione.

Le cento facce della Bozza Eterna si spostarono verso Vincent. La sua voce non era né forte né debole, ma assoluta, bypassando le orecchie e vibrando direttamente nei seni nasali e nei denti.

«VINCENT LUPO» intonò, ogni sillaba sovrapposta a una dozzina di correzioni, così che il nome giunse sia come un canto che come un ghigno. «TU SEI L'INSIEME DI TUTTI I TUOI ERRORI. TU SEI OGNI VERSIONE DI TE STESSO CHE NON È MAI RIUSCITA A CONCLUDERE, OGNI BOZZA CHE SIA MAI STATA ABBANDONATA, OGNI RIGA MORTA TRA LA PRIMA PAROLA E IL PUNTO FINALE». I volti tremolarono: lupo, uomo, donna, bambino, poi tutti insieme. «SEI SEMPRE STATO NOSTRO».

Ren, non in vena di monologhi, sputò sul piedistallo; il catarro bruciò un buco nello strato superiore del manoscritto.

Le facce dell'entità la guardarono, poi di nuovo Vincent.

Ashcroft si schiarì la gola. «Credo che la Bozza desideri che Lei si inginocchi» disse. «Gesto simbolico, eccetera. Sa come vanno queste cose».

Vincent non si inginocchiò. Invece, parlò, e la sua voce era roca, ma ferma: «Se sono una tua bozza, allora tiriamo fuori la penna rossa».

Un'increspatura attraversò la corte: i redivivi rabbrividirono, ogni paio d'occhi si spalancò, alcuni crollarono del tutto. Il sorriso di Ashcroft vacillò, e per un breve, delizioso momento, sembrò pentirsi di essersi mai offerto volontario come portavoce della Fine dei Giorni.

Le mani della Bozza Eterna si agitarono furiose, e il trono tremò, una cascata di carta nevicò dai suoi fianchi. «NON PUOI CORREGGERE CIÒ CHE SEI» sibilò, questa volta con la voce sottile e stridula di un bambino prima di dormire. «LA STORIA FINISCE COME INIZIA: COL SANGUE. IL TUO SANGUE».

Mrs Barley, al gomito di Vincent, mormorò: «Banale, non trovi?». Porse a Ren una matita appuntita. «Potrebbe servirti».

Vincent raddrizzò le spalle, le zanne ora completamente esposte, ogni sua terminazione nervosa che cantava di terrore e di una gioia altrettanto perversa. Guardò Ashcroft, che per una volta sembrava insicuro, poi si rivolse al trono.

«Hai riscritto tutti gli altri» disse Vincent. «Ma non sei mai riuscita a renderlo definitivo. Cosa ti fa pensare che me ne andrò in silenzio?»

Le facce del trono sogghignarono all'unisono.

Ashcroft, riprendendo il suo ruolo, allargò le braccia. «Oh, ma non hai mai affrontato una vera revisione, vecchio mio. I piccoli errori che si accumulano. Alla fine, dimentichi di esserti mai scritto in un altro modo».

La stanza si oscurò mentre l'entità si raccoglieva, altre pagine e volti si riversavano dalla sua schiena, le braccia si moltiplicavano, ognuna di esse mirava all'anima di Vincent. Le voci ora si sovrapponevano, ogni contraddizione, ogni rimpianto, ogni codardia che avesse mai posseduto o preso in prestito.

La mossa successiva spettava a Vincent, o a qualunque versione di lui fosse sopravvissuta a questo round.

Inspirò un'aria densa dell'odore di carta vecchia e morte recente. «Ren?» disse.

Lei fletté gli artigli, senza distogliere lo sguardo dall'orrore sul trono. «Pronta.»

Lui guardò Mrs Barley, che annuì, con l'ombrello tenuto a un burocratico angolo di 45 gradi.

Poi fece un passo avanti, e il mondo si restrinse alla lunghezza dell'ombra proiettata dal trono.

La Bozza Eterna si chinò, i volti che si deformavano in un'unica massa di bocche e denti.

Vincent scoprì le zanne e sorrise. «Da qui in poi ci penso io.»

La sala esplose in un boato di urla, inchiostro e movimento.

L'entità si scagliò in avanti.

Cento mani, mille artigli, lo scatto famelico di bocche digrignanti: tutto investì Vincent in piena corsa, e per un istante lui sentì il vecchio panico, l'impulso sepolto di correre e continuare a correre finché il mondo non si fosse riavvolto su se stesso e non lo avesse cancellato per sempre. Ma poi Ren urlò, non di paura ma con un ululato di sangue, e lui si ricordò chi era.

Vincent si lanciò verso il trono, con le zanne scoperte e le dita piegate in artigli, toccando una corda di pura, distruttiva euforia. L'arto più vicino della Bozza Eterna — un fascio di pagine di manoscritto, intrecciate con filo spinato e coronate da un pugno fatto di teschi pinzati — lo colpì con un rovescio. Avrebbe dovuto scagliarlo contro la parete opposta, ma Vincent afferrò il braccio con entrambe le mani e morse, squarciando il manoscritto in un fiotto d'inchiostro nero e di dolore puro e bruciante. L'inchiostro schizzò, sibilando, sulla sua lingua; sapeva di toner per stampanti, acido, e delle ultime dieci cose che si era mai pentito di aver detto.

Lo sputò, si diede la spinta dal braccio e squarciò con gli artigli l'ondata successiva di volti. Ogni volto urlò, poi si spaccò, quindi si fuse in nuove, più brutte iterazioni: la maschera di un'insegnante con un martelletto da giudice al posto della lingua; la testa di un neonato incastonata su un anello di dentiere rotanti; la sua stessa faccia, che gli rideva contro con il piacere senza gioia di un uomo che assiste al proprio funerale dal pubblico.

Ren era al suo fianco, una macchia indistinta di sangue e felpa, i pugni che trapassavano il torso del mostro e ne uscivano dall'altra parte lasciando una scia di fuoco bianco-azzurro. Ruggì, afferrò una manciata delle interiora di carta dell'entità e strappò, lasciando una cavità da cui sgorgarono frammenti di narrazione e l'odore aspro di vecchio toner. Dove le sue mani laceravano, l'inchiostro prendeva fuoco e bruciava, con le fiamme che le correvano a ritroso sulle braccia senza riuscire a toccarle la pelle.

«È tutto quello che sai fare?» ringhiò, con la voce incrinata per la forza.

La Bozza Eterna stridette in risposta, le sue voci che gorgogliavano in una dozzina di lingue, alcune nemmeno ancora inventate. «SIAMO BOZZE INFINITE. SIAMO LA REVISIONE CHE VI ANNULLA.»

Colpì con un fascio di penne d'oca uncinate, puntando dritto alla gola di lei. Ren si abbassò, poi sferrò una ginocchiata alla base del trono, frantumando vertebre e facendo fremere l'intero seggio. Vincent colse l'attimo, si tuffò approfittando della distrazione e si arrampicò su per i gradini cosparsi di carta, creandosi appigli a forza ovunque la carne dell'entità gli sbarrasse la strada. Ogni volta che scavava, la ferita si richiudeva, ma non prima di lasciare dietro di sé una scia di cenere annerita.

Ai margini del podio, Mrs Barley affrontò la guardia d'onore di redivivi. Sollevò l'ombrello, ora aperto e vivo di un reticolo di sigilli luminescenti — lettere e segni di punteggiatura che lampeggiavano in sequenza, come un pacchetto di dati a metà teletrasporto. Con un secco colpo di polso, conficcò la punta dell'ombrello nel terreno. Il bagliore divampò, poi pulsò verso l'esterno in un cerchio. I redivivi più vicini, colti dalla luce, si bloccarono come se qualcuno avesse premuto il pulsante "pausa" sulla loro narrazione. I loro piedi affondarono nel pavimento, l'inchiostro salì fino alla vita e le loro voci balbettarono in uno staccato impotente.

Proseguì con una frase che suonava come la collisione di tre contratti e una causa per diffamazione: «Per autorità della Corte degli Affari Pallidi, Capitolo di Londra, in base alla clausola di Continuazione d'Emergenza, vi nego la legittimazione processuale.»

L'anello di sigilli si strinse di scatto, immobilizzando metà dell'esercito sul posto.

Lord Ashcroft, meno influenzato dal rituale, cercò di scavalcare un valletto intrappolato. Il valletto gli afferrò la caviglia e strattonò, facendolo stramazzare in ginocchio. Riuscì comunque a sembrare dignitoso, anche mentre il suo volto passava attraverso cinque diverse espressioni di sdegno.

Sul trono, la Bozza Eterna lottò per espellere Vincent. L'entità si contorse, ogni arto e volto si dimenava per disarcionarlo, ma Vincent si tenne aggrappato, mordendo e strappando e lasciando che la vecchia rabbia — contro la storia, contro se stesso — prendesse il sopravvento.

Trovò una bocca, più grande delle altre, e ci infilò una mano fino al polso. La bocca si richiuse, masticando muscoli e tendini, ma lui ci forzò dentro anche l'altra mano, divaricando le mandibole con uno schiocco che proiettò in aria una pioggia di denti e parole.

«SEI TU L'ERRORE,» gemette la bocca. «SEI LA BOZZA CHE SAREBBE DOVUTA MORIRE.»

Vincent rise, perché non c'era altro da fare. «Allora avreste dovuto avere editor migliori.»

Si issò più in alto, dove i volti si diradavano, e trovò quello che avrebbe potuto essere l'originale: una pagina bianca, perfettamente candida, incastonata alla sommità del trono come un cuore nascosto. Irradiava una pressione fredda e famelica — ogni parola che non aveva mai scritto, ogni possibilità mai realizzata. Lo odiava.

Ren, per non essere da meno, scalò il fianco del trono in tre balzi. Afferrò un tentacolo di pergamena rilegata attorno alla vita e lo usò per dondolarsi su accanto a Vincent, aggrappandosi a un pugno della sua camicia a brandelli per trovare l'equilibrio.

«Ce l'hai?» abbaiò.

«Ci sto lavorando,» sputò lui, con l'inchiostro nero che gli colava dall'angolo della bocca.

Ren annuì, puntò i piedi e colpì con un pugno la successiva ondata di volti. Era pura potenza animale — nessuna tecnica, nessuna finezza, solo il rifiuto di essere divorata da qualsiasi narrazione, persino dalla propria.

Insieme, allungarono le mani verso la pagina bianca.

Alla base, Mrs Barley reindirizzò i suoi sforzi, l'ombrello ora chiuso ma impugnato come uno stocco. Avanzò tra i ranghi immobilizzati, recitando frasi rituali a ogni passo. «Annullare,» disse, e un gruppo di redivivi Tradizionalisti svanì nel nulla. «Invalidare,» e la serie successiva di volti si sciolse in una fanghiglia grigia. Quando un Ammodernatore si liberò e si lanciò all'attacco, lei lo colpì con l'ombrello, lasciandogli una cicatrice a forma di codice a barre sul viso.

«Vi ucciderebbe dare una mano?» gridò a Vincent e Ren.

«Quasi certamente,» rispose Vincent, ma allungò comunque una mano insanguinata verso di lei.

Mrs Barley squadrò la mano, poi si arrampicò, borbottando a mezza voce sulle condizioni di lavoro non sicure. Raggiunse il trono proprio mentre Vincent e Ren riuscivano a esporre il nucleo.

L'entità indietreggiò, ma le ferite che le avevano inflitto non guarivano. Invece, tentò di ripiegarsi su se stessa, di creare un nodo ricorsivo di storie dentro altre storie, un'infinità soffocante che li avrebbe strozzati prima che raggiungessero il centro.

Vincent, Ren e Mrs Barley allungarono tutti la mano verso la pagina. Si dibatté come una cosa viva — scivolosa, fredda, velenosa — ma insieme la strinsero forte e tirarono.

L'urlo che ne risultò non era di questo mondo.

Fece saltare la volta della caverna, scatenò una tempesta di manoscritti a brandelli per l'aria e fece irrigidire ogni redivivo nella sala come in un grave attacco di tetano. Persino Ashcroft, che si aggirava ancora ai margini, si piegò in due, la mano guantata che volava al cuore.

Ren ululò di rimando, la sua voce che eguagliava quella dell'entità. Vincent pensò che i suoi timpani potessero effettivamente rivoltarsi, ma non smise di tirare.

Poi la pagina si strappò.

Non del tutto. Non ancora. Ma una spaccatura sottile come un capello la percorse al centro, lasciando fuoriuscire un inchiostro che brillava di luce bianco-azzurra e sfrigolava al contatto con l'aria. Il mostro barcollò, si artigliò la testa e, per un istante glorioso, Vincent vide ognuno dei suoi volti spalancato dal terrore puro e assoluto.

Sopra di loro, il fantasma di Zara si stabilizzò.

Fluttuava, mezza disintegrata, con le mani giunte sul petto come per prepararsi al dolore imminente. Per un secondo, incrociò lo sguardo di Vincent, e lui capì cosa stava per fare.

«Non ti azzardare,» disse lui, ma era troppo tardi.

Zara si tuffò.

La sua luce spettrale divampò, pura e accecante, bruciando attraverso l'oscurità con un fulgore così assoluto da ridurre a nulla le nubi d'inchiostro, cancellare la pioggia di pagine e lasciare un'immagine residua negativa su ogni superficie. precipitò attraverso il corpo del mostro, lasciando una scia di fuoco, e colpì le rune di ancoraggio al nucleo con una forza che fece collassare lo spazio intorno a esse.

Il suo non fu un urlo, ma una parola: NO.

Le rune si piegarono, si deformarono, poi esplosero. Di colpo, ogni pagina nella stanza prese fuoco. Il mostro ululò, le sue voci che divergevano nel caos, ogni bocca che strillava un diverso dialetto di disperazione. I volti si staccarono, si dissolsero, poi ne sputarono di nuovi in un ultimo, disperato tentativo di difendersi.

L'intero trono si piegò, poi detonò in un geyser di inchiostro e carta bianca. Vincent, Ren e Mrs Barley ruzzolarono giù dal podio, rimbalzando per i gradini e finendo nella pozza poco profonda d'inchiostro sottostante, dove sibilava ma non bruciava più.

Sopra di loro, l'entità stridette, la sua forma che si dissolveva a ondate. La guardia d'onore, improvvisamente libera, ululò e fuggì nelle ombre. Lord Ashcroft, a cui ora mancava mezza faccia e una bella fetta di dignità, strisciò via carponi, lasciandosi dietro una scia di macchie nere.

La Bozza Eterna lottò per ricomporsi, ma ogni pagina che le avevano strappato si rifiutava di ricongiungersi alla massa. Invece, i pezzi fluttuavano nell'aria, girando intorno alla sala del trono in un'orbita lenta e pigra, ognuno iscritto con una singola parola: FINE.

Mrs Barley tossì, sputò una boccata di inchiostro biancoazzurro e si rimise in piedi. Guardò l'ombrello rovinato, si strinse nelle spalle e lo lanciò contro l'entità in dissoluzione. L'ombrello atterrò perfettamente dritto, la punta che infilzava l'ultimo volto mentre questo si estingueva urlando.

Vincent si lasciò cadere di schiena nell'inchiostro, esausto. Ren atterrò accanto a lui, altrettanto stremata ma con un ghigno, sangue e inchiostro in egual misura sul viso.

«Non male,» disse, fissando la tempesta di pagine in dissoluzione.

Lui tossì, poi rise. «Preferirò sempre un finale bianco a uno brutto.»

«Quindi è finita?» chiese Ren. «Abbiamo vinto?»

Mrs Barley soppesò la domanda, poi disse: «Abbiamo vinto.»

VENTITRÉ

I superstiti della coalizione uscirono barcollando dalla carneficina, alla spicciolata; le vittime erano più numerose dei vivi, ma questi ultimi erano per questo ancora più risoluti. Persino i tedeschi – popolo non avvezzo a manifestare emozioni, specialmente in presenza di testimoni francesi – parevano visibilmente scossi. Le loro uniformi erano a brandelli, le medaglie perdute nella mischia, i visi rigati da una sostanza che nessuno avrebbe mai ammesso essere vere e proprie lacrime. I francesi, sebbene numericamente meno integri, si erano stretti attorno al loro leader caduto, Deveraux, che trasportarono su una barella improvvisata, cannibalizzata dalle ossa di un redivivo. Nessuno menzionò l'assurdità della cosa; nulla era più francese del soffrire con stile.

I Modernisti stavano messi peggio, ridotti per la maggior parte a una marmaglia tremante. Aurelia si era calata completamente nella parte dell'influencer, trasmettendo in diretta mentre si tamponava il sangue d'inchiostro dalle palpebre, che si ostinava a definire "residui di battaglia estetici."

Vincent e Ren stavano immobili nell'epicentro, bloccati in una sorta di stallo post-traumatico. Ferino non era tanto uno stato quanto una dimensione, e in quel momento la occupavano entrambi, escludendo ogni logica umana. Vincent aveva ancora i denti di fuori, e non solo di fuori, ma in bella mostra, le punte dei canini imperlate degli ultimi brandelli di sangue d'inchiostro. I suoi occhi – sempre di un affidabile castano cinico – ardevano ora di un rosso cremisi, pulsando per le scosse di assestamento della violenza e per una fame che non aveva nulla a che fare con la metafisica.

Gli tremavano le membra. All'inizio furono solo le mani, ma poi il tremore gli risalì le braccia, attraversò il petto e si insinuò nel fascio di nervi tesi alla base del cranio. Ci volle tutta la sua forza per reprimerlo: l'impulso di balzare, di continuare a dilaniare finché ogni possibilità al mondo non fosse stata domata, dissanguata e archiviata sotto la voce "sistemato". Contrasse le ginocchia e cercò di concentrarsi su qualcosa che non fosse il ritmo del polso di Ren, o lo strano fuoco blu che ancora le scorreva sotto la pelle.

Fallì.

Un rumore – a malapena un rumore, solo lo stridere di un movimento – lo fece scartare di lato, sguainando gli artigli con uno schiocco. Nel gesto quasi si strappò la manica.

Ren fu più rapida. Gli afferrò il gomito con una presa ferrea e lo sorresse con una forza che pareva del tutto in contrasto con la sua figura scheletrica, vestita di felpa e jeans. Non trasalì. Non batté neppure ciglio. I suoi nuovi occhi – ora scarlatti, non del castano impaziente che aveva avuto in vita – fissarono i suoi con una lucidità che pareva al contempo predatoria e, in modo inquietante, materna.

«Ci sei ancora, Lupo?» domandò, con voce bassa ma ferma.

Lui riuscì ad annuire e ricacciò i denti dietro le labbra. «Più o meno. Anche se il meno si sta facendo gran parte del lavoro pesante.»

Lei sogghignò, mostrando le zanne. «Lascialo fare. Te lo sei guadagnato un minuto.»

Lui tentò di ridere, ma ne uscì un latrato umido. «Non sono sicuro che il mondo possa permettersi di avermi senza filtri.»

Ren gli strinse il braccio. «Il mondo adesso è per conto suo. La nostra parte l'abbiamo fatta.» Lanciò un'occhiata al resto della coalizione, poi di nuovo a Vincent. «Tutto bene?»

Lui soppesò la domanda, poi decise di rispondere onestamente, per una volta. «No. Ma sto meglio.»

Un'ombra passò sopra di loro – letterale, stavolta – e per un secondo Vincent si irrigidì, aspettandosi una nuova manifestazione, un ultimo, vendicativo colpo dalla Bozza. Ma era solo la signora Barley, con l'ombrello a cui ormai mancavano la punta e metà del manico, ma che ancora brandiva con l'autorità di chi era pronto a qualsiasi cosa l'universo potesse scagliarle contro.

Aveva un aspetto terribile. I capelli ordinati erano bruciacchiati alle estremità, la camicetta strappata sul colletto, una scarpa mancante e l'altra sostituita da quella che sembrava una Croc abbandonata da un Modernista. Eppure il suo contegno era intatto; si faceva strada tra i detriti come se si trattasse di una riunione comunale un po' disordinata piuttosto che di un mattatoio post-apocalittico.

La signora Barley esaminò i superstiti con uno sguardo che riusciva a essere al contempo clinico e vagamente accondiscendente. Notò il rapporto delle vittime, i frammenti di schegge non reclamati, il modo in cui i francesi avevano già formato un comitato di lamentele. Si soffermò su Vincent e Ren, notò come le loro mani fossero ancora unite, e inarcò un sopracciglio in quello che avrebbe potuto passare per un blando segno d'approvazione.

«Che ore sono, signor Lupo?» chiese, con voce atona.

Lui strizzò gli occhi verso la macchia pallida sul polso dove un tempo c'era stato un orologio. «Poco dopo le tre, credo. Non che mi fidi dell'accuratezza di questo posto.»

La signora Barley annuì, come se quella fosse una risposta soddisfacente a una domanda che in realtà non aveva posto. Sfilò la sua consunta cartellina da sotto un braccio, voltò a una pagina pulita e cominciò a scrivere.

Ren sbirciò. «Cosa dice il rapporto?»

La signora Barley non alzò lo sguardo. «Dice 'Risoluzione raggiunta. Con emendamenti'.»

Finì la riga, poi chiuse il taccuino con uno scatto che echeggiò nel nuovo silenzio. «Ben fatto, a tutti. Adesso, per favore: non restiamo qui a congratularci a vicenda. Le operazioni di pulizia saranno spaventose, e io per prima vorrei iniziare per tempo.»

Per un istante, nessuno si mosse. Poi i superstiti – francesi, tedeschi, Moderni, Tradizionali – cominciarono a rimettersi in piedi, alcuni in coppia, altri trascinando i meno fortunati, altri ancora seguendo gli altri per pura inerzia tribale.

Vincent guardò Ren, e lei guardò lui. Non c'era bisogno di parole.

Seguirono la signora Barley verso i resti dell'arco, attraverso la neve statica di carta bruciata e gli ultimi, solitari sbuffi di cenere bianco-bluastra. Da qualche parte alle loro spalle, le ultime pagine della Bozza volteggiarono nel vento, accartocciandosi su se stesse fino a diventare indistinguibili dalle ombre.

Sulla soglia, Vincent si voltò per un ultimo sguardo. La caverna era più piccola di prima – forse rimpicciolita dall'assenza di narrativa, o semplicemente dalla perdita di qualsiasi cosa rimasta da dimostrare. Vide il palco vuoto, l'inchiostro che formava pozze, le ossa sparse di cent'anni di storie incompiute. Vide, per un istante, il fantasma di Zara Delacourt – ora poco più di un'increspatura di luce ai margini della visione. Non sorrideva, ma non era neppure accigliata.

Alzò una mano, incerto se lei lo vedesse, poi ricordò: era sempre stata più brava di lui con i finali.

Ren gli diede una gomitata. «Andiamo. Prima che la signora Barley ci lasci dalla parte sbagliata della storia.»

Lui annuì, lasciò che l'animale si ritirasse, e mise piede nel nuovo mondo.

Il mondo esterno attendeva, come sempre fanno i mondi: indifferente agli orrori da poco banditi dalle sue viscere, desideroso di riprendere i più familiari tormenti della pioggia gelida, del malessere finanziario e dell'ansia unicamente inglese di aver perso il giorno del ritiro dei rifiuti. I superstiti emersero dall'arco fatiscente in una colonna scaglionata, con la signora Barley in testa, Ren e Vincent subito dietro, e il resto – i pochi che non erano stati cancellati, combusti o relegati ai margini – che si trascinavano appresso.

L'arco, un tempo l'ingresso cerimoniale del più antico seminterrato del Parlamento, ora luccicava del bagliore residuo di un eccessivo uso di magia. Quando l'ultimo piede ne varcò la soglia, le pietre si sigillarono alle loro spalle con un tonfo umido e riluttante, come le ultime pagine di un libro eccessivamente lungo. Nessuno degli umani per strada – se mai ce ne fossero ancora, a quell'ora – alzò minimamente lo sguardo. L'unico suono era il saliscendi Doppler delle sirene, distanti ma insistenti, come se la città stesse già provando la sua prossima tragedia.

I primi a ricomporsi furono i tedeschi. Erano rimasti solo in sette, ma si schierarono con la rigidità di una piazza d'armi. Le loro uniformi – ormai per lo più stracci – furono riabbottonate e rimboccate al meglio, e ogni ufficiale superstite salutò Falkenhayn con una precisione che smentiva le ferite aperte su metà dei loro volti. Falkenhayn stesso era sull'attenti, con uno straccio legato su un occhio e l'altro fisso dritto davanti a sé.

I francesi furono meno formali, ma non meno dignitosi. I superstiti si misero in fila e si inchinarono profondamente – prima alla signora Barley, poi a Vincent e Ren e infine ai tedeschi.

Aurelia e i suoi Modernisti erano ancora in coda, setacciando la notte in cerca di qualsiasi cosa recuperabile: un telefono funzionante, uno svapatore gettato via, una ring light ancora integra. Aurelia stessa, malconcia ma sempre affascinante, si tamponò le labbra, poi scattò un ultimo selfie davanti alla porta crepata del Parlamento. Vincent dovette ammirare la sua dedizione alla narrazione.

Per un lungo istante, non accadde nulla. Niente parole, solo lo schiocco freddo dell'aria invernale e l'odore di manoscritto bruciato che si dissipava lentamente. I superstiti rimasero lì, tutti, sbattendo le palpebre di fronte a un mondo che in qualche modo non si era accorto di aver sfiorato la propria distruzione.

Poi, lentamente, i tedeschi e i francesi cominciarono ad allontanarsi, ogni gruppo muovendosi come richiamato da un bugle inudibile.

Quando se ne furono andati, la signora Barley finalmente espirò. L'effetto fu meno di sollievo che di completamento di una voce sulla lista di controllo.

Gettò un'occhiata a Ren, che stava osservando i francesi con una sorta di stupore scientifico.

«Ha il controllo?» chiese la signora Barley, in modo diretto.

Ren fletté le dita, saggiando gli artigli. «Se non lo avessi, a te mancherebbe la faccia.»

La signora Barley annuì, poi, con meno cerimonie di un post-it, chiese lo stesso a Vincent.

Lui prese fiato. «Diciamo solo che avrei davvero bisogno di un drink.»

Le parole rimasero sospese nell'aria, una benedizione e un avvertimento.

Sopra di loro, il fantasma di Zara Delacourt indugiava nel bagliore arancione-sodio di un lampione. Era poco più di un luccichio, ora, un negativo di se stessa, ma li seguì per qualche passo, poi si fermò al limite della luce.

Vincent si guardò indietro. Serrò la mascella, il dolore più profondo ora che c'era spazio per accoglierlo.

Ren si fece avanti, vicina ma senza toccarlo. La sua voce era così bassa che solo lui poteva sentirla. «Ci direbbe di non sprecarlo.»

Lui non si fidò di rispondere, così si limitò ad annuire, una volta.

La signora Barley era già diversi passi più avanti, e stava rapidamente conducendo i Modernisti verso la più vicina casa sicura. Gli altri si sarebbero dispersi, come sempre – nella storia, nel mito, nella prossima rivoluzione fallita.

Vincent rimase al freddo per un po', osservando la città ricostruire la sua finzione di normalità. Sentiva Ren accanto a sé, poteva udire il battito del suo cuore, ora sintonizzato sulla sua stessa, strana frequenza.

Alla fine, lei parlò di nuovo. «L'umanità è salva. Per ora. Peccato per noi.»

Lui sbuffò. «Non è la prima volta, non sarà l'ultima.»

Ren sogghignò, mostrando tutti i denti. «Allora scriveremo noi il prossimo capitolo.»

Vincent le prese la mano, un po' sorpreso quando lei glielo permise. Camminarono lungo la strada deserta, con l'alba non ancora pronta a sorgere, ma con la notte che non li teneva più in ostaggio.

Dietro di loro, l'ultima scintilla del fantasma di Zara si levò in aria, volteggiò una volta sopra le loro teste e si spense con uno schiocco leggerissimo.

Il mondo, per una volta, sembrava aver finito la sua storia.

NEWSLETTER

Vuoi ricevere in anteprima informazioni sulle prossime pubblicazioni?

Ti piacerebbe avere accesso esclusivo a omaggi, offerte speciali e contenuti extra?

Senti che la tua vita non è completa senza le riflessioni mensili di Jon su scrittura, lettura e editoria?

C'è una soluzione! Iscriviti subito alla newsletter di Jon:

https://jonsmith.net/mailing-list

SULL'AUTORE

Jon Smith è l'autore bestseller di oltre 50 libri per bambini, ragazzi e adulti. I suoi libri hanno venduto più di mezzo milione di copie e sono stati pubblicati in sette lingue.

Oltre a scrivere libri, Jon è uno sceneggiatore e librettista di musical pluripremiato, con produzioni al Birmingham Hippodrome, al Belfast Waterfront, al Park Theatre di Londra e al PJPAC di Kuala Lumpur.

Padre di quattro figli, vive vicino a Liverpool con la moglie e i loro due bambini in età scolare.

Quando sarà grande, vorrebbe fare il bibliotecario.

www.jonsmith.net

X x.com/jonsmith_author

instagram.com/jonsmith_author

goodreads.com/jonsmith_author

amazon.com/author/jonsmith

facebook.com/authorjonsmith

NOTA DELL'AUTORE

Ciao,

Grazie mille per aver letto *Riscrivere I Morti*!

È stato davvero divertente da scrivere e spero sinceramente che tu l'abbia trovato una lettura piacevole.

Se il libro ti è piaciuto, ti sarei immensamente grato se volessi lasciare una recensione.

Le recensioni aiutano moltissimo gli autori, sia perché offrono preziosi riscontri su ciò che piace ai lettori, sia perché migliorano la visibilità del libro sui siti di vendita online.

Grazie in anticipo — non vedo l'ora di leggere i tuoi commenti.

Jon

ZANNA E DISGUSTO: UNA COMMEDIA VAMPIRICA